햇빛
더하
기

햇빛
더하
기

1쇄 발행일 | 2017년 11월 30일

지은이 | 이목연
펴낸이 | 정화숙
펴낸곳 | 개미

출판등록 | 제313-2001-61호 1992. 2. 18
주소 | (04175) 서울시 마포구 마포대로 12, B-127호(마포동, 한신빌딩)
전화 | (02)704-2546
팩스 | (02)714-2365
E-mail | lily12140@hanmail.net

값 15,000원

＊이 책은 2017년 인천문화재단 창작지원금을 받아 제작되었습니다.

햇빛
더하
기

이목연 소설

개미

| 차례 |

비단누더기

"모두 뜯고 붙이려면 하루가 빠듯할 거예요."

파지 다발을 거실에 쿵하고 부린 사장은 뒤도 돌아보지 않고 차로 달려 나간다.

고르게 놓인 정원석을 밟으며 들어선 집의 내부는 밖에서 보는 것보다 넓었다. 40평쯤 될까. 7, 8년 전 유행하던 발포 벽지는 색이 바라지 않은 채 제 색을 유지하고 있다. 주방 역시 냉장고와 정수기가 놓였던 자리에 시간을 빗겨간 흔적이 어렴풋할 뿐, 거의 사람을 들인 흔적이 없는 집안이다. 바닥재도 그즈음 유행하던 단풍나무 무늬. 당시로선 꽤나 신경 써서 인테리어를 한 집이다. 유난히 천장이 높다. 천장 붙이는데 만도 한품을 잡아야 할 것 같다.

이걸 하루에 끝내겠다고? 뜯어내는 데만도 한나절은 걸릴 텐데?

나 혼자 중얼거린 말이 벽에 부딪쳐 웅웅거린다. 만일 그가 곁에서 이 말을 들었다면 파지 뭉치를 툭툭 차며 말했을 것이다.

답은 나왔네, 뜯긴 뭘 뜯어. 대충 위에다 붙이는 거지.

그렇더라도 그와 함께였다면 밤을 새워 이 작업을 끝내야 한다고 했어도 별로 불만이 없었을 것이다. 이게 사람 마음이다. 단지 일할 상대가 바뀌었을 뿐인데 일의 끝이 너무 멀어 보인다. 어차피 해야 할 일이라고 마음먹어 보지만 아무래도 제 시간에 끝내기엔 무리인 일. 행여 몇 푼이라도 더 주지 않을까, 잔머리가 먼저 돌아간다. 최소한 두 장은 더 주어야 옳은 계산이다. 하지만……, 나는 얼른 고개를 젓는다. 지금 내 처지가 찬밥 더운밥을 따질 계젠가. 이렇게 일거리를 주는 것만으로도 이 사장에게 고마워해야 하지 않는가.

작은 방에 들어가 옷을 갈아입고 나와 우마를 끌어다 거실 벽에 붙인다. 사장이 새 벽지를 재단할 때까지 벽지를 모두 뜯어내고 밑 작업을 마쳐야 한다. 사장은 짐을 들고 연신 뛰어 다닌다. 정원 밖에 세워 둔 차와 거실을 오가며 벽지며 풀, 함지를 끌어들이느라 부산스럽다. 비워 둔 집이라 그런가, 유난히 실내 공기가 차갑다.

사장이 거실 바닥에 재단할 벽지를 늘어놓는다. 우마에 올라서 까치발을 들어야 겨우 천장 가까이에 닿는다. 어지럽다. 단단히 붙은 벽지가 좀체 떨어지지 않는다. 이런 발포 벽지를 뜯어내는 일이야말로 사양하고 싶은 일이다. 예전 같으면 완전 초보들에게 맡겨놓고 손도 대지 않았을 텐데. 이런 걸 보고 제 눈깔 제가 찔렀다고 하는 것일 게다. 돌아다 봤자 소용없는 지난 일이 자꾸 돌아봐 진다. 분무기로 물을 흠뻑 뿌려두고 주방으로 간다.

주방의 씽크대 맞은쪽 오른편 귀퉁이가 들떠있다. 습기가 스몄던가. 벽지가 부풀어 있다. 칼집을 넣어 끝을 잡아 당기자 본드로 마무리 되었던 벽지가 속지까지 물고 일어난다. 속지에 붙은 한 움큼의 몰타르가 떨어진다. 주방과 방을 가르고 있던 벽의 틈새가 제법 길고 넓게 벌어져 있다. 틈새로 저쪽 방이 보인다. 지반이 약한가. 겉에서 보면 멀쩡한데 속은 영 엉망이다. 언제 왔는지 사장이 뒤에서 한 소릴 한다.

"이거 완전히 비단누더기구만."

기초가 허술한 것을 가리기 위해 겉치장은 번드르 하게 했지만 속이 엉망이라는 뜻이다. 날림으로 지은 집이라는 얘기다. 뜯겨 나온 벽지에 여러 겹의 벽지가 붙어 있다. 이 발포 벽지를 바르기 전, 처음 집을 지어서 바른 벽지 같았다. 십여 년 전에 유행하던 종이 벽지다. 주방 입구의 아치도 새로 세웠고 문틀도 홍송으로 시공한 것이 이런 싸구려 블록조와 격이 맞지 않는다. 정말 비단누더기라고 할만하다. 토대가 부실할수록 겉모습에 치중을 하는 것은 약한 자들의 본능일 거

다. 얼핏 딸아이가 스친다. 일 년간 부은 적금으로 눈을 성형
하더니, 다음엔 코를 세우겠다고 벼르는 딸이었다. 그렇게
겉모습을 고친 아이는 성격까지 변했다. 이젠 어미인 내가
보기에도 낯설 지경이다.

그나마 습기가 있던 곳이라 주방 벽지는 수월하게 뜯어냈
다. 다시 우마를 끌어다 놓고 올려다 본 거실 천장이 까마득
히 높다. 후들거리는 다리로 우마에 올라서서 물을 뿌렸던
곳을 뜯는다. 억지로 용을 썼더니 진땀이 솟는다. 안 뜯기는
곳은 적당히 끌로 마무리 한다. 벌어진 문틀에 쏘아 넣어 마
감한 충전제가 누렇게 변색되어 볼썽사납다. 상처에 반창고
를 붙이듯 갈라진 틈새를 초배지로 바른다. 길게 금간 사이
엔 서너 겹을 덧발랐다. 벌어졌던 틈새를 볼 때보다 마음이
훨씬 따뜻해진다. 오늘 붙일 것은 실크 벽지다. 벽지가 얇아
서 초배지를 붙였어도 벽의 모습이 적나라하게 드러난다. 바
탕을 고르게 하려면 부직포 작업은 필수다. 그 위에 비단 벽
지를 바르고 나면 이렇게 상처투성이인 벽은 새롭게 태어난
다. 비단누더기인 줄은 아무도 모를 것이다.

부직포 밑 작업을 하는 동안 사장은 거실 중앙 천장에 붙
일 포인트 벽지를 재단 중이었다. 늘 해오던 아파트와 달리
천장의 마름모꼴 무늬 맞추기도 쉽지 않을 터. 대충, 적당히
재단을 하던 그와 달리 사장의 일솜씨는 꼼꼼하다. 저런 사
람은 답답한 구석은 있지만 식구는 굶기지 않을 것이다. 젊

었을 땐 자린고비 같은 저런 성격의 사람들을 보면 답답했지만 이제 그 야문 손끝이 부러운 걸 보면 나이를 먹긴 먹은 모양이다.

파지를 겹쳐 깔고 함지박에 풀 봉지와 본드를 뜯어 넣는다. 드릴에 척을 달고 전원을 연결하자 풀과 본드가 풀어진다. 그나마 이런 기구들이 있어 한결 수월해졌다. 예전처럼 손으로 풀을 개야 했다면 힘이 달려 이 일도 할 수 없었을 것이다. 적당량의 풀과 본드를 뜯어 넣기만 하면 이렇게 전동 드릴이 고루 개어 주니, 충분히 한 사람 몫을 하고도 남는다. 담배를 피우기 위해 베란다로 나서는 사장을 보며 허리를 펴는데 벽이 흔들흔들 다가오다 멀어진다. 바닥에 재단해 놓은 초콜릿 색 바탕에 두 줄기로 올라간 검은 꽃들이 우마를 감으며 순식간에 다가온다.

"어, 아줌마. 왜 그래요? 정신 차려요."

소리를 지르는 사장을 본 것 같은데 눈을 떠보니 사장의 품에 안겨 있다.

풀을 개는 동안 본드 냄새가 유난히 코끝을 파고들긴 했다. 나도 모르는 새에 콧물이 뚝 떨어져 풀 그릇에 빠졌다. 하지만 그 정도는 늘 있던 일이었다. 본드 냄새에 민감한 나는 가끔 풀에 콧물을 섞기도 하고 재채기를 하는 통에 침이 튀어 들어가기도 했다. 하지만 이렇게 쓰러질 만큼 못 견딜 냄새는 아니었다. 횡하니 현기증이 인 것은 아무래도 몸속에 자라고 있는 근종 때문이지 싶다.

"3개월 후에 꼭 검진을 받으셔야 합니다. 아마 수술을 받아야 할 거예요. 그냥 두기엔 너무 큽니다."

의사는 사진을 들여다보며 내 자궁에 주먹보다 큰 혹이 자라고 있다고 했다. 3개월 후에 크기를 확인하고 수술을 할 것인지를 결정하자는 얘기였다. 내가 낙심하는 모습이 마음에 걸렸던지 생명에는 지장이 없는 것이고, 우리나라 성인 여성 다섯 명 중 한 명꼴로 흔한 증상이니 크게 걱정할 필요는 없다고 덧붙였다.

"수술을 하자면 얼마나 걸리는데요."

사실 궁금한 건 수술비용이었지만 에둘러 그렇게 물었다.

"다른 문제가 없다면 한, 사나흘 입원하면 될 겁니다."

사나흘, 또 그 후 몸조리할 시간과 합쳐지면……. 얼른 한 달이라는 계산이 스쳤다. 한 달을 놀면, 방세와 적금은……. 아무래도 한 달은 너무 긴 시간이었다. 알았다고 3개월 후에 오겠노라고 말하며 병원을 나섰다. 석 달은 금방 지나갔다. 그러나 우려와는 달리 이상 증세는 느껴지지 않았다. 더 이상 하혈도 하지 않았다. 피곤한 것도 나이 탓이려니 여길만한 정도였다. 그새 3년이 지났건만 아직 병원을 찾지 않았다. 그렇게 무심히 잊은 척 지내던 것이 탈이 난 건 그가 떠나고 난 다음이었다. 생리 양과 주기가 급격히 불규칙해졌다. 벌써 열이틀째 하혈을 하는 중이다. 그러니 어지러울 수

밖에.

키가 큰 사장이 뛰어와 받아 안지 않았더라면 풀 함지박 속으로 쓰러졌을까. 잠깐 어질했던 기운이 차츰 돌아오며 사장의 땀내가 맡아진다. 이런 상황에도 땀내 밴 사장의 품이 포근하게 느껴지다니, 나도 참 어지간한 여자다 싶어 피식 웃음이 샌다. 그가 떠난 지 육 개월. 하긴 숫내가 그리울 때도 되었다. 어깨에 힘을 주며 사장의 품에서 몸을 빼낸다.

"괜찮겠어요? 요즘 왜 그래요? 어디 많이 아픈 거 아니에 요?"

아니라고 도리질을 하며 말려 올라간 티셔츠를 끌어내렸다. 푸념이나 투정은 기댈 곳이 있을 때 하는 포시러운 짓. 평생 몸뚱이를 굴려 먹고 사는 사람들에겐 단단한 몸뚱이가 가장 큰 재산이다. 보조가 힘을 쓰지 않으면 그 만큼의 힘이 더 소모되는 노가다 판에선 특히나 그랬다. 도배사들은 눈치 빠르고 힘 있는 보조를 원한다. 건강하고 재바르고 일 잘하는 여자. 반반한 얼굴은 그 다음이다. 그렇게 소문이 나야 밥줄이 끊기질 않는다. 나도 한때는 그런 여자였다. 그와 독립을 하기 전까지는 이 바닥에서 잘 나가는 최 사장 패와 오랫동안 손을 맞추었다. 남자 셋, 여자 둘. 대형 공사를 뛰는 팀이라 일은 끊이지 않았고, 한번 팀이 되면 한참 동안씩 함께 손발을 맞춰 일을 했다. 도배에 관해 아무것도 모르던 나를 끼워준 최 사장 팀에서 허드렛일부터 시작해 제법 한 몫을 해 내는 중견이 되었다. 여기저기서 스카웃 제의가 들어왔다. 그러나 오라비 같고 친 올케 같은 최 사장 내외를 배반할 생각은 없었다.

처음 일을 시작할 때만해도 풀 개는 기계가 없었으므로 배합해준 풀을 개고 종일 벽지에 풀칠을 하는 것이 나의 일이었다. 집으로 돌아오면 오른 팔뿐 아니라 오른 등허리가 뽀개질듯 아팠다. 잡념이 파고 들 겨를도 없이 잠 속으로 떨어졌고 새벽이면 또 집을 나서던 생활이 한동안 이어졌다. 잡념이 생긴다는 건 그만큼 몸뚱이가 덜 고단하다는 얘기라는 걸 그때 절절이 깨달았다. 남편이 살아 있을 때보다 아이들 학비를 밀리는 정도도 뜸해졌고, 언젠가는 지하방에서 지상으로의 탈출을 꿈꿀 여유도 생겼다. 그가 우리 팀에 합류하기 전까지 일이다.

"좀 쉬어요. 작은 방은 내가 뜯을게요."

사장의 친절이 두렵다. 언제부턴가 상대방의 친절을 단순한 친절로 받아들이지 못하는 내가 되어 있다. 작은 방으로 들어간 사장의 벽지 뜯는 소리가 경쾌하다. 잘 뜯기는 소리다.

"이 방은 잘 뜯기네."

사장이 종이를 뭉쳐 나오는 걸 보며 나는 괜히 주눅이 든다. 몇 달 새 손끝이 무뎌진 걸까. 풀 바르는 기계의 스위치를 올린다.

"괜찮겠어요?"

곁으로 다가온 사장이 근심스레 들여다보며 다시 묻는다. 오랜만에 타인에게서 받아보는 따뜻한 눈길. 근심어린 목소리에 콧잔등이 시큰해진다. 이 사장 역시 이 바닥에선 오래 묵은 사람이다. 악한 짓을 하지 못하게 생긴 사람이라고 얼굴에 쓰여 있다. 남들 같으면 진즉 한 밑천 잡아 가게를 냈을 것이다. 주변머리가 없으니 여전히 이런 변두리의 단독주택들을 돌며 짜투리 일을 맡고 있는 것 아닌가.

언제부턴가 나는 사람 보는 눈이 단순해졌다. 선악의 구별법도 간단하다. 나에게 잘 대해주는 사람은 착한 사람이고 나를 괴롭히는 사람은 나쁜 사람이다. 그와 헤어지고 일자릴 구하던 내게 결국 일을 맡겨준 것은 소문을 듣고 전화를 걸어온 이 사장이었다. 이 사장은 그래서 내게 좋은 사람이다. 오래 전에 상처를 하고 홀로 살고 있다는 이 사장 역시 먼 곳을 바라보는 눈빛에 외로움이 어려 있다.

들들 돌아가는 기계에 사장이 재단해 놓은 벽지를 밀어 넣는다. 반대편으로 밀려나온 벽지는 자동으로 풀이 발라져 준비해 둔 비닐봉지에 차곡차곡 쌓인다. 비단 벽지는 이렇게 풀을 발라 서너 시간 숙성을 시켜야 잘 붙는다. 사장은 이제 방 벽지를 재단하고 있다. 사장의 굽은 등이 빈들에 홀로 서 있는 외딴 초가집 같다.

그에게 와락 쏠린 것도 따지고 보면 저런 외로움 때문이었다. 아니 그 눈빛에 비쳐진 나의 외로움 때문이었을 거다.

몸속의 혹이 생명을 위협하는 것은 아니었다. 그리고 지방의 병원에 자리를 잡은 딸아이가 탄 적금을 넘보고 했던 말은 더욱 아니었다. 공연히 외로웠다. 누군가에게 엄살을 부리고 싶었는지도 모른다. 험한 삶을 살아온 어미에게 한마디쯤 위로의 말을 해주지 않을까 하는 마음도 들었다. 내 속으로 낳은 딸이니까.

"승희야, 엄마 자궁에 혹이 자라고 있단다. 너무 커서 수술을 해야 한대."

물론 남들처럼 저희들 원하는 것을 다 들어주며 키우지는 못했다. 겨우 주리지 않을 만큼 먹였고, 제 때 학비를 대는 것도 버거워 원하는 메이커 옷은 사 입히지도 못했다. 그런 상황에서도 제 힘으로 전문대를 졸업해 간호사 일을 하는 딸아이가 대견했다. 월급 한 푼 내놓지 않았지만 야무진 속내도 내심 믿음직스러웠다. 그러나 딸아이의 반응은 예상 외로 날카로웠다. 목숨을 노리는 상대 앞에 선 것처럼 몸을 사리며 표독을 떨었다.

"내가 적금 탄 거 알고 있었어? 난 몰라. 엄마 문제는 엄마가 알아서 해. 요즘은 외모가 재산이래. 돈이 없으면 얼굴이라도 잘나게 낳아 놓던가. 나 이 돈으로 코 할 거야. 난 엄마처럼 살지 않을 거라고."

내가 어떻게 살았기에 엄마처럼은 살지 않겠다는 건가. 서

운한 마음에 야단을 쳤다. 아이 역시 벼르고 있었던 듯 야무
지게 내뱉었다.

"제대로 키울 수도 없으면서 자식은 왜 낳았어? 남들처럼
예쁘고 귀하게 키우지도 못할 거면서 왜 낳았냐고? 이젠 가
난이 지긋지긋해. 난 독립할 거야. 나한테 달라붙을 생각은
하지 마."

아이는 작정한 사람처럼 짐을 꾸렸다.

"월급 몇 푼 받는 것 이리 뜯기고 저리 뜯기다 보면 우린
이 가난의 굴레에서 벗어날 수 없을 거야. 승진인 엄마가 책
임져. 대신 내 몸은 내가 책임질 테니까. 어떻게든 잘 살게
되면 그때 잘 할게."

딸아이는 병원 기숙사로 들어갔다. 야근을 하면 야근수당
까지 받을 수 있다고 처음부터 독립하길 원하던 아이였다.
하지만 계집애 혼자 떼어 놓는 게 내키지 않아 말렸었다. 그
러나 그렇게 짐을 싸들고 나가버리는 딸을 막고 싶지 않았
다. 막을 수 없었다. 그나마 더 모진 말이 나올까봐 무서웠
다. 결국 아버질 죽인 건 엄마가 아니냐고, 그놈의 돈 때문에
산소 호흡기를 미리 뗀 것이 아니냐고 대들면 할 말이 없을
것 같았다. 그러나 서운한 마음도 쉽게 가시지 않았다. 속을
몰라주는 자식이 야속했다. 저걸 자식이라고 믿고 살아야 하
나 싶었다. 그 허전함 속으로 살갑게 구는 그가 들어왔다.

신참으로 합류했던 그를 스스럼없이 대해준 건 나보다 여

나무 살이나 어린 나이 때문이었다. 남자라고 느껴지지 않았
다. 힘쓸 일이 있으면 몸을 사리지 않고 거드는 그가 있어 일
이 수월했다. 곰살 맞은 막냇동생처럼 곁을 맴도는 그에게
이런저런 얘기를 털어놓았다. 그는 군대에 입대한 아들에 대
해 선임자로써 궁금증을 풀어주었다. 그와 가까워진 건 딸아
이가 병원으로 숙소를 옮긴 그 무렵이었다.

　일 개월에 걸쳐 신축 연립주택의 도배를 마친 날이었다.
최 사장 내외와 늘 함께 다니던 사장의 사촌인 최씨. 그리고
그와 나. 우리 일행은 일을 마친 기념으로 최 사장이 모처럼
사는 저녁을 먹었다. 한 이틀 쉬고 다른 현장에 투입될 예정
이었기 때문에 몸은 피곤했지만 마음은 느긋했다. 못하는 술
을 사양 않고 마신 건 착잡한 심정 때문이었을 것이다. 삼겹
살과 소주로 저녁을 마친 일행은 얼큰해진 참에 노래방도 함
께 갔다. 흥이 많은 그와 작은 최씨가 연신 마이크를 잡고 신
나게 불러대는 노래에 흐느적거리며 몸도 흔들어 보았다. 느
린 곡을 노래할 때는 그를 끌어안고 춤도 추었다. 작달막했
던 남편 품과는 달리 키가 큰 그의 품에 푹 안기는 기분이 묘
했다. 얼마 만에 안겨보는 사내 품인가.

　아이들 굶기지 않으려고 정신없이 보낸 세월이었다. 다른
사내를 넘어다 볼 염은 내지도 못했다. 딸아이가 남긴 서운
한 감정이 술기운에 승해졌을 것이다. 내가 누구 때문에 이
렇게 살았는데. 제 아버지 가고도 5년 세월을 곁눈 한 번 안

주고 살았는데…… 공연히 서러움이 밀려 왔다. 눈물이 찔
끔 흘렀지 싶다. 물론 그의 눈에 띌 정도는 아니었다. 그러나
가슴을 맞대고 있으면 그 감정도 전해지는 것일까. 그가 나
를 안고 있던 팔에 불끈 힘을 주었다.

"누님, 힘내세요."

고개가 들려졌고, 아 하는 순간 그의 입술이 다가왔다. 이
마에 찍히는 그의 입술이 부드러웠다. 눈 깜짝할 사이에 더
부드러운 그의 혀를 받았다. 화를 낼 틈도 없이 혹시 누가 본
사람은 없을까 두리번거리며 그를 내치지도 당기지도 못한
채 서 있었다.

노래가 끝나자 그가 3차로 찜질방을 제안했다.

"내가 쏠게요."

나보다 열 살이나 윗길인 최 사장과 그의 아내는 사양했고
나와 작은 최씨는 그를 따라 나섰다. 어차피 아무도 없는 집
안, 내일은 목욕이나 가려던 참이었다. 하루를 당겨 몸을 풀
어두면 이틀은 온전히 쉴 수 있지 않겠느냐고 그를 만나고
싶은 마음을 합리화시켰다. 뜨거운 물에 몸을 담근 채 부드
럽던 그의 입술을 생각했다. 단단하게 조여오던 그의 팔 안
에서 뻐근해 지던 가슴. 얼굴이 달아올랐다. 속내를 들킬까
봐 일부러 늑장을 부려 목욕을 마치고 찜질방에 올라갔을 때
는 열한 시가 넘어 있었다. 평일의 찜질방은 넓고 황량했다.
야자 모형의 나무 아래 앉아 있던 그가 손을 번쩍 들었다. 작

은 최씨는 기다리다 갔다고 했다. 어디서 구해 왔는지 종이
컵에 소주를 따라놓고 앉아 마시고 있던 그가 잔을 내밀었
다. 어두운 조명 아래, 그의 곧은 콧대가 쓸쓸해보였다.

찜질방에선 술을 팔 수 없는 걸로 아는데……. 뒷말을 어
물거리며 술잔을 받았다.

"아, 누님은 모르셨구나. 저 이곳에서 잠자면서 밤엔 매점
관리를 해 주고 있어요. 아는 선배가 하는 거라서. 이 술은
저만 마시기 위해 숨겨둔 거예요. 아무리 힘들어도 잠이 잘
안 와요."

그가 겸연쩍게 웃었다. 그럼 여기서 머물고 있단 말인가.
나는 놀라서 물었다.

"그동안 집에서 출퇴근 한 게 아니라 이런 데서 한뎃잠을
잤단 말이야? 그러면서 그 힘든 일을 한 거야?"

그는 혼자라고 했다. 할머니와 함께 살았는데 군대에 있을
때 할머니마저 세상을 떴단다.

"별로 슬프지 않더라구요. 솔직히 말하면 이제부턴 자유
다, 뭐 그런 생각에 홀가분했어요. 한때 택시 운전을 하다가
사고를 내고는 절대 운전은 못하겠더라고요. 그 후 이렇게
떠돌면서 살고 있어요. 괜찮아요, 이렇게 사는 것도."

그의 목소리는 길가에 구르는 낙엽처럼 버석거렸다. 피붙
이가 죽었는데 슬픔이 느껴지지 않는 마음은 어떤 것일까.
또 딸아이가 스쳐지나갔다. 그 메마른 가슴속인들 편할까.

남편이 사고를 당하던 날을 생각했다. 나 역시 남편의 사고 소식을 듣자 박살났다는 그의 오토바이가 먼저 떠올랐었다. 아직 오토바이의 할부금도 다 갚지 못했는데 빚이 또 늘었구나, 하는 생각이 불쑥 들었던 그 순간, 그렇게 변한 내 스스로가 징그러웠다. 너무 각박하게 살다보면 사람 목숨보다 박살난 오토바이가 아깝게 여겨지기도 하는 것이다. 어떻게든 살아보려고 애를 쓰던 남편이었건만 좋은 세상은 보지 못했다. 척추신경을 다쳐 식물인간으로 몇 개월 병원 신세를 졌지만 남편은 결국 깨어나지 못했다. 아니, 깨어날 수 없었다.

"마음대로 하세요. 나는 더 이상 병원비를 댈 수 없으니까."

의사도 돈을 내지 못하겠다는 나의 말에 두 손을 들고 호흡기를 떼야 했다. 세상은 남편이 있을 때보다 더 나빠지지 않았다. 그저 정신없이 흘러갈 뿐이었다. 딸은 지방의 병원에 내려가 제 밥벌이를 하고, 대학에 입학한 아들은 봄학기를 마치고 군대에 갔다. 아들이 군에서 제대하기 전에 해가 잘 드는 지상으로 올라가는 것, 어떻게든 지하방에서 나오려는 것이 내 목표였다. 그다음에 병원에도 가고, 맛있는 것도 먹고, 좋은 옷도 입을 생각이었다.

"내가 사는 방, 한 번 볼래요?"

기울여도 더 이상 나오지 않는 술병을 흔들던 그는 벌떡 일어서며 나를 잡아끌었다. 찜질방 한쪽 구석의 작은 방에선 사내 냄새가 진동을 했다. 군대에 간 아들 녀석이 떠올랐다.
그를 향한 내 마음은 그런 것이었다. 아들 같고 동생 같은
맘. 그럼에도 나는 그의 방에 누워버렸다.

"너무 오랫동안 여자를 못 만났어요. 위로 받고 싶어요."

딸아이에게 서운했던 마음과 어우러져 그를 야멸차게 밀
어내지 못했던 것일까. 일은 그냥 그렇게 쉽게 이루어졌다.
언젠가는 돌려보내야 할 사람이라는 것을 알았다. 그러나 잘
못 넘겨졌다는 걸 알면서도 얼른 일어서고 싶지 않았다. 철
지나 피는 꽃은 수명이 짧다는 것도, 열매를 맺을 수 없는 것
도 알았다. 그럼에도 몸은 자꾸 달아올랐다. 절담 귀퉁이에
여름 지나 피어난 철쭉처럼 나도 모르게 마음이 갔다. 남의
눈을 피해 나누는 사랑은 달콤했고 더 붉었다.

재단을 마친 사장이 점심을 시키며 말했다.

"내가 풀 바를 테니 잠깐 눈 좀 붙여요. 얼굴빛이 말이 아
니예요."

못 이기는 척 안방 구석에 파지를 깔고 몸을 뉘었다. 그와
함께 일을 할 땐 종종 이렇게 현장에서 누워 사랑을 나누곤
했다. 하루해가 참으로 짧았었다.

밥이 배달되는 소리도 듣지 못할 정도로 단잠에 빠졌다.
거실 바닥에 상을 차려놓은 사장이 몸을 흔드는 바람에 벌떡
일어났다. 휘청거리긴 했지만 깜빡 들었던 잠에 몸이 개운하
다. 이 사장은 예의 바른 사람이다. 그러나 아무리 봐도 늘푼

수는 없을 위인이다.

죽은 남편도 비슷했다. 길이 아니면 가지 않았고 허튼 말도 일체 없었다. 어딜 가나 담배를 물고 있는 것도 같았다. 함께 식당을 하면서도 말이 없는 남편은 손님들에게 화가 났느냐는 오해를 받곤 했다. 마지막으로 퀵 서비스 배달을 택한 것도 그의 성품과 무관하지 않았을 것이다. 말없이 혼자할 수 있는 일이니 잘할 수 있으리라 생각했다.

남편은 주차해 있던 대형 트럭을 들이받고 나가 떨어져 식물인간이 되었다. 남편의 과실이 많았던 탓에 보험금은 오토바이의 잔금을 치를 정도밖에 되지 않았다. 그동안 남편과함께 꾸려가던 식당에서 진 빚도 고스란히 남겨졌다. 남편보내고 남은 빚을 수습하기 위해 다세대 주택의 지하방으로옮겼다. 공사를 하며 밥을 대 먹던 최 사장 내외가 주선해준곳이었다. 나의 딱한 처지를 듣고 그들 틈에 끼워준 것이 인연이 되어 지금까지 이 바닥을 벗어나지 못하는 중이다.

"괜찮아요? 나이 들수록 건강해야 하는데."

이 사장의 염려가 자꾸 부담스럽다.

"너무 걱정 마세요. 제 몫은 다할게요."

"내 말은 그런 뜻이 아니라……."

사장이 뒷말을 우물거리며 국물을 마신다. 수저를 든 채물끄러미 바라보는 내게서 얼굴을 돌리는 사장의 얼굴이 벌겋게 달아있다. 나는 사내들의 이런 모습이 두렵다. 차라리 제 뜻을 또렷이 밝힌다면 내 뜻 역시 또렷하게 밝혀주련만 그저 처분만 바라는 듯한 태도에는 어찌 대응해야 하는 건지. 나는 묵묵히 순두부찌개를 떠먹는다. 그리곤 아직 마음에서 완전히 떠나보내지 못한 그를 생각한다.

"이제 어서 가정을 이루고 살아야지."

그에게 틈틈이 권하던 내 말은 진심이기도 했고, 거짓이기도 했다.

"뭐가 있어야지요. 맨몸으로 가정을 이룰 수는 없잖아요."

그 역시 솔직했다. 그와 나는 이미 사랑에 목숨을 걸만큼 순진한 나이는 아니었다. 우리가 느끼는 이 감정도 이 세상을 좀 쉽게 건너기 위한 소일거리, 한철 단풍놀이 같은 거라는 걸 알고 있었다. 그럴수록 그 순간을 확실하게 누리고 싶었다.

입을 꾹 다문 사장이 우마를 끌어다 벽에 붙인다. 양끝에 본드를 칠한 부직포를 한 장 한 장 붙여 나간다. 새하얀 빛에 눈이 부시다. 내가 제일 좋아하는 공정이다. 나는 일용품이 담긴 박스를 뒤져 커피포트를 찾아 물을 끓인다. 종이컵에 일회용 커피를 뜯어 넣고 물을 붓는다. 커피향이 새하얀 거실 가득 고인다.

"이쁘다. 난 이렇게 부직포만 붙이고 살아도 좋을 것 같아요. 따뜻해 보이고 좋잖아요."

미안하다는 소리 대신 엉뚱한 말을 하며 사장에게 커피를 건넨다.

"깨끗하죠?"

뭔가 더 말할 듯이 입을 달싹거리다 만다. 나도 더 이상 할 말이 없다. 커피를 마신 후 그의 뒤에 서서 풀 바른 벽지를 건넨다. 사장이 윗부분을 붙이고 가운데를 빗자루로 쓸어 무늬를 맞추면 나는 옆선을 맞추고 풀을 닦아낸다. 사장이 귀퉁이를 마무리하는 동안 다시 종이를 들고 한쪽에 물러서서 대기한다. 몇 번만 일을 해보면 상대의 속도와 일솜씨를 가늠할 수 있다. 이 사장은 그보다 일이 갑절은 꼼꼼하다. 꽃무늬 하나까지 틀어지지 않게 맞춘다. 일이 늦어질 수밖에 없다. 자기 일에 골몰하느라 사장은 더욱 말이 없다. 조용해지면 마음에서 일어나는 생각은 더욱 잘 보이기 마련이다. 내 마음속에서 여전히 그가 뛰어다니고 있다.

"일당을 받는 것보다 차라리 우리가 직접 계약을 따서 프리로 뛰면 더 낫지 않을까?"

그의 골방에서 몇 번의 사랑을 나누고 난 뒤 그가 한 말이었다. 아무래도 직접 뛰면 이문도 더 남을 것이고, 우리 일이 다 싶으면 셋이 할 일도 둘이 해 치울 수 있을 테고. 또 우리끼리만 있으면 하루 종일 사랑해도 누가 뭐라 하겠어요?

사랑은 그렇게 무리수를 두는 일인지도 모른다. 나이를 먹었어도 사랑을 겪는 과정은 다르지 않았다. 나는 프리로 뛰자는 그의 철없는 요구를 받아 들였다. 그리곤 얼굴에 철판을 깔고 제 어미를 먹어치우며 살아남는 연어처럼 최 사장의 거래처를 파고들었다. 어이없어 하면서도 그들은 거래처를 나누어 주었다. 잘 해낼 수 있을 줄 알았다.

언제 하루가 가는지 몰랐다. 대충 싸간 도시락도 맛있었다. 일이 늦게 끝나도 부담이 없었다. 밤새 일을 하면 누가 뭐라 할 것인가. 풀칠한 종이를 올려줄 때면 그는 고개를 숙여 입을 맞춰주었다. 이렇게 흰 부직포를 붙여놓고 파지 위에서 나누는 사랑은 또 다른 맛이었다. 내 생애 이런 날이 있을 줄은 꿈에도 생각지 못했다. 같은 일을 하는 것임에도 피곤한 줄 몰랐다.

그러나 모든 일에는 노하우가 있는 법. 나나 그가 알고 있는 기술로는 완벽한 시공을 하기가 어려웠다. 좋아하는 사람과 함께 있는 일이고, 또 내가 뛰는 만큼 이익이 남을 것이라는 계산은 착오였다. 밤늦도록 붙인 벽지가 밤사이에 다 터져버렸다는 소릴 들었을 땐 기가 막혔다. 도배한 후 보일러를 끄는 것은 상식이건만 우린 그런 사소한 것에 무심했다. 하루 일을 뒤로 미루고 다시 도배를 해주는 바람에 재료비가 두 배로 들었고 우리의 일당이 날아갔다. 그러나 그런 시행착오는 애교였다.

문제는 실수가 잦자 일거리가 줄었다는 것이다. 최 사장도 처음 인사차 한두 번이지 노상 우리에게 일을 주지는 않았다. 지물포를 찾아다니며 일거릴 구했다. 하지만 일을 따내는 것이 그리 쉬운 건 아니었다. 게다가 아직 일이 서툰 그는 노련한 재단사들처럼 종이를 아끼는 방법도 몰랐고, 잘못 된 일을 처리하는 법도 서툴렀다. 그동안 모아둔 밑돈마저 달랑거릴 때쯤 정신이 들었다. 완벽한 사람은 없다. 그 역시 사랑놀이에는 부드러웠지만 일에는 게을렀다. 사랑의 약효가 떨어지자 그의 철부지 같은 성격이 보이기 시작했다.

"드디어 잔소리가 시작되는 군. 여자들은 다 똑같아. 나이든 여자는 다를 줄 알았는데 더 무서운 엄마를 만난 것 같아."

그는 이불을 뒤집어쓴 채 어린 아들처럼 투정을 부렸다. 그런 그를 거둘 만큼 내 마음은 여유롭지 못했다. 하루 이틀 노는 날이 많아질수록 마음이 탔다. 한 번도 밀리지 않던 월세까지 밀렸다. 불안한 마음에 다른 팀을 기웃거렸지만 아무도 끼워주려 하지 않았다. 그동안 모았던 꼬깃꼬깃한 밑천을 헐어낸 것이 아까웠고, 내가 정신 나간 짓을 했다는 자각이 들었다. 더 이상 우스워지기 전에 정신을 차려야 한다고 별렀다.

남편이 가고 나서 몇 년 동안 모았던 돈은 중고 트럭 한 대로 남았다. 곧 지상으로 올라오려던 꿈은 습기 찬 방구석에 내동댕이쳐졌다. 괴물처럼 골목에 버티고 서 있던 트럭을 팔아 치우며 다시 이를 앙다물었다. 얼굴에 다시 철판을 깔고 예전의 최 사장을 찾아갔다. 이 동네 평판은 법보다 더 무섭다는 것을 알고 있었다. 최 사장뿐 아니라 다른 이들까지 나를 돌려 세웠다. 그래도 살아야 했기에 지물포 여러 곳을 찾아 다녔다. 남의 집에 물일을 거들며 기회를 기다렸건만, 결국 전부터 나에 대해 호감을 갖고 있던 이 사장 외에는 나를 거두어주는 곳이 없었다. 나는 염치없이 또 한 번 이 사장의 선한 뜻을 이용하는 것이다.

저녁도 건너 뛴 채 일을 마쳤을 때는 밤 열 시가 넘었다. 저녁이라도 먹고 가자는 이 사장의 권유를 뿌리치고 곧장 집으로 왔다. 몸이 천근인데다 몸살기운도 있다. 이럴 때 남편은 말하곤 했다. 판콜 A를 먹어. 몸 찌뿌둥할 땐 그게 최고여.

천근 같은 몸은 눕자마자 잠속으로 빠져들었다. 얼마를 잤을까. 어렴풋한 음악 소리에 현실로 돌아오니 한 시간 남짓 잔 모양이다. 음악 소리는 휴대전화 벨소리였다. 폴더를 열어보니 부재 중 전화가 세 통이었다. 하나는 딸에게서, 나머지 두 통은 모르는 번호다. 귀찮아 그냥 잠을 청하는데 다시 벨이 울린다. 부재중으로 찍혀 있는 그 번호다. 귀찮은 마음에 말소리가 곱지 않았으리라.

"저녁은 들었어요? 약도 안 사가는 것 같아 집 앞에까지 갔었어요. 불도 안 켜놓고 잠들었었나 봐요. 문을 두드려도 모르더라고요. 문고리에다 약 걸어놓았어요. 들고 자요."

오랜만에 느껴보는 사람의 정에 콧등이 또 저릿해진다. 그러나 대답은 퉁명스레 나간다.

"왜 시키지 않는 짓을 하고 그러세요."

이렇게 발을 뻗는다는 건 벌써 누울 자린 줄 알고 있다는 것일까.

"약이 너무 식을까봐 걱정 돼서 자꾸 전화했어요. 알약은 못 먹는다면서요? 그래서 물약으로만 샀으니까 어서 들고 푹 자요."

알약을 못 먹는다는 얘길 기억하는 걸 보면 생각보다 자상한 구석이 있다. 전화를 끊고 나가보니 현관 문고리에 아직 따끈한 쌍화탕과 판콜 A 한 박스가 들어 있다.

"판콜 A나 먹어 둬. 내일 아침이면 괜찮아 질 거야."

남편이 살았을 때 몸살이 났나 보다고 투정을 부렸던 건 자동응답기 같은 즉각적인 대답을 원해서가 아니었다. 내가 원한 건 좀 더 자상한 관심이었다. 무심한 대답이 싫어 일부러 약 먹기를 거부했던 적도 있었다. 그러나 남편이 죽고 나자 그렇게 형식적으로 권하는 사람마저 없던 삶이었다.

다시 전화벨이 울린다. 딸이다.

"어디에 있는데 전화를 그렇게 해도 안 받아?"

어렴풋이 엄마에게 사내가 있다는 걸 눈치 챈 후론 더욱 쌀쌀맞아진 딸이다.

"그래도 엄마가 아파서 일을 못했다고 하면 월세 정도는 좀 빌려주지 않을까요?"

그가 눈치를 보며 마지막으로 한 말이 떠오른다. 그날 그를 내쫓았다.

딸애의 전화를 받으면 언제나 빚쟁이의 독촉을 받는 것처럼 기분이 언짢아진다. 부모는 전생에 빚쟁이라지만 대체 얼마나 많은 빚을 졌기에 이리도 당당한가? 저희들 마음 내키는 대로 달려들어 소리치고 할퀴어도 묵묵히 견뎌야 하는 것이 어미란 말인가. 평소 아이들에게 부담을 주지 않으려 어지간하면 아픈 내색도 하지 않았건만. 순간 부아가 치민다.

"엄마는 일찍 좀 잠이 들면 안 되니? 몸이 아파도 늘 네 전화가 울리면 바로 받아야만 하는 사람이야? 자식이고 뭐고 다 귀찮다. 끊자."

전화를 끊고 배터리를 빼버린다. 딸애를 본 지가 몇 달이 넘었지 싶다. 그에게 미쳐 있는 동안은 자식 그리운 줄도 몰랐다. 제대로 돈이 돌지 않고, 그와의 관계가 시들해져서야 아이들이 궁금해졌다. 무늬를 맞추지 않았다고 꼬투릴 잡으며 품삯을 깎으려 할 때, 벽지 끝이 다 들떴다고 잔소릴 들으며 다시 불려가면서 문득문득 아이들이 떠올랐다. 종이를 대준 지물포에서 손해 본 벽지 값을 물릴 때면 내가 미친년인지 싶어 가슴을 쥐어뜯다가 언뜻 스치는 아이들 모습에 정신을 차렸다.

벽이 갈라질 때도 이렇게 통증이 있었겠지? 임시로나마 초배지를 바르고 부직포를 덧대면 말짱해지는 벽이 부럽다. 그나 나, 또 이 사장과 딸아이의 가슴팍에도 저 날림으로 지은 집처럼 무수한 균열이 나 있을 것이다. 이렇게 바람이 숭숭 드나드는 사람들의 마음 벽은 어찌 매울 수 있을까. 자꾸 먼저 간 남편이 떠오른다.

미안해요. 사는 게 팍팍해서 그랬어요. 그래도 당신이 있을 땐 퍼부을 곳이라도 있었는데……. 그 세상은 여기보다 좀 나은가요?

죽은 남편에게 중얼거리고 나니 말도 들어보지 않고 전화를 끊어버린 딸아이가 걸린다. 나는 전화의 배터리를 끼우고 아이의 번호를 누른다. 야근조라서 근무 중이라는 딸아이는 보지 않아도 노란 곰팡이처럼 시들어 있을 것이다.

"엄마 걱정은 하지 말고 네 몸이나 잘 챙겨. 귀찮다고 끼니 거르지 말고."

비단은 아닐지라도 이 어미의 말 한마디가 금 간 아이 마음을 매울 수 있으면 좋겠다. 누덕누덕 깁지 않아도 젊음 그 자체로 아름답다는 말을 이해하기에 아이는 아직 젊지 않은가. 바람이 반지하의 창문을 거칠게 흔들고 지나간다. 머지 않아 첫 눈이 내릴 것이다.

그물에 들다

　모처럼 수평선이 또렷한 걸 보니 오늘은 날씨가 좋을 모양이다. 바다보다 먼저 갠 하늘에 아직 별들이 총총하다. 유리창 너머, 별을 좇던 혜운은 유독 밝게 움직이는 별을 바라본다. 저거 별 아닐지도 몰라요. 요즘 하늘에는 인공위성이 별보다 더 많다 잖아요. 늘 이런 식이다. 생각지도 않았던 말이 가당치도 않은 순간에 떠오른다.

　지난여름, 한 가족이 머물다 간 적이 있다. 밤하늘을 올려다보며 별자리를 가리키던 제 아빠를 향해 초등학생 아들 녀석이 한 소리였다. 그 아이의 입에서 나와 족히 예닐곱 달은 떠돌았을 소리가 왜 하필 이 새벽에 불쑥 솟아오르는 건지 혜운은 알 수 없다. 별과 위성이라. 별이란 무얼까. 위성은 별이 아닌가. 버릇없다고 할까, 되바라졌다고 할까, 암튼 공

손한 말투는 아니었다. 못 본 척 자리를 비켰었다. 왠지 그
애 아빠가 무안해 할 것 같아 모른 척했다. 그런데 그 순간
대꾸하지 못했던 말들이 새삼 무논의 개구리처럼 와글거린
다. 오늘도 망상이 끓는 걸 눈치 챈 걸까. 창 앞에 앉아 발 위
에 머리를 내려놓고 있던 자월이 고개를 돌려 방안을 바라본
다.

　혜운의 참회시간을 귀신 같이 알고 창 앞에 자리를 잡는
자월이었다. 방석을 끌어다 놓는 혜운의 눈에 다시 유리창
앞에서 흔들리고 있는 나뭇가지가 들어온다. 아니 그냥 나뭇
가지가 아니다. 거미줄에 걸려 돌돌 말려 있는 나뭇잎이다.
언제부터 있었던 것인지 알 수 없다.

　"보려고 하지 않으면 아무리 곁에 있어도 보이지 않는 법
이지요."

　이렇게 말한 건 진성 스님이었을 것이다. 망상은 주로 말
끝을 물고 일어선다.

　"정말 호사스럽게 사시네요."

　어제 저녁 월수를 따라 방으로 들어서던 여자는 곧장 창
쪽으로 다가서며 말했었다. 오랜만에 듣는 호사라는 말이 신
선했다. 여자는 호사라는 단어를 설명하기 위해 몇 가지 예
를 들었다. 눈 내리는 날 야외에서 온천욕하기. 아무도 없는
시골집 툇마루에 누워서 하늘 보기. 이렇게 방안에 앉아 바
다를 보는 것도 아무나 누리는 호사는 아니죠. 여자는 예상

했던 것보다 목소리 톤이 낮았다. 불쑥 낭만이라는 단어가
호사라는 단어 곁에서 어른거렸다. 낭만과 호사, 두 단어 사
이의 거리는 어느 정도나 될까?

혜운은 숨을 깊게 들이마시며 참회문을 펼친다. 망상이 더
자라기 전에 마음을 고르며 합장을 한다. 저 멀리 수평선에
분홍빛이 스민다. 그 빛에 거북섬의 형상이 드러난다. 마을
쪽에서 보면 목을 길게 뺀 거북 같다 하여 거북섬이라 불리
는 섬이다. 백령도 쪽을 향해 밤새 쏘아대던 평택 함대의 불
빛이 힘을 잃는다.

앉은뱅이책상 위에 놓여 있는 빈 소주병 두 개와 찌그러진
맥주 캔 세 개가 액자 속에 들어 있는 사진처럼 유리창에 비
친다. 그 풍경이 어제 저녁을 다시 불러들인다. 여자는 빈 맥
주 캔을 가져다 꾹꾹 눌러댔다. 빈 맥주 캔을 찌그러트리는
건 여자의 버릇일까. 아니면 무심코 불편한 속내를 드러낸
것일까. 어젯밤 그녀에게 묻고 싶었던 물음이다.

"예불대참회문."

혜운은 도리질을 하며 입을 열었다. 밥상머리에서 해찰을
부리다 예상치 못하게 등짝을 맞은 것처럼 느닷없는 자신의
목소리가 낯설다. 이제부터 지심귀명례를 외기 시작하면 전
원이 들어온 자동인형처럼 108배는 규칙적으로 이어질 것이
다. 두 무릎을 구부려 바닥에 대고 합장한 팔을 풀어 바닥을
짚으며 이마를 대면 몸의 다섯 곳이 바닥에 닿는다. 이름 하

여 오체투지. 혜운은 그 동작과 함께 이제는 입에 붙어버린 예불대참회문을 시작한다.

"대자대비민중생, 대희대사제함식, 상호광명이자엄, 중등 지심귀명례……."

망상이 잠깐 물러난다. 지심귀명례 귀의불 귀의법 귀의승.

알을 깨기가 어렵지 일단 밖으로 나오면 금방 자라는 병아리처럼 아침 해도 수평선 뚫기가 어렵지 수평선만 뚫으면 쑥쑥 솟는다. 부처님 명호를 외며 한 번씩 몸을 굽혔다 일어설 때마다 세상이 밝아지는 것 같다. 금세 밀고 올라온 반월모양의 해가 바닷길을 만든다. 거북섬에서 시작한 빛의 길은 큰 물고기의 비늘처럼 반짝이며 혜운의 창문 앞까지 이어진다. 창 아래는 절벽. 도(道)란 백척간두에 서서 한 발을 내미는 심정으로 닦아야 한다던 진성 스님이 그 한 발을 내디뎌 열반한 곳이다. 늘 보았던 풍경이건만 유리창으로 보이는 풍경이 역광으로 연출한 사진 같다. 역광 사진이란 단어 역시 여자의 입에서 나온 말이었다.

하늘과 바다가 청명하다. 그렇다면 여자는 오늘 떠날 것인가. 하룻밤만 머물 예정이었던 여자는 배가 뜨지 못하는 바람에 이틀을 더 묵었다. 여자는 어젯밤 하루치의 방 값을 내놓았다. 나머지는 집으로 돌아가는 즉시 송금하겠다며 미안해했다. 카드 결제가 안 되니 할 수 없는 일이었다. 사실 혜운이 걱정한 것은 방 값이 아니라 홀로 섬으로 들어온 여자

의 속내였다. 다음 날 아침에 행여 그녀가 보이지 않을 것 같
은 불안함에 잠도 깊이 들지 못했다. 백구 자월도 뭔가 불안
했을까, 조그만 소리에도 벌떡 몸을 일으키곤 했다. 망상은
이렇게 구멍이 많다. 허방을 짚기 일쑤다.

"시방 진허공개 일체제불……."

그럼에도 늘 망상의 촉수에 걸려든다. 카키색 톱바를 입고
빈손으로 걸어오던 여자의 모습이 명호 끝에 달라붙는다. 여
자가 배에서 내릴 때부터 이미 바다는 거칠어지기 시작했다.
부두에 홀로 내린 사람이 맨몸의 여자 혼자라는 사실에 혜운
은 공연히 긴장했다. 그녀가 부두를 한 바퀴 둘러볼 때 혜운
역시 이 창 앞에 서서 그녀가 더듬는 눈길을 따라 부두 주변
을 둘러보았다. 해안 깊숙이 들어와 있는 방파제 겸 해안도
로에도 거친 물결이 혀를 날름대고 있었다. 배가 닿을 시간
이면 으레 해안가 사람들의 눈길은 부두로 향했다. 사람뿐
아니라 개도 고양이도 하다못해 섬의 꽃과 나무들조차 그랬
다. 사람이 그리운 것이다.

배의 꼬리에 이는 파도가 수상쩍었다. 이런 겨울에 홀로
섬을 찾아드는 경우는 흔치 않았다. 더구나 거칠어지기 시작
한 바닷길을 헤치고 섬으로 들어온 여인이라. 이 모든 망상
의 원인은 홀로 섬을 찾은 여인이라는 사실에서 시작된 셈이
었다.

엎드렸다 일어나며 혜운은 흐트러진 생각을 묶듯 고무줄

을 풀어 긴 머리를 다시 묶는다. 진성 스님이 부러워하던 머리카락이다.

"이 놈의 머리카락이 얼마나 성가신지 몰라요. 매일 밀자니 일이요, 그냥 두자니 더부룩한 숲을 이고 있는 것 같아서……. 거사님 그거 하난 잘했어요."

비뚤어진 방석을 발로 가지런히 한 후 다시 마음을 잡는다. 망상이 생기면 이렇게 털고 가면 될 일. 짐짓 조바심을 털어낸다.

따뜻한 날에는 창가에서 지껄이는 새소리에 눈을 뜬다지만 이렇게 새소리조차 없는 한겨울에도 해 뜰 무렵이면 눈이 떠지는 건 습(習)이었다. 눈이 떠지면 딱히 그래야 할 이유가 없는데도 누가 시키는 것처럼 자리를 털고 일어나는 것 역시 이제는 습이 되었다. 평생 시계의 알람 기능을 이용해 본 적이 없기는 했다. 깨워 줄 사람이 없다는 걸, 게으름이나 투정도 상대가 있어야 한다는 걸, 본능은 알고 있었다.

혜운은 일단 잠이 깨면 잠자리에 누운 채 팔다리를 들어 올려 허공으로 힘껏 주먹질과 발길질을 해댔다. TV프로그램에서 본 운동법인데, 밤새 긴장됐던 몸을 풀기에는 제격이었다. 편하고자 하는 몸을 다독여 움직이게 하는 것도 마음을 먹어야 한다. 오늘도 팔다리를 버둥거리며 허공찌르기를 한 혜운은 엎드린 자세로 팔을 힘껏 뻗어 기지개를 켰다. 이것은 잠에서 깬 자원이 하는 동작이었다. 집 밖으로 나오며 몸을 길게 뻗는 자월을 흉내 내보니 몸이 아주 개운했다. 엎드린 채 한쪽 팔을 들어 뒤통수를 누르면 굽은 등이 펴지고 몸이 이완됐다.

귀 밝은 백구 자월도 그 시간이면 몸을 뻗어 기지개를 켜곤 혜운의 창 앞으로 다가온다. 다섯 평짜리 조립식 통나무 주택. 화장실까지 달려 있는 신식 집이다. 진성 스님과 이 이동식 주택을 한 채씩 들여놓을 때만 해도 마을 사람들은 저놈들이 언제까지 버티나 두고 보자는 눈치였다.

"사방이 변손디, 뭔 요강까지 끼고 잔대요?"

우호적인 월수까지 조립식 집을 들여다보며 시답잖아 했다. 진성 스님과 불알친구인 월수는 타향받이인 혜운에게 가장 먼저 마음을 열어준 동무였다.

세수하고 대충 머리까지 매만지고 나면 혜운은 방석을 창문 앞으로 끌어다 놓는다. 창 틀 위 선반에 올려놓은 엄지손톱만 한 부처님을 바로 놓고 바다를 향해 선다. 그때쯤이면 수평선이 발그레해지곤 했다. 여름이나 겨울이나 자연에 맞춰진 몸의 시간은 정확하다.

"망상이 인다는 건 그만큼 주변이 고요해졌다는 뜻이에요. 망상과 한 덩어리로 섞여 살면 그게 보이겠어요?"

혜운은 큼 목소리를 가다듬으며 머릿속에서 떠다니는 나비를 쫓아낸다.

지심귀명례 여래응공 정변지 명행족……

특별히 이루어야 할 소원이 있는 건 아니었다. 그렇다고 다음 생에 대한 간절함이 있는 것도 아니었다. 하지만 섬에 들어오면서 세운 서원이었다. 아침에 일어나면 이렇게 108배로 하루를 시작하겠다고. 때론 유리창에 비치는 제 모습을 보며 새벽부터 이게 무슨 짓인가 자괴감이 들기도 했다. 스스로 제가 친 그물에 갇혀 허우적거리는 건 아닌가, 한심하다는 생각도 들었다. 하지만 그게 또 몸이 편하자고 부리는 꾀라는 걸 알고 있었다. 그럴 때마다 한번 뜻을 세웠으면 의심하지 말고 가라고 했던 길상암 노스님 말씀을 떠올렸다. 어차피 삶이란 자신을 합리화하며 살기 마련, 혼란스러울 때는 초심을 지키면 된다고 하던 노스님은 출가 후 평생 토굴 밖을 나오지 않았다는 진성 스님의 스승이었다. 그 말씀을 듣는 순간 이거구나 싶었다. 초심 지키기. 쉽지만 쉽지 않은 일이었다. 서원을 세운 지 칠 년이 넘도록 한 번도 거르지 않은 108배였지만 요즘 들어 더욱 망상이 심해지는 것 같다.

회사에서 단체로 참가했던 템플스테이 때 처음 절과 인연을 맺었다. 우리가 겪는 이 세상에서의 고통은 자신이 지은 업 때문이라고 했던가. 구체적으로 그 업이라는 것이 무엇인지 알고 싶었다.

"카르마라 합니다. 業(업)이란 말 그대로 행위의 반복으로 인해 생기는 것입니다. 한 번 스친 생각이 아니라 붙들고 있는 생각이 업이 되는 거지요. 여러분들은 내가 무슨 악한 생각을 하겠느냐고 하겠지요. 남한테 피해주지 않았고 법 어기지 않고 살면 됐지, 하며 항의하고 싶지요? 하지만 곰곰이 생각해 보세요. 나를 위해 남을 은근히 구석으로 몬 적이 없을까요? 그 생각이 또 오래 괴롭히지는 않던가요? 좋고 나쁘다는 구별 없이 그냥 받아들일 수 있다면 쌓이는 게 없을 테지만 우리 삶이 그렇질 못하잖아요."

진성 스님은 말을 잘했다. 사회에 있었어도 한 자리 했겠구나 싶을 만큼 달변가였다. 참회란 오늘도 분별없이 잘 살았나 그걸 돌아보는 거라고 했다. 잘잘못 가리지 않기. 이 역시 쉬운 것 같은데 아주 어려웠다.

"여러분 중 나는 우물 안 개구리가 아니라고 자신할 수 있는 분 있습니까. 회사라는 조그마한 조직에 갇혀서 저 사람은 승진하는데 나는 왜 못 하나, 저 사람은 돈을 잘 버는데 나는 왜 이렇게 용해 빠졌나, 이렇게 자책하지 않는 분 있습니까. 우물에서 뛰쳐나오세요. 세상의 가치란 그 경계만 벗어나면 아무것도 아니랍니다. 돈을 부러워하지 않으면 돈 많은 사람 앞에 기죽지 않고요, 권력을 부러워하지 않으면 권력 가진 자가 두렵지 않은 법이지요. 공연히 자신을 우물 속에 가둬놓고 스스로를 괴롭히는 것이 지옥 아닐까요."

업이란 것이 행위가 반복되어 쌓인 것이라는 말에 공감했다. 그 행위들이 축적되어 업장을 이룬다는 말에 설득당했다. 나를 힘들게 하는 것부터 돌아보라고 했다. 전생까지 갈 필요도 없이 내 주변, 내 습관들부터 바꾸면 이승의 업이 편안해 질 거라고. 무의식적으로 하는 먹고 싸는 행위, 욕심을 부리고 화를 내는 행위들을 잘 살펴보면 그 근본을 보게 될 것이라 했다. 그렇게 쌓인 업장을 소멸하는 가장 좋은 방법이 절이라는 말이 혜운의 귀에 쏙 들어왔다.

"거사님이 사회에서 얼마나 부귀영화를 누리고 살았는지 모르지만 그 테두리에서 한 발 물러나서 바라볼 수 있다면 그게 얼마나 허망한 것인지 아실 겁니다. 제 보시금이 월 삼십만 원인데요, 전 그 돈이 남아돕니다. 절집에서 먹여주고 재워주고 입혀주는데 뭔 돈이 필요합니까. 설령 대통령이 되었다고 세계를 얻은 것처럼 행복할까요? 우리나라 대통령은 미국 대통령이 더 우월하다 여기지 않겠습니까? 지구 밖에서 보면 지구에서 사는 사람살이가 별 것 아닐 걸요. 작은 세상에 갇혀 아등바등하지 마시고 큰 세계를 보세요. 공연히 세상 끝난 것 같은 표정하지 마시고 왜 내게 그런 고민이 생긴 건지 잘 살펴보세요."

벌써 십여 년 전의 일이었다. 그러나 그렇게 똑 소리 나게 말을 잘하던 진성 스님도 결국 자기의 우물에 갇혀 허우적대다 어느 날 벼랑 아래로 몸을 날렸다. 성불 역시 다른 욕망과 근본은 다르지 않았다. 혜운은 또 망상 속에 있음을 알아차린다.

"지심귀명례 혜덕광명불."

하지만 한 부처님을 넘어가기도 전 숨과 숨 사이로 다시 잡념이 스민다.

그녀를 여기에 데리고 온 것은 자월이었다. 그녀는 자월을 따라 들어왔다. 물론 그녀가 도착하기 전에 월수가 귀띔을 하긴 했다. 부두에서 빈 차로 달려온 월수는 혜운의 집 앞에서 경적을 울려댔다.

"형님, 오늘 손님 받을 준비 하슈."

혜운은 월수가 가끔 민박집을 찾는 손님들에게 은근히 혜운의 집을 권한다는 것을 알고 있었다. 섬사람 모두 다 아는 얼굴들이라 대놓고 어느 집을 추천하기가 쉽지 않을 테지만 그래도 눈치껏 손님을 물어다 주는 월수가 고마웠다. 월수는 발정 난 암캐처럼 달떠 있었다.

"형님, 오늘 들어온 그 여자에 대해서 뭔가 좀 알아 봐요. 풍랑주위보가 내려 섬에 있던 사람들도 짐을 싸는 판에 왜 혼자 섬으로 들어왔을까요. 그것도 손가방 하나 안 들고 달랑 빈 몸으로요. 암튼, 내가 이따 자리를 만들어 볼 테니께 오늘 저녁에 한 잔 합시다. 준비하고 계세요."

여자는 잠깐 들러 묵을 방을 확인하고는 밖으로 나갔다. 진성 스님이 묵던 방이었다. 처음 이 섬에 도착해서 혜운이 그랬던 것처럼 여자도 온종일 섬을 쏘다녔다. 아직 눈이 녹지 않은 섬. 여자의 발자국 옆에는 나란히 자월의 발자국이 찍혀 있었다. 자월은 집에 묵는 손님들을 잘 따라다녔다. 아니 제가 먼저 앞장서서 손님을 안내하듯 섬 구석구석을 데리고 다녔다. 그리곤 집으로 돌아와서는 장한 일을 한 듯 등을 길게 늘이며 기지개를 켜고는 했다. 생각보다 일찍 돌아온 여자는 문을 닫고 들어가 나오지 않았다. 저녁에 들렀던 월수는 헛걸음으로 돌아가야 했다.

어제 아침나절, 나와 자월의 우려와 달리 여자는 상쾌한 얼굴로 나타났다. 여자가 나타나자 자월은 앞장을 섰다. 자꾸 뒤를 돌아보는 자월을 따라 혜운도 모처럼 그들을 따라나섰다. 자월은 여자와 제 발자국이 찍힌 숲길로 혜운을 이끌었다. 북쪽 둔덕, 바다가 보이는 벼랑 위에는 어제 그들이 찍어놓은 발자국이 어지러웠다. 날씨가 좋을 때면 혜운이 자주 찾는 하늬재였다. 소나무 잔가지들조차 모두 섬 쪽으로 누울 정도로 바람이 센 곳이다. 바다는 하얀 포말을 물고 달려오고 있었다. 저 파도가 가라앉기 전에는 배도 뜨지 않을 것이다.

배가 뜨지 않으면 승객도 별반 없는 마을버스. 월수는 집 앞을 지날 때마다 경적을 울려댔다. 월수는 아홉 시 반에 첫 운행을 시작하는 마을버스 기사였다. 섬의 동쪽 끝인 1리에서 서쪽 끝 마을회관이 있는 3리까지는 차로 십 분이면 족했다. 마을 주민들은 대부분 자가용이나 트럭을 가지고 있었다. 마을버스 승객은 자가용을 운전할 수 없는 노인 몇과 관광객을 위한 거였다. 빈 버스를 운행하면서도 늘 가요를 틀고 다니는 덕에 사람들은 대충 때를 알았다. 고개를 넘어오는 노랫소리를 들으며 한 번 더 오줌을 누고 나서면 딱 버스 시간에 맞는다고 고갯마루 김 노인은 말했다. 배가 떠나는 오후 세시 반까지 마을길을 일곱 번 왕복하는 월수는 마을에서 가장 빠른 정보통이었다.

경적을 울려 혜운을 불러 낸 월수는 누구네 집 며느리가 아들을 낳았고, 지난밤에는 무슨 민박 주인이 구판장에 와서 행패를 부렸으며 누구네 집에 부부싸움이 있었다는 것까지 전해주었다. 여자가 들어온 후에는 시간마다 여자의 행적을 알려주던 월수였다.

섬 마을버스 기사의 월급은 일에 비해 후했다. 도시에서 하루 종일 택시를 몰아도 벌 수 없는 돈이라고 했다. 하지만 에너지가 넘치는 젊은 사람들은 주체할 수 없는 시간을 견디지 못해 도시로 떠났다. 월수역시 젊은 시절엔 뭍에 나가 살았다. 지금도 아이들과 아내는 인천시내에 머문다. 아직 홀로 견디는 일이 쉽지 않은 듯 그의 집엔 술병이 뒹굴었고, 그가 있는 곳에선 악을 쓰듯 목청을 돋우는 그의 노래가 들렸다. 혜운과 길 하나를 사이에 두고 언덕 쪽에 살고 있는 그는 집에서도 눈을 뜨는 것과 동시에 음악을 틀어댔다.

"형님. 내가 형님을 왜 좋아하는지 아슈? 말이 없어서예요. 난 사람들이 지껄이는 소리가 싫어요. 그게 다 그 소린데 뭘 그렇게들 떠들어대나 몰라요. 내가 뉴스 듣는다고 세상에서 일어날 일이 안 일어날 것도 아니고. 난 그냥 이렇게 노래나 들으면서 살고 싶수."

이젠 라디오에서 프로그램을 진행하는 아나운서의 목소리도 듣기 싫단다. 그러면서도 사람이 그리운가. 부두에 배가 닿을 때면 제일 먼저 부두로 달려가는 사람이 월수다. 또 그는 눈썰미가 좋아서 단 한 번의 일별로 손님들의 상태를 알려주었다.

그는 첫날 여자에 대해 말해 주었다.

"짐도 없이 달랑 몸뚱이 하나 들고 내렸다니까요. 나쁜 맘을 먹고 있는 것 같지는 않지만 밤에 잘 지키셔요. 재수 없이 또 지난번 진성 스님처럼 뛰어내릴지 누가 알아요?"

깊이 뿌리를 내린 망상을 되돌릴 힘이 없다. 몸뚱이는 엎어졌다 일어나지만 생각은 저 멀리 돌아가 있다.

서른여덟. 지금 돌아보면 한창 나이였다. 하지만 사회 속에 섞여들기엔 참 어중간했다. 저 창가의 나뭇잎처럼 억지로 그때까지 붙어 있었던 기분이랄까. 퇴직자 명단을 보는 순간 혜운은 부끄럽기도 하고 억울하기도 했다.

"거느릴 가족 없는 자네가 처자식 먹여 살려야 하는 사람들보다 덜 절박할 것 같아서…… 미안하네."

지점장의 솔직한 말에 서운함은 조금 가셨다. 윗사람들에게는 처세술에서 밀렸고 젊은 신입들에게는 스펙에서 밀렸다. 스무 살부터 해온 일이었다. 좀 쉬고 싶은 생각도 없지 않았다. 어찌 됐든 몸뚱이 하나 건사 못할까. 하지만 몸이 한 가하니 생각이 많아졌다. 아무리 생각해도 딱히 해야 할 일도, 하고 싶은 일도 없었다. 살긴 살아야겠는데 왜 살아야 하는지 이유를 찾을 수 없었다. 절집을 드나들며 안면을 익힌 진성 스님을 찾아갔다.

"자기 자신을 너무 대단하다고 생각하고 있는 것 아니에요? 이 육신을 갖고 얼마나 살겠다고 그리 고민을 하세요. 내버려둬도 언젠가는 사라질 몸뚱입니다. 아무짝에도 쓸모없는 그 생각이란 것 좀 집어 치우고 그 시간에 차라리 절을 하세요."

혜운보다 두어 살 어린 진성 스님은 가야 할 곳을 확실히 아는 사람 같았다. 그 확고함이 부러워 그를 따랐다.

"거사님은 생각이 너무 많아요. 그 망상이 한꺼번에 날아오르면 미쳐버려요. 우리 스승님 말씀이 망상을 없애는 데는 절이 최고랍디다. 우리 함께 절 합시다."

몇 달간 절에 머무르며 하루에 천 배씩 절을 했다. 절이 끝나면 절 일을 거들었다. 밭도 매고 공양간 설거지며 빨래도 했다. 그런 혜운이 믿음직했을까. 진성 스님이 어느 날 제안을 했다.

"이제 진짜 스님을 만나게 해드릴게요. 제 은사님인데, 언제 한 번 뵈러 갑시다."

출가 후 수좌로 선방을 돌다가 삼십 년 전 토굴에 들어간 후 밖으로 나온 적이 없다는 큰스님은 그저 온화한 농사꾼 같았다. 산자락 끝에 손수 먹을 채소를 키우며 살고 있었다.

"부처님 제자들이 부처님께 물었답니다. 부처님, 그 많은 부처들은 어디서 옵니까? 하고. 그러자 부처님이 대답했대요. 동산수상행이니라. 우리말로 풀이하면 동쪽 산이 물 위를 걷는다, 라는 뜻이지. 그게 뭔 말인지 알겠소?"

호미를 내려놓고 툇마루에 걸터앉은 스님이 물었다. 당연히 알 리가 없었다. 무릎을 꿇은 채 머리를 흔들었다.

"모르겠습니다."

"그럼 지금부터 그걸 알아보세요. 잘 때나 걸을 때나 밥을 먹을 때나 똥을 쌀 때나 평생 그 의문을 놓지 마시고. 화두는 누구에게 발설하는 게 아니오. 그저 마음에 쟁여놓고 들여다보고 또 들여다보며 참구하는 거니까, 뭔가 소식이 왔다 싶으면 진성이랑 한 번 더 들러도 좋고."

하지만 화두는 쉽게 잡히지 않았다. 동쪽 산이 물 위를 걷는다, 이기 뭐꼬. 스님을 따라 중얼거려 봐도 허공에 뜬 구름 잡기였다. 다리를 틀고 앉으면 공상만 훨훨 날다가 그조차 지루해지면 졸음이 쏟아졌다. 이생에는 화두인연이 없는 것 같다고 했다가 진성 스님한테 지청구를 들었다.

"해보지도 않고 주워들은 풍월은 있어서. 그리 쉬운 일 같으면 너나 나나 다 도사되게요? 조바심 내지 말고 정진합시다."

눈은 참회문에 적힌 부처님 명호를 따라가고 입은 부처를 부르고 있지만 여전히 망상 중이다. 진성 스님을 따라 배가 하루에 한 번밖에 뜨지 않는 이 섬을 찾아든 게 칠 년 전. 자월도는 스님의 고향이었다. 젊은 사람들은 아이들을 키운다고 모두 뭍으로 나갔고, 땅을 가지고 있던 마을 사람들은 땅값이 오르자 큰 돈 만지는 재미에 섬을 떠났다. 이제 섬을 지키는 본토박이들은 우물쭈물 기회를 놓치고 늙어가는 노인들뿐이었다. 주민의 반 이상이 숙박업소를 지어놓고 돈을 벌기 위해 들어온 외지인들이었다.

스님의 선친이 살았다는 산중턱의 텃밭 달린 농가를 샀다. 스님이 인연이 되면 토굴을 지어 만년을 보내겠다던 터였다. 허물어진 집을 밀고 간편하게 지어진 조립식주택을 두 채 가져다 놓았다. 한 채는 진성 스님을 위해 혜운이 보시한 거였다.

"내 건 바다 쪽으로 난 창을 가려주시오. 물결을 보면 망상이 일어서."

면벽수행을 하는 수행자의 모습이려니 했다. 집 주위에 푸성귀를 가꿔 먹으면 평생 먹고 살 걱정은 안 해도 될 것 같았다.

진성 스님은 혜운이 이제야 제 길을 찾은 것 같다며 흐뭇해했다.

"여기가 이래 뵈도 터가 세요. 마음잡지 못하면 뭐든지 날려버릴 겁니다. 마음 단단히 먹고 잘 버텨야 해요."

매일 108배로 움직이려는 마음을 누르라 했다. 하루에
108배를 하다보면 최소한 운동은 될 것이었다. 눈 뜨자마자
밥을 먹는 것보다는 뭔가 살아 있다는 느낌도 날 것 같았다.
그러마고 했다. 월수가 동네에서 얻어왔다며 강아지 한 마리
를 가져다 주었다. 지금의 백구다. 섬 이름을 따 자월이라고
불렀다.

"지심귀명례 지혜승불."

지혜로운 구름이란 뜻이라며 진성 스님이 혜운이란 법명
을 주었다. 세상에 살 때는 지혜라는 말을 좋아했다. 나름 지
혜롭게 산다고 생각했다. 옳은 일을 행하고 옳지 않은 일을
피하면서 모나지 않게 산다고 여겼다. 그러나 자꾸 뒤로 밀
렸다. 옳지 않은 술자리를 피하고 나면 대리 후보였던 자신
을 제치고 후배가 대리가 되었다. 청탁을 거부하고 나면 차
장의 눈초리가 날카로워졌다. 지혜라는 것은 옳고 그름을 따
지는 것이 아니라 시절 인연을 거슬리지 않는 것이지 싶었
다.

정진군불을 윌 때면 아직도 얼굴이 화끈거린다. 언제였던
가. 이장과 시비가 일었던 적이 있었다. 월수가 육지로 나갈
일이 있어 대신 마을버스를 운전해 준 날이었다. 마을 노인
이 인감도장을 잃어버렸다고 수선을 피웠다. 집에서 인감을
가지고 나왔는데 없어졌다며 버스에 흘린 게 틀림없다고 우

졌다. 버스에는 아무것도 없었다. 노인은 혜운을 의심했다. 노인은 결국 한참 후에 이장을 대동하고 나타났다. 다시 버스를 뒤졌지만 도장은 보이지 않았다. 설령 인감도장을 잃어버렸다 해도 크게 걱정할 것은 없다. 설득을 했건만 노인들의 생각은 완고했다. 이 섬에 산 지 근 십여 년이 가까워오건만 이렇게 시비가 걸린 일에는 늘 외지인이 가해자였다. 그들과 잘 지내려고 나름 애도 썼다. 힘쓸 일이 있거나 궂은일이 생기면 몸을 사리지 않고 거들었다. 주민들에게 공손했고 동네에 해를 끼치는 행동도 하지 않았다. 하지만 여전히 이방인으로 대하는 그들이 순간 섭섭하고 억울했다.

억울한 감정 뒤에 도사리고 있던 것은 그동안 누르고 있던 화였다. 억눌렸던 분노가 터져 나왔다. 차가 찌그러질 정도로 문을 닫아버리고 집으로 돌아와 씩씩거렸다. 한번 올라온 감정은 오래 묵은 분노까지 달고 올라왔다. 어린 시절 일곱 살짜리 아이를 두고 달아난 엄마. 그로 인해 엉망이 된 가정. 그동안 곁을 스쳐간 여자들과 맺어질 수 없었던 것도, 일찍 명퇴를 당해 나이가 먹도록 혼자서 섬으로 떠돌 수밖에 없는 것도, 섬사람들이 자신을 우습게 보는 것도 모두 그 때문인 것 같았다. 그 와중에 더욱 절망스러웠던 건 수년간 절을 하며 수행하던 모습이 그 한순간에 무너졌다는 사실이었다. 늘 온화하게 웃던 모습 뒤에 그리 험악한 얼굴이 숨어 있었다니. 그 모습을 본 노인들이 슬슬 뒷걸음질을 쳤다. 숨이 거칠어지고 얼굴이 벌겋게 달아올랐다. 곁에 뭔가 있었으면 집어 던졌을 것이다. 아니 그들을 두들겨 팼을지도 모른다.

이까짓 절이 무슨 소용이 있나 싶었다. 수년을 머리 숙여 자신을 낮춘다고 낮췄건만 그깟 일 앞에서 이리 본성이 드러 난단 말인가. 창틀 위에서 빙그레 웃으며 내려다보는 부처님 을 방바닥에 내동댕이쳤다. 진성 스님처럼 이 창문을 박차고 뛰쳐나가 모든 걸 끝내고 싶었다.

사는 건 자기와의 싸움이라고 했던가. 살려면 어찌됐든 지 금의 이 육신을 다스려야 한다던 진성 스님은 그 순간을 못 버티고 이 절벽에서 뛰어내렸다.

"대체 왜 이리 진척이 없는 걸까. 도대체 얼마나 더 벼랑 끝에 서야 소식이 들릴까."

확고해 보였던 건 진성 스님의 허세였다. 목표를 향해 가 는 길은 고단하고 외로웠을 것이다. 추구하는 것이 클수록 속은 더 공허한 것일 수도 있다.

입으로 하아, 하아 소리를 내던 혜운은 결국 절을 시작했 다. 포효하는 짐승처럼 무작정 몸을 던졌다. 얼마나 지났을 까. 정진군불을 외는 자신의 목소리가 들렸다. 그 거칠었던 숨소리가 좀 가라앉았다는 걸 깨달았다. 감사했다. 그런 분 노의 시간들이 조금씩 줄어든다는 것. 분노뿐 아니라 모든 감정을 오래 담아두지 않을 수 있는 것이 그나마 절을 한 덕 이라고 자신을 위로했다. 정진군불을 부를 때쯤이면 그렇게 한 고비를 넘는 느낌이었다.

"지심귀명례 청정불."

방금 전에 이구불, 용시불, 청정불을 불렀던 것 같다. 그 명호가 입에 남아 있는데 지금 외고 있는 것은 다시 청정불이다. 한 번 길을 잃었던 흔적은 오래 간다. 그걸 곱씹어 이제는 습이 되었다.

가끔 화두를 든다는 핑계로 산속에 앉아 있다 보면 화두대신 온갖 움직이는 것들이 눈에 들어왔다. 그중에서도 눈에 띄는 것이 개미였다. 수많은 종류의 개미들이 쉴 새 없이 주위를 오갔다. 사람과의 사이에선 삼 분을 응시하면 상대가 그 눈길을 느낄 수 있다고 했던가. 개미들에게도 그 사실이 통할까 싶어 그들을 살폈다. 삼 분을 계속 좇을 수가 없었다. 그들은 사람보다 더 바빴다.

잠시도 가만히 있지 않았다. 나무둥치를 오르고 내리는 개미들에게도 법칙이 있었다. 장애물이 있으면 거의 비슷한 각도로 피해 다녔다. 그들 중에도 문득 길을 잃는 녀석이 있었다. 얼마쯤 가다가 되돌아오더니 다시 돌아섰다. 몇 번이고 그 자리를 돌고 또 돌았다. 사람 눈에는 보이지 않는 그 무엇인가가 그 개미를 헤매게 하고 있었다. 링반데룽. 등산을 하는 사람들이 간혹 산에서 길을 잃고 제자리를 헤매는 것처럼 그렇게 길을 잃은 개미만 삼 분을 지켜볼 수 있었다. 그렇게 빙빙 돌고 있는 개미를 피해서 다른 개미들은 제 길을 갔다.

혜운은 그 길 잃은 개미가 자신 같이 여겨졌다. 한참을 보아도 그 자리를 맴돌고 있는 개미를 나뭇가지에 얹어주며 생각했었다. 누군가 자신을 이렇게 바라보고 있을지 모른다고. 단지 그 눈길을 의식하지 못하고 혼자 이렇게 주변을 맴돌고 있는 건지도 모른다고. 이렇게 바라보는 다른 존재의 눈길을 인간들은 신이라고 부르는 게 아닐까 하고. 매일 절을 하고 있는 그를 신이라는 존재가 행여 언젠가는 안쓰럽게 여겨 제자리를 찾아주지 않을까.

혜운은 나뭇가지에 내려주자 어딘가로 정신없이 달아나던 개미처럼 저 역시 알지 못하는 길이라도 또 가야 한다고 생각했었다. 망상에서 벗어나 다시 몸을 바로 잡고 다음 부처님을 부른다.

"지심귀명례 청정시불."

어제저녁 자월과 그녀를 뒤따라 들어온 월수의 손에는 검은 비닐이 들려 있었다. 굴의 비릿한 내가 풍겼다. 월수는 집으로 올라가기 전 농협 매장에 들러 소주 한 병과 굴을 사들고 왔다고 했다.

"난 그저 적적할까봐 한잔하려는 의도밖에 없다구요."

묻지 않은 말에 답하면서 월수는 기어이 여자를 합석시켰다.

하지만 여자가 홀로 배에서 내린 사연은 별 것 아니었다. 남편과 함께 벼르던 겨울여행지로 이 섬을 택했단다. 그런데

연안부두에 도착해서야 풍랑이 일어 다음날 배가 뜨지 않을
지도 모른다는 방송을 들었다. 남편은 그냥 되돌아가자고 했
다. 여자는 난생 처음 시도한 겨울여행을 포기하고 싶지 않
았다. 배에서 옥신각신하다가 혼자 배에서 내린 거였다. 하
루의 여유도 내지 못하는 남편에게 질렸다고 말하며 여자는
소주를 털어 넣었다. 그리고 다음 잔을 비우며 말했다.

"사는 게 뭔가 싶어요. 겨울여행이 뭐 그리 대단한 소원이
라고 남편도 두고 혼자 내렸나 몰라요."

이 역시 습이리라. 여자는 혼자 돌려보낸 남편에 대해 미
안해하고 있었다. 술잔이 놓였던 자리에 생긴 물 자국을 손
가락으로 문지르며 중학생이 되었다는 막내아이 이야기도
했다.

"그래도 여행을 제대로 즐기시는 것 같은데요. 섬을 구석
구석 누비고 계시잖아요. 어렵게 온 건데 그렇게라도 해야
죠."

뭔가 대단한 걸 기대했던 월수는 아쉬운 듯 술잔을 거푸
비웠다. 드디어 월수의 입에서 노래가 나왔다. 평소에도 노
래를 달고 살지만 술이 한 잔 들어가면 고장 난 수도꼭지처
럼 노래는 멈추질 않았다. 마을버스에서 흘러나오는 노래와
순서도 같았다. 구성지게 부르는 월수의 노래에 빠져있던 여
자가 혜운에게 고향이 어디냐고 물었다. 혜운은 전라도 해남
이라고 오랜만에 고향을 들먹였다.

"사장님도 바람이 많은 분인 것 같아요."

지나가듯 말하는 여자의 말에 정신이 번쩍 들었다.

"가족들이 애께나 먹었겠어요."

혜운이 저도 모르게 두드린 젓가락 장단 때문이었을 것이
다. 많이 해보지도 않았건만 젓가락 장단이 손에 익었다. 샌
님처럼 얌전한 성격인데도 술 한 잔에 신명이 올랐고 그 신
명을 타고 어깨가 실룩거렸다. 이런 끼가 어미에게서 나왔지
싶을 때면 배시시 잘 웃던 엄마를 이해할 것도 같았다.

"그럴까봐 가족을 두지 않았습니다."

공연한 변명을 했다.

여름 한철, 피서객들은 철새들처럼 몰려와서 섬을 점령했
다. 꽥꽥거리던 그들이 물러간 자리에는 서늘한 바람과 물결
소리만 남았다. 외로움에 사무친 겨울 섬에 낯선 여자의 출
현은 월수도 혜운도 반가웠을 것이다. 그래서 공상도 신명도
유난히 펄럭거린 것 같다.

어느새 훌쩍 올라온 해가 거북섬을 한 뼘이나 지나있다.
절이 끝날 무렵을 용케 알고 자월이 일어나 바다를 향해 컹
컹 짖는다. 이제 혜운의 공상도 날개를 접을 시간이다. 아니
잡생각이 들어도 잡생각인지 모르는 생활 속 시간이 이어질
것이다.

혜운은 날이 풀리면 아무래도 여수에 한 번 다녀와야겠다
고 생각한다. 어머니의 거처는 진즉부터 알고 있었다. 어린

아들을 두고 여수로 재가를 한 어머니의 평생은 그다지 행복해 보이지 않았다. 여자에게서 들은 바람이 많다는 소리 때문일까. 자신을 떠난 것은 어머니가 아니라 혜운 스스로 어머니를 떠나보낸 것 같이 여겨졌다.

흥이 많았던 엄마. 흥을 감추자니 우울했을 것이고 다 풀려니 가정불화가 잦았을 것이다. 그 흥을 받아줄 수 있는 인연을 만났더라면 부부 사이도 원만했을 테고, 그러면 굳이 어린 아들을 두고 집을 나가지 않아도 되었을 것이다.

부모 자식으로 맺어진 인연. 이 미진한 그물 속 인연을 다음 생까지 잇고 싶지 않았다. 벗어야 할 그물이라면 지금이라도 벗는 게 나을 것이다. 이번에 만나면 그것이, 어린 자식을 두고 갈만큼 그리 좋더냐고 농이라도 할 수 있을지 모르겠다. 그리 단단했던 옹이가 이만큼이라도 느슨해진 걸 보면 그만큼 마음 밭에 거름이 생긴 걸까.

나무대행보현보살, 나무대행보현보살, 나무대행보현보살.

보살의 끝음절을 길게 끌어 절을 마치고 삼배로 마무리하는 혜운의 눈에 나비처럼 금빛 햇살이 나풀거린다. 월수가 일어난 모양이다. 이미자의 동백아가씨가 거북섬 위로 둥실 떠오른 햇살을 탄다. 자월이 노래를 따라하듯 소리 나는 곳을 향해 월월월 목청을 돋운다.

그의 검은 가방

쫑쫑 썬 김치에 참기름을 듬뿍 넣는다. 밥을 퍼 담고 주걱으로 비빈다. 방금 밥 한 그릇을 비웠건만 입 안 가득 침이 고인다. 그가 그랬던 것처럼 숟가락이 넘치도록 밥을 퍼 입으로 가져갔다. 입가에 붙어 있는 밥풀이 느껴졌다. 그의 입가에도 늘 밥알이 붙어 있었다. 그는 입 주변에 무언가 묻어 있는 걸 느끼지 못하는 사람이었다. 입 닦으라고 눈치를 주는 나를 그의 부모들은 나무랐다.

"저 밥풀에 복이 들어 있는 거다. 그 덕에 우리 식구 밥 굶지 않는 거야."

나는 그 말에 반항하듯 입가에 붙어 있던 밥알을 얼른 떼어 먹었다.

그날도 그가 올 시간에 맞춰 상을 차렸다. 식탁 위에 수저

를 놓으며 전기밥솥에서 취사가 완료되었다는 소리를 들었
다. 밑반찬을 놓고 난 후 끓여두었던 국솥의 불을 올렸다. 시
린 겨울을 견딘 봄동 된장국이 매콤하고 달큰한 냄새를 풍겼
다. 그는 봄동으로 끓인 된장국을 유난히 좋아했다. 시계를
보지 않아도 몸이 시간을 기억했다. 이 시간이면 현관문 열
리는 소리와 함께 다녀왔습니다, 라는 그의 높낮이 없는 목
소리가 들려야 했다. 삼십여 년 간 지속되어온 우리집 저녁
시간 풍경이었다. 남편의 별명은 땡칠이었다.

뭔가 어긋난 것 같아 흘깃 시계를 보니 평소보다 오 분이
지나 있었다. 이 된장국 한 그릇이 집으로 돌아오게 만든다
고 하던 그였다. 더 졸기 전에 국솥의 불을 끄고 그를 기다렸
다. 사무실로 전화를 걸어볼까 망설이며 십 분을 보냈다. 사
무실에서는 다른 날과 마찬가지로 일찍 퇴근했다고 했다.

"다른 날과 마찬가지로요?"

내가 묻는 말에 사무장은 의아하다는 듯이 되물었다.

"벌써 한 달 넘게 일찍 나가셨는데요. 어디 다른 곳엘 들르
시나?"

사무장은 뭔가 아차 싶었는지 뒷말을 머뭇거렸다.

그의 차는 아파트 주차장에 세워져 있었다. 나는 그날 오
후, 문화예술사 강의를 듣기 위해 잠깐 집을 비웠을 뿐이다.
하지만 내가 없는 시간에 남편이 집에 들른 흔적은 없었다.
늘 집에 계시는 부모님도 남편을 보지 못했다고 했다.

　문화예술사. 신문지 사이에 끼여 온 백화점 전단지를 보다
가 그런 강좌가 있다는 것을 알았다.

　서양 철학사를 바탕으로 한 문화와 종교, 철학의 상관관계
를 알아보고 각 시대 예술의 특징들을 살펴 볼 수 있는 기회.

　그동안 책에서 읽었던 철학이나 사상들은 읽을 때 뿐, 머
릿속에 정리가 되질 않았다. 언젠가 그것들을 한 줄에 꿰고
싶다는 생각을 하던 참이었다. 그 강좌에 마음이 쏠렸다. 들
어보고 싶었다. 일주일에 한 번, 오후 두 시에서 네 시 사이.
어른들 식사 시간에도 걸리지 않았다. 내가 집 밖으로 나도
는 걸 끔찍이 싫어하는 식구들이었다. 굳이 싫다는 걸 무릅
쓰며 딱히 할 일도 없었다. 하지만 이번에는 하고 싶었다. 용
기를 내 백화점 문화센터를 찾았다. 그때까지 그 강좌에 접
수한 수강생은 나 하나뿐이었다. 수강생이 열 명이 넘지 않
으면 폐강이 될 수도 있다는 말과는 달리 한 달 후, 그 강좌
는 여덟 명의 수강생으로 문을 열었다.

　강사는 별로 개의치 않는 눈치였다. 이런 지방 도시에 이
렇게 고급스런 과목을 고를 줄 아는, 안목 있는 수강생이 있
다는 것만으로도 감사한다고 강사는 묘하게 말을 비틀었다.
자그마한 체구에 머리카락은 성글고 약간 배가 나오기 시작
한 50대쯤 돼 보이는 남자였다. 자의식에 가득 찬 첫인상은
매우 교만하게 느껴졌다. 그러나 아는 건 많아 보였다. 그러
면 되는 것 아닌가. 내가 필요한 건 나보다 잘난 사람들이 가

지고 있는 방만한 지식이었다.

예상대로 첫 강의는 나의 지적 허영심을 만족시켜 주었다. 돌아오는 버스 안에서 나는 노트에 갈겨 쓴 글들을 흐뭇하게 바라보았다.

세계를 지적으로 파악하는 지성우월 시대＝구석기 시대, 그리스 시대, 르네상스 시대.

지성에 대한 확신에 의해 감각 인식은 신에게서 벗어나 감성으로 세계를 볼 수 있게 됨.

경험＋지성＝언어, 관념, 개념형성.

신이냐, 인간의 지성이냐. 인류의 철학사는 늘 이 둘 중 어느 것을 우위에 둘 것이냐의 논쟁이라고 했다. 뭔가 자리를 잡는 느낌이었다. 조만간 더 분명하고 명쾌한 개념이 성립될 것 같은 믿음이 생겼다. 강사도 그럴 거라고 말하지 않았던가.

그의 해설을 곁들인 르네상스 시대의 그림을 보는 것만으로도 나는 교양이 풍부해지는 것 같았다. 사선구조니, 입체감이니 하며 양념처럼 곁들어지는 해설은 말라버린 반찬에 기름을 친 듯 먹음직스러웠다.

"리콜라우스 쿠자누스의 등거리론 이후, 모든 존재는 신으로부터 같은 거리에 위치하게 됩니다. 이제 인간들은 신에 의해 선택되어지는 것이 아닙니다. 자, 이 그림을 보세요."

바뀐 슬라이드 화면에는 그림들이 올라왔다. 고야의 작품
들이라고 했다. 처음 보는 것들이었다. 아니 아마 본 적도 있
었을 테지만 처음 내 눈에 들어왔다는 것이 맞을 것이다.

"〈막대기를 들고 싸우는 사람들〉과 〈개〉라는 작품입니다.
이걸 보면 뭘 느낄 수 있습니까? 이것이 신에게 구원받은 인
간들의 모습인가요? 아니지요. 신으로부터 버림받은 인간들
의 처절한 모습입니다. 이제 인간들은 서로를 무너뜨리지 않
으면 살 수 없게 된 것입니다. 이 그림을 보세요. 사막 한 가
운데 머리만 내놓고 헐떡거리는 이 개. 여러분과 저, 저 개와
닮았다는 생각이 안 듭니까? 이게 바로 신을 버린 우리들의
모습 아닐까요."

'모든 문명사회는 수없이 많은 결점과 실패로 가득 차 있
다. 이는 악습과 무지, 당연한 것이 되어버린 이기심으로 인
해 널리 퍼진 편견과 기만적 행위에 의한 것이다.' 고야가 했
다는 이 말이 귀에 쏙 들어왔다. 악습과 무지, 당연한 것이
되어버린 이기심. 오늘날, 그것의 희생양이 바로 나인 것 같
았다. 나는 생각했던 것보다 훨씬 더 깊게 그 강좌에 빠져 버
렸다. 아주 만족스러운 수업이었다. 문화센터를 나서다가 마
주친 강사에게 먼저 말을 걸 정도였다.

"이 나이까지 뭘 했나 몰라요. 수업을 듣고 나니 뭔가 꽉
차는 느낌이에요. 정말 감사합니다."

강의 때와는 달리 수줍은 얼굴로 강사는 말했다.

"가장 연세가 많으신 것 같던데요. 그렇다고 겁먹지 마시고요. 이번이 마지막 기회라 생각하고 열심히 들으세요."

그는 해박했다. 특정 사조의 발생 배경을 설명하는 그의 입에서는 유럽 각국의 역사며, 과학, 철학들이 줄줄이 따라 나왔다. 수업을 듣고 나면 나의 정신은 아우라에 싸여 있는 듯 황홀했다. 충만하고 기꺼웠다. 돌아와서 들은 내용을 다시 노트에 쓰고 외우고 예습을 했다.

종일 방바닥만 쓸고 닦고, 개수대 앞에서 콩나물 뿌리를 다듬고 끓이던 단순 노동으로 인해 바보가 된 것 같던 마음이 충일감으로 차올랐다. 겨울잠을 자던 나무에 물이 오르는 기분이 이럴 것 같았다.

그날, 그러니까 봄동국을 끓여놓고 남편을 기다리던 날도 바로 이 수업을 듣고 온 날이었다. 두 달째로 접어든 수업은 여전히 나를 흥분시켰다. 수업 시간에 대충 흘려 적었던 메모들을 가지런하게 노트에 정리했다. 학창시절로 돌아간 기분이었다. 나도 모르게 콧노래가 흘러나왔다. 저녁상을 차리는 손길도 흥겨웠다. 그 즈음에는 그가 투정을 부려도 시어머니가 잔소리를 해도 대충 넘길 수 있었다.

된장국이 꽃송이처럼 끓어올랐다. 겨울난 봄동이 웅숭깊은 맛을 내듯 내 삶도 이제 그 깊은 맛을 알아가는 것 같았다. 나는 국이 꽃처럼 피어나는 동안 물을 끓여 콩나물과 아

귀를 데쳐냈다. 아귀찜 양념은 마늘을 듬뿍 넣고 고춧가루와
국간장에 미리 버무려 놓았다. 그가 오는 소리에 맞춰 한소
끔 끓여낼 예정이었다. 이제 그만 돌아오면 저녁상은 구색이
맞았다.

　전화를 들고 망설였다. 누군가 자꾸 목을 조이는 것 같다
고 넥타이를 풀며 뒷덜미를 문지르는 그에게 나는 언제부턴
가 전화를 거는 것이 조심스러웠다.

　"애비 오면 같이 먹자."

　시어른들은 매번 아들을 기다렸다. 아들이 그런 관심을 얼
마나 버거워하는지 어른들은 몰랐다.

　"제발 나 기다리지 말고 밥들 좀 먹으라고. 식구들이 내가
올 때까지 밥 안 먹고 기다리고 있다는 걸 생각하면 얼마나
숨이 막히는지 알아? 내가 당신들과 같이 밥을 먹어주기 위
해 하던 일도 그만두고 헐레벌떡 달려와야 하는 기분을 아느
냐고? 내 밥 한 번 더 차리는 게 싫어서 그러는 거라면 내가
아예 먹고 올게."

　밥상을 차리며 어디쯤 오고 있느냐고 묻는 전화에 그렇게
모질게 대답하던 남편이었다. 혼자 먹는 밥보다는 식구들이
둘러 앉아 같이 먹자는 게, 그토록 화를 낼 일인가? 그러고
보니 남편은 고야 그림 속의 개처럼 무언가가 턱까지 치받친
사람처럼 굴었다. 그냥 바라보기만 하는 식구들의 눈길에도
진저릴 쳤다. 하긴, 나이 든 어른들이 남편을 바라보는 눈길

은 내가 봐도 부담스러웠다. 자랑스럽고, 대견하고, 모든 걸 의지한다는 한결같은 눈빛. 나라도 질릴 것 같았다.

달갑지 않은 것 앞에서는 무표정이 되는 나와 달리 남편은 순간순간 화를 터트렸다. 식구들이 함께 모여 밥을 먹는 자리는 늘 가시방석이었다. 나에 대한 불만도 아이들에 대한 불만도 비켜가는 법이 없었다. 아들은 그런 아빠를 피해 재수를 포기하고 군대에 가버렸고, 졸업을 한 딸은 아르바이트를 하면서도 혼자 따로 지내고 있다.

아이들이 상처를 입을까봐 되도록 큰소리 내지 않으려고 입을 다물고 있는 나를 보며 남편은 버럭 화를 냈다.

"그런 식으로 순간을 모면하려고 들지 마. 당신 속 다 아는데 교활하게 감추지 말란 말이야."

하지만 지금까지 맞대응을 하기보다는 무대응으로 세상을 살아온 나였다. 어릴 때부터 맏이였던 나에게 강조된 것은 순종과 인내였다. 세상은 내게 맞서 싸우기보다는 참을 것을 강요해왔다.

"하루 세 번만 눈 딱 감고 참으면 살인도 피해 간단다."

엄마는 이른 나이에 결혼하는 내게 어른들 앞에서는 바른 말이 말대꾸라고 했다. 나는 엄마의 가르침대로 시어른들 앞에서도 좀체 의견을 드러내지 않았다. 그런데도 결혼 초 떼를 쓰는 아이를 꾸짖다가 아버님께 꾸지람을 들었다.

"지금 뉘 앞에서 아이를 야단치는 게냐? 혹시 우리가 불편하다고 시위하는 게냐?"

그 뒤로는 아이들을 야단치는 것에서도 손을 뗐다. 내가 그들의 의견에 동의하지 않는다는 표시를 할 수 있는 방법은 입을 다무는 방법뿐이었다.

그렇게 웃음을 잃은 백치처럼 이 집안에 길들여졌다. 모두 잘난 사람들이어서 나라도 다소곳해야 집안이 편안했다. 그런 내게 남편은 교활하다고 했다. 처음에는 서운했다. 맞받아치고 싶었다. 그러나 곰곰이 생각해보니 그 말이 맞는 것도 같았다. 큰소리를 내서 싸우는 것보다 한 번 참아 넘기는 게 편했다. 직설적인 남편 입장에서는 그게 교활함으로 보일 수도 있었다. 사실은 날이 갈수록 예민해지는 남편이 두려웠다. 섶을 지고 불구덩이로 뛰어들 순간을 노리는 사람처럼 보였다. 남편을 객관화시키면 좀 견디기가 쉬웠다.

그에게 불을 붙이는 역할은 늘 눈치 없는 어머님이 했다. 누구네 집은 가족들이 몽땅 하와이로 여름휴가를 간다더라, 네 누나가 환갑인데 뭐 좀 해야 하지 않겠니?

그는 그런 불편한 소리들이 왜 자신의 귀에까지 들어와야 하는지를 내게 물었다. 보통의 부인네들은 그걸 중간에서 차단한다는데 당신은 그런 문제를 의도적으로 나에게 넘기는 거냐고 억지를 부렸다. 돈이 잘 돌 때는 어머니나 가족들에게도 후했던 그였다. 그러나 사무실 형편이 어려워지면서 나 몰래 가족들에게 건너가던 용돈도 줄었을 것이다. 어머니는 그런 불만을 그렇게 드러냈다. 그냥 모른 척 하는 게 속 편했다. 그에겐 그게 교활이었다.

남편은 잠시 그대로 놔두면 늘 제 풀에 화가 풀렸다. 잔소리 한마디라도 보태면 일이 커지는 걸 알기에 그냥 두었다. 식구들을 싸잡아 한바탕 성질을 부리고 나면 곧 사태가 평정되었다. 공연히 당신에게 화를 내 미안하다고 사과도 잘했다. 우리는 별로 다투지 않았다. 그의 불같은 성격을 고칠 자신이 없어서 피했다. 그게 현명한 방법이라 생각했다. 남들은 그런 우리를 잉꼬부부라고 했다. 나는 속으로 웃었다. 남편도 알고 있을 것이다. 내가 자기의 목에 멍에를 씌워놓고 고삐를 늘였다 잡아챘다 조종을 하는 느낌이라고 한 걸 보면.

"철없는 부모와, 캥거루 같은 자식새끼들 그리고 너구리같은 마누라. 나만 바라보고 있는 열 개의 눈동자가 무서워."

이젠 정말, 가족을 부양하는 의무에서 벗어나고 싶다는 그의 말을 들으면서도 그저 늘 하던 투정이려니 여겼다. 가장이 가족을 먹여 살리는 건 당연한 일 아닌가. 나라고 평생 품 안 나는 집안일이며 주방에서 때맞춰 음식 장만하는 것이 좋기만 했겠는가. 꿈속에서도 자기만 바라보는 눈동자 열 개 때문에 가위에 눌린다고 할 때 나는 그저 농담처럼 말했다.

"그중 내 눈동자 두 개는 빼 줘요. 나는 당당히 내 몫하면서 당신 밥 먹는 거니까."

남편은 머리가 아프다고 했다. 이유 없이 잠긴 목소리는 오래도록 풀리지 않았다. 담배도 끊고 병원을 찾아 종합검사도 받는 눈치였지만 병인病因은 찾아지지 않았다. 밤이면 식은땀을 흘리다 깨어나 앉아 있곤 했다. 억울하다고 했다. 내가 보기엔 화병이었다. 왜 안 그렇겠는가. 나 역시 처진 볼에 핀 검버섯이며 불룩한 아랫배를 보면 억울했다. 반 너머 흰 머리를 볼 때마다 속이 상했다. 그러나 어떻게 할 것인가. 인생이 그런 거 아닌가?

그가 원했던 건 이런 체념 섞인 위로가 아니었다.

"그런 공자 씨나락 까먹는 소리 좀 제발 집어치울 수 없어?"

이불을 뒤집어쓰며 중얼거렸다. 점점 거칠어지는 남편을 보며 남자들도 갱년기 우울증이 있다더니 참 유별나게 앓는다고 여겼다. 이 또한 지나가리라, 책에서 본 구절을 떠올리며 순간을 넘겼다.

남편의 말대로 내가 그렇게 이기적이었을까. 저렇게 고야의 〈개〉처럼 사막에서 홀로 헐떡이는 사람을 두고 나는 정신적 만족이니 희열이니 하며 들떠 있었던 게 잘못일까. 존재감이 없던 나를 찾아 집 밖으로 나선 것이 이렇게 만든 것일까.

집을 나가기 전날, 남편이 아끼던 술병을 딸 때까지도 나는 아무런 눈치를 채지 못했다. 친척들이 모이는 날에도 따지 못하고 아껴두던 양주였다. 술도 잘 마시지 못하는 남편은 독한 술을 한 잔 스트레이트로 마셨다.

"이런 거 백날 진열장에 넣어 두면 뭘 해. 남 좋은 일만 시키지. 이젠 뭐든지 아끼지 않을 거야."

금방 눈가까지 빨개진 남편은 눈을 희번덕이며 목소릴 낮췄다.

"나, 벌 받을 소리 같지만 이젠 정말 우리 엄마 아버지가 징그러워. 그들이 나를 볼모로 잡고 있는 거 같아. 당신도 내 부모 모신다는 위세로 나한테 그리 당당한 거잖아. 맞지? 다른 형제들 있으면 뭘 해. 아무도 나의 고통은 거들떠보지 않는데. 나 엄마 아버지 팽개치고 달아나고 싶어. 당신에게도 떳떳하고 싶다고."

술을 한 잔 더 털어 넣은 남편은 내게 화살을 겨누었다.

"난 솔직히 당신이 무서워. 내가 이렇게 목이 졸려 죽겠다고 벌써 몇 년째 호소를 하는데 어떻게 그렇게 꼼짝도 안 할 수가 있어? 나 식구들 위해 삼십 년 넘도록 쉬지 않고 일했어. 그럼 이젠 좀 봐 줄 때도 된 건 아닌가? 당신들이 흡혈귀 같아. 모두 다 나를 삐끼처럼 길거리로 내모는 포주들 같다구. 그렇게 달관한 척하고 앉아 있는 당신을 보는 것도 이젠 질렸어."

그럼 어떻게 하면 좋겠냐고 물어볼 수가 없었다. 울컥 치미는 서운함에 눈물이 나서 고개를 돌렸다. 어떻게 해 달라

는 것인가. 그가 그렇게 힘겹게 버는 돈 허튼 데 쓰지 않고
아껴서 생활했고 남은 것은 통장에 넣어 두었다. 다른 여자
들처럼 춤바람이 나서 집 밖으로 나돌지도 않았고, 노름이나
투기를 해서 빚을 진 적도 없었다. 그저 집안에서 어른들 챙
기고 아이들 키우는 낙으로 버텨온 세월이었다. 그렇다고 노
인네들 때문에 남들처럼 온 힘을 기울여 애들을 키우지도 못
했다. 보석에도 관심이 없고 모양을 내느라 백화점 같은 데
도 가지 않았다. 요즘 개도 소도 걸고 다닌다는 명품백은 구
경도 하지 못한 나였다. 그런 내게 무슨 불만이 저리도 많단
말인가.

  아니 내가 누리는 호사가 있긴 했다. 어릴 때부터 소원했
던 대로 머리맡에 읽을 책을 쌓아두고 있는 것. 연애할 때는
책 읽는 모습이 좋아 보인다며 책을 선물하던 남편은 이제
나의 그런 모습조차도 힘겨운 모양이었다. 명품을 사는 것보
다는 책을 사는 나를 식구들은 대견해 할 줄 알았다. 그런데
어른들도 책을 읽는 나를 못마땅해 했다.

  "책을 읽는다고 밥이 나오냐, 떡이 나오냐? 그저 눈만 높
아갖고. 사람이 땅을 밟고 살아야지, 하늘을 날아다니면 못
쓴다."

  세상은 교과서와 달랐다. 어릴 때는 칭찬받던 행동도 생활
에 도움이 되지 않을 때는 곧잘 비난의 대상이 되었다. 그악
스레 내 몫을 찾지 못하는 것은 양보가 아니고 바보였다. 나

는 저축이 아니라 투기를 했어야 했다. 남편에게 해줄 말이 없었다. 그는 진실로 아픈 것 같았다. 저렇게 대놓고 진저릴 치는 사람 앞에 앉아 있는 내가 참으로 초라했다. 남편은 쉰 목소리로 소릴 질렀다.

"이젠 제발 나 좀 봐 줘. 나도 그럴 권리쯤 있지 않나?"

한국에 있다간 숨통이 막힐 것 같아 아무도 모르는 나라로 갈까 한다고도 했다. 미친 사람처럼 날뛰는 남편을 보며 저러다 정말 돌아버리면 어쩌나 걱정도 되었다. 또 어쩌면 정말 떠날 수도 있겠구나 싶은 마음도 들었다.

입을 다문 채 남편의 성질이 가라앉길 기다렸다. 조금 있으면 다른 날처럼 평상심으로 돌아올 거라 믿었다. 그리곤 아무렇지도 않게 잡채를 해 달라거나 편육을 해 달라고 할 줄 알았다. 몹시 화를 낸 다음 남편이 화해를 청하는 방법은 별식을 해달라는 거였다. 생각해 보니 남편은 그날 화해를 청하지 않았다. 그저 아침밥을 묵묵히 먹고 나갔을 뿐이다.

문화예술사 강의는 확실히 나를 들뜨게 만들었다. 간밤의 남편 넋두리를 그저 술주정으로 돌려버렸다. 사과하지 않는 남편에게 별 불만도 생기지 않았다. 오히려 남편이 청하지도 않았는데 아귀찜을 정성껏 준비할 정도로 마음이 너그러워져 있었다. 그날 그토록 오랫동안 퍼붓던 그 앞에서 내가 어떤 방식으로든 터뜨렸다면 그는 집을 나가지 않았을까.

그의 차에는 그가 들고 다니던 검은 가방만 놓여 있었다.

이십여 년 전 개업 때 산 낡은 가방은 빈 것처럼 홀쩍 들렸다. 그와 함께 한 세월이 한 톨도 묻어있지 않은 가벼움이었다. 급히 열어본 가방은 역시 텅 비어 있었다. 그 가방 안이 깊은 동굴처럼 적막했다. 가슴이 서늘해졌다. 무언가 한꺼번에 빠져나가는 느낌이었다. 그 가방 앞 주머니에서 남편 회사 로고가 찍힌 다이어리가 나왔다. 거기에 적힌 메모를 보면서 나는 그가 쉽게 돌아오지는 않을 거라고 생각했다. 자신의 행동에 정당성을 부여하려고 했을까. 아니면 일찍 회사를 나와서도 할 일이 없어 무료를 달래려고 그랬을까. 그는 다이어리에 그간의 근황을 적고 있었다.

**

또 손이 저린다. 대체 원인이 뭘까?

막상 차에 올라앉았으나 갈 곳이 없다. 퇴근 시간 전에 사무실을 박차고 나온 것은 사무실을 연 지 20년 만에 처음 있는 일. 오후 내내 개미 새끼 한 마리도 얼씬 거리지 않는 사무실에 멀뚱히 앉아 있는 것도, 사무장이 거래처 아가씨와 실없는 농담을 주고받으며 뭔가 정보를 캐내려는 것을 엿듣는 것도 민망했다. 그런 상황에서도 눈치 없이 어린 여직원은 문자질을 하며 키득대고, 미쓰 정은 인터넷 쇼핑 중이었다. 열이 확 솟았다.

'이것들을 확 다 잘라 버려!'

**

오늘도 개점휴업 상태다. 이렇게 상담하러 오는 고객조차 뚝 끊어진 것은 전에 없던 일. 다른 사람들이 진짜 어렵다고 하는 소리를 들으면서도 엄살로 여겼는데 이제야 그 심정을 알 것 같다. 사무실 식구들과 눈이 마주칠까봐 겁이 난다. 앉아 있기 민망해 먼저 들어가겠다고 나오긴 했으나 오늘도 딱히 갈 곳이 없다. 친구들을 떠올려보지만 만나고 싶은 친구가 없다. 그동안 내가 살아온 꼬라지가 참으로 한심하다.

**

앞으로 뭘 해 먹고 살아야 할까.

**

옆 차에서 시동을 거는 소리에 놀라 선잠에서 깼다. 사무실 옆 동신개발 정 차장이다. 설정 사건이 많을 땐 한 달에 서너 건씩 일을 가져올 때도 있었는데 요즘엔 도통 일을 가져오지 않는다. 혹시 저들도 다른 사무실로 거래처를 옮긴 건 아닐까? 불황이 겹치다 보니 자꾸 수수료를 내리는 사무실이 많아졌다. 살아남자니 결국 제 살 깎아 먹는 식으로 거래처의 요구를 들어 주어야 한다. 단골이라 믿었는데 너무 무심했나. 아는 척할까봐 고개를 푹 숙였다. 그의 차가 바삐 어디론가 사라진다.

**

오늘은 차를 파는 영업사원이 사무실에 왔다. 신차를 사면 50만 원 할인에 최신 내비게이션을 달아 준단다. 최고급 썬팅은 당연 기본이라고.

그동안 친구 녀석에게 차를 사왔건만 녀석이 해 준 건 썬팅이 고작이었다. 왠지 배신감이 들었다. 아내에게 차를 한 대 사 주어야지 오래전부터 마음먹었건만 이제는 그럴만한 여력이 없다. 그 사람에게 그 정도는 해 줘도 되는데…… . 내가 생각해도 참 못났다.

**

이렇게 가만히 앉아 있기만 해도 알아지는 게 있다. 동신개발의 실질적인 책임자가 정 차장인 것은 알았는데, 그 녀석이 사무실 아가씨와 연애를 하고 있는 걸 목격하다니. 먼저 내려온 아가씨가 차 안으로 들어가면 한참 후에 내려온 정 차장이 두리번거리며 차로 들어간다. 한참 출렁거리던 차가 잠잠해지면 얼마 후 차에서 나온 아가씨가 사무실로 올라간다. 얌전한 줄 알았는데 맹랑한 아가씨다. 녀석은 곧바로 퇴근을 하는 모양이다. 아직 해가 지려면 멀었는데 저렇게 차 안에서 버젓이 사랑놀음을 하는 저들을 뭐라 해야 할까. 정 차장 차는 밖에서 보면 안이 들여다보이지 않는다. 저 짓을 하려고서 그랬던가. 남들은 저렇게 연애질도 잘 하는데,

난 뭘 하며 살았나. 울컥 화가 치민다.

내가 없으면 우리 직원들도 저렇게 일찍 퇴근해 버리는 건 아닐까? 얼른 전화를 꺼내 사무실로 전화를 건다. 미스 정이 전화를 받는 걸 보며 휴대전화의 폴더를 덮었다. 내가 생각해도 참 졸렬하다. 난 왜 이렇게 못 났을까.

**

자꾸 목이 칼칼하다. 오목가슴 쪽에 뭔가 걸린 듯 불편해서 연신 밭은기침을 한 지 제법 오래되었다. 아내에게 전화로 병원에 예약 좀 해 달라고 부탁했다. 알았다고 전화를 끊는다. 어디가 아프냐고 묻지도 않는다. 가장이 아프다고 해도 눈도 꿈쩍하지 않는 식구들이다. 하긴, 석 달이 멀다하고 종합검진을 받건만 딱히 그럴듯한 병명이 나오질 않으니 누굴 원망할 것인가. 분명, 몸 어딘가가 단단히 망가지고 있건만 의사들이 그걸 찾아 내지 못하는 것만 같다. 얼마 전에는 등이 뜨끔거리고 가슴이 아파 CT촬영이며 MRI까지 찍었건만 기껏 목 디스크라는 진단이 나왔다. 검사 결과를 들은 아내는 그럴 줄 알았다는 듯 아는 척을 했다.

"열에 아홉은 목 디스크래. 목뼈를 늘여야 한다면서 보조기 착용하라는 말은 안 해요?"

뭘 그렇게 주워들은 것은 많은지. 모든 일에 아는 척을 하고 나선다. 보기 싫다. 게다가 어른들은 한 술 떠 뜬다.

"애비도 이제 예순이지? 아플 때가 된 거야. 좀 더 나이 먹어 봐라. 구멍마다 안 아픈 곳이 없다."

덜덜이 벨트에 올라서서 허리를 마사지하며 에구구구 비명을 지르는 어머니는 올해 아흔이다. 언제라도 외출을 할 것처럼 곱게 화장을 하고 있다. 화장을 하려면 한 나이라도 젊은 아내가 해야 하는 것 아닌가.

지나치게 건강을 챙기며 몸단장을 하는 어머니는 아마도 백 살까지 살 거다. 그럼, 내 나이 일흔. 그때까지 이 모양으로 살아야 하나. 끔찍하다. 잇몸이 아프다고 틀니를 뺀 아버지는 거실을 점령한 채 늘 TV 볼륨을 한껏 올린다. 옆 사람 말조차 들리지 않는다. 이 세상에 미련이라곤 한 톨도 없는 듯한 표정으로 산발을 한 채 책 속으로만 기어들어가는 아내. 모두 이기적이다. 유령의 집이다.

**

담배를 45일 동안 피우지 않았다. 하지만 늘 자문한다. 내가 왜 군이 담배까지 끊어야 하는가. 이 소릴 들으면 딸년은 대뜸 쏘아붙일 것이다.

"그렇게 억울하면 피워. 아빠가 건강하고 오래 살려고 끊는 거 아니야? 나 같으면 그렇게 좋은 거 안 끊고 실컷 피우다가 죽겠다."

누굴 닮아 그렇게 당돌한 것인지. 그래도 눈에 밟히는 건 혼자 나가 살고 있는 딸이다.

**

요즘은 도무지 아내의 본심을 모르겠다. 어깃장인지 진심인지. 늘 부수수한 머리, 겨우내 걸치고 있는 패딩 조끼는 봄이 온 지가 언젠데 아직도 등에서 떼어내질 못한다. 등을 움츠린 채 연신 콜록거리면서도 병원에 가지 않는다. 이젠 그런 모습도 내게 시위하는 것처럼 느껴진다. 그런 아내를 보는 것보다는 차라리 짓쩍은 짓을 하는 개그 프로를 보는 편이 낫다. 그러던 여자가 요즘 뭘 배운다고 하더니 실쭉실쭉 안 하던 웃음까지 짓는다. 더 징그럽다.

**

부동산에서 도장을 갖고 오라는 전화가 왔다. 일 년 동안이나 비어 있던 점포가 한 달 전에 계약이 되었다. 구두로 계약을 하고 보증금은 통장으로 주고받았다. 시간이 나면 도장을 찍어 주겠다고 해놓고는 까맣게 잊고 있었는데 오늘은 도장을 꼭 좀 찍어 달란다. 아내에게 전화를 걸어 어른들 저녁 챙겨 드리고 도장 가지고 나오라고 했다.

아내 이름으로 변두리의 상가를 분양받은 건 이태 전이었다. 은근히 좋아할 아내를 기대했었다. 그러나 아내의 반응이 영 시원치 않았다. 관심이 없는 건지, 없는 척하는 건지.

그동안 임대는 되지 않고 관리비만 이십만 원씩 꼬박꼬박 물었다. 시세는 분양가의 절반으로 떨어져 팔려고 해도 팔리지 않았다. 아내는 당신이 하는 일이 그렇지 뭐, 이런 눈빛으로 바라봤다. 성질 같아선 형편이 어려운 누님을 불러다 뭐라도 시켜 볼까 했지만 상황이 안 좋으면 그 집 식구들까지 떠안게 될까봐 그만 두었다. 그러던 중에 이루어진 거래라 은근히 기분이 좋았다. 오랜만에 아내와 저녁이나 먹고 분위기를 바꿔 봐야지.

남편의 메모는 여기에서 끊겨 있었다. 나는 도장을 가지고 나갔던 날을 기억한다. 남편의 전화를 받고 어른들께 함께 가자고 했다. 진종일 좁은 거실을 맴도는 어른들이 딱했다. 자식이 많으면 뭣하나. 누구 하나 부모님 찾아와 바깥바람 한 번 쐬어 드리려는 사람이 없는 걸. 나 역시 일부러 어른들을 모시고 나갈 마음은 나지 않았다. 마침 남편이 상가가 나갔다고 했다. 그 가게에 분식집을 차렸다기에 어른들 모시고 가 식사라도 할 참이었다.

남편이 정차하고 있는 사이 뒤 차들이 경적을 울려댔다. 남편의 차는 벤 종류라 차체가 높아 어른들이 타기에 불편했다. 몸이 무거운 어머님은 당신 몸을 끌어올리기조차 힘들어했다. 엉덩이를 받쳐 밀고 안에서 아버님이 잡아당기고. 짐짝처럼 안으로 굴러간 어머니가 자리도 잡기 전에 남편은 차

를 출발시켰다. 괜한 짓을 한 건가 싶어 남편을 보며 변명을
했다.

"진종일 집에 계시는 게 안돼 보여서 같이 가시자고 했어."

남편은 누가 뭐래, 하고 되물었던가? 그리고 며칠 후 남편
은 21년산 양주를 땄던 것이다.

"나, 벌 받을 소리 같지만 이젠 정말 우리 엄마 아버지가
징그러워 죽겠어."

TV 드라마를 보면 결혼 전 여자들이 받는 프러포즈들은
참 감미로웠다. 케이크 속에 반지를 감추기도 하고 꽃다발
속에 사랑을 적은 편지를 넣기도 하고. 하지만 남편의 프러
포즈는 그런 것과 거리가 멀었다.

"나는 결혼하면 우리 부모님을 모셔야 하는 데 그렇게 할
수 있겠어요?"

인연이 되려고 그랬을까. 남편의 프러포즈가 참 믿음직스
럽게 느껴졌다. 평생을 맡겨도 좋을 남자 같았다.

그날, 모두 포주처럼 자신을 거리로 내몬다고 하는 남편에
게 그렇게 힘이 들면 떠나라고 해야 했을까. 그랬으면 남편
은 떠나지 않았을까. 남편의 말처럼 난 정말 이기적인 모양
이다. 그렇게 힘들어 하는 남편을 아직도 붙잡아 두려고 하
는 걸 보면. 사무실 운영이 그렇게 심각한 줄도 모르고 있었
다. 그렇더라도 그는 꼭 그렇게 떠나야 했을까. 하긴, 내가
남편이었다고 해도 선택의 여지가 많지는 않을 것 같다.

이제 내 곁에는 처분만 기다리는 두 노인이 남아 있다. 평생 집이라는 울타리와 책 세상 밖을 나가보지 못한 나. 이제겨우 문화예술사라는 강의를 들으며 희열을 느끼고 있던 내앞에 그 짐은 너무 버겁다. 빠지지 말라고 하던 강사의 말이떠오른다. 남편이 떠난 것보다, 그 강의를 들을 수 없다는 게더 안타깝다는 생각도 든다.

"결국 세상의 철학이나 예술사는요, 인간들이 신에게 의존하며 가까이 다가갔다가 제 풀에 멀어졌다 하는 그 과정을적어 놓은 거예요. 신에게 가까이 가자니 자유를 저당 잡혀야 하고, 신을 멀리 하자니 홀로라는 고독을 감당해야 하는거지요. 그래서 외로운 겁니다. 신이 없다고 외치는 요즘, 우리들이 이렇게 방황하는 건 당연한 거 아닐까요."

강사의 말에 우리를 대입해 본다. 남편도 아마 가족들에게저당 잡혔던 젊은 날이 억울했을 테고, 그 구속에 진저리가났을 것이다. 나 역시 그랬으니까. 하지만 용기가 없는 나와달리 그는 자유를 선택했는지도 모른다. 많이 망설이며 내린결론이었을 것이다. 자유를 택하기엔 몸도 마음도 너무 낡아버린 나이. 그래서 더 안타깝다. 처음 며칠 동안은 그가 뒷머리를 긁적이며 문으로 다시 들어설 것만 같았다. 아무리 생각해도 그는 고독을 즐길 만큼 모진 사람이 아니었으니까.

하루에도 수만 가지 생각이 피고 졌다. 남편 없이 보낸 지벌써 두 달째. 한 일이라곤 사무실을 사무장 체제로 돌려놓

은 것뿐이다. 남편은 사무장에게 지나가는 말로 얘기한 적이
있다고 했다. 임대료 내고 직원들 월급을 가져갈 수 있다면
그냥 유지해 보라고. 사무장은 자신이 없다고 했다. 벌써 지
난 달 월급들도 못 가져갔다며 울상을 지었다. 우리 생활비
를 챙겨달라는 말은 할 수가 없었다.

　이제 남은 식구들을 어쩔 것인가. 그 생각만 하면 자꾸 허
기가 진다. 이래서 그도 그렇게 먹어댔던 모양이다. 먹은 것
을 소화도 못 시키면서 자꾸 식탐이 생긴다. 그가 떠난 뒤 몸
무게가 3킬로그램이나 늘었다. 부모님을 찾아뵙는다며 드나
드는, 동갑내기 시누이가 속을 긁어댔다.

　"언니, 얼굴 좋아졌수. 괴팍스런 오빠가 없으니까 오히려
신수가 훤해 보이네."

　말을 가려할 때도 됐으련만 여전히 막내티를 내는 시누이
가 밉다. 나도 그처럼 어디론가 떠나고 싶은 맘뿐이다. 그러
나 자유를 찾아 떠나기가 두렵다. 세상과 부대낌도 무섭고
혼자 외로움을 견딜 자신도 없다.

　그의 차에 있던 가방처럼 나도 속이 텅 빈 것 같다. 뒤통수
까지 멍하다. 무슨 생각이든 오래 할 수가 없다.

　"언니 앞으로 된 그 가게 말이유, 그 사람들 내보내고 언니
가 거기서 식당이라도 해보는 건 어때요?"

　이제 그가 사라진 지 두 달 남짓이건만 그런 조언을 하는
시누이가 무섭다. 옆에서 고개를 끄덕이며 동조하는 어머니

가 잽싸게 숙주를 옮기는 기생충 같다. 남편도 이런 심정이었을까.

예전엔 식사 시간 때마다 어른들 방문을 두드리며 진지잡수세요 고해야 했었다. 하지만 그가 사라진 후 어른들은 부엌에서 딸그락 소리가 나면 부르기도 전에 식탁에 나와 앉는다. 사내가 부엌에 드나드는 게 아니라던 평생의 지론과 달리 아버님은 숟가락을 놓고 냉장고에서 김치 그릇을 꺼내 나른다. 허리가 아픈 어머니가 당신 대신 나를 도와주라고 했단다. 된장찌개에 두부조림 한 접시뿐이건만 밥상에서 하던 어머니의 음식 타박이 사라졌다. 이 모든 변화들도 무섭다. 식사를 마친 어머니가 틀니를 빼내 혀로 널름널름 닦는 것도 무섭고 김치보시기의 뚜껑을 덮는 아버님의 손이 떨리는 것도 무섭다. 올해 아흔. 변화를 감지한 늙은 몸들의 두려움을 보는 것도 두렵다. 나의 몸도 저렇게 비굴했던가.

식탁 한편에 놓여 있는 노트. 한동안 나를 환희심에 들뜨게 했던 그 공책들 위를 덮고 있는 건 정류장에서 가져온 〈가로수〉와 〈교차로〉. 구인. 밑줄 친 부분에 무너진 활자가 멍하니 앉아 있는 나를 향해 얄궂게 웃는다. 나도 그처럼 소리를 지르고 싶다. 동굴처럼 깊어 보이던 그의 텅 빈 가방. 그 가방을 떠올리면 다시 허기가 진다. 서른 해 가까운 결혼 생활을 텅 빈 가방 하나 남기고 사라진 그. 그 가방을 채우기 위해 먹어줘야 한다.

식탁에 남아 있던 김치를 도마에 쏟아 쫑쫑 썰었다. 아직
된장찌개 자국이 남아 있는 밥그릇에 밥을 퍼 담고 김치를
얹는다. 참기름을 듬뿍 치고 나면 개처럼 입에 침이 고인다.
미처 밥을 비비지도 못하고 볼이 미어터지도록 밥을 퍼 넣는
다. 터져 나올 것 같던 비명이 목구멍으로 밀려들어간다. 더
크게 뜬 밥숟가락으로 불안을 틀어막는다. 거실 구석에 놓인
검고 낡은 그의 가방을 노려보면서…….

햇빛 더하기

방 저쪽 구석, 몸을 말고 있는 건 엄마다. 아버지는 짧은 다리로 엄마의 옆구리를 연신 걷어차고 있다. 앙바틈 몸을 세운 아버지가 작정을 한 듯 숨을 크게 들이 쉬고 꿍, 엄마를 차고 또 숨을 들이 쉬고 퍽, 엄마를 짓이긴다. 엄마도 그 리듬에 맞춰 아버지의 발뒤꿈치를 향해 등을 돌린다. 햇빛 더하기, 구름 빼기. 나 역시 아버지의 동작에 맞춰 중얼거리고, 벽에 기대 선 할머니는 팔짱을 낀 채 입술을 비틀어 웃고 있다.

엄마의 치마 아래에서 검붉은 것이 흘러나온다. 피다. 피를 본 아버지는 흥분한다. 엄마의 피를 밟으며 더 빠르게 엄마 주위를 돈다. 피 묻은 발로 더 빠르게 엄마를 짓이긴다. 햇빛 더하기, 구름 빼기. 나의 노래도 빨라진다. 엄마의 옅은

색 블라우스에 붉은 꽃이 피어난다. 아버지가 밟은 피가 노란 비닐 장판 위에 꽃길을 만든다.

이쯤에서 나는 이게 꿈이라는 걸 알았다. 아버지가 붉은 피로 찍어놓은 방바닥이 꽃밭처럼 보이다니. 어린 시절 부르던 햇빛 더하기, 구름 빼기 노래가 생생하다. 엄마가 나를 재우며 부르던 노래였다. 햇빛 더하기, 구름 빼기. 햇빛 더하기 바람 빼기. 엄마는 햇빛 더하기 뒤에 빼고 싶은 것들을 갖다 붙여 노래를 부르곤 했다. 나는 눈을 감은 채 속으로 노래했다. 죽음 더하기 햇빛 빼기. 이대로 영원히 잠들어 버리기를. 하지만 곧 할머니가 이 잠마저도 빼앗을 것이다.

"해가 똥구멍까지 떴는데, 아직도 이불 속에서 자빠져 있냐, 뉘 집구석을 망해 먹으려고, 썩을 년."

나처럼 잠에서 깨고도 잠자리를 뭉개고 있던 엄마는 할머니의 새된 소리를 듣고서야 부스스 몸을 일으키곤 했었다. 매일 욕을 먹고서야 일어나는 엄마가 참 딱해보였는데, 이제는 그 심정을 알 것도 같다. 일찍 일어나 봐야 기다리고 있는 건 할머니의 잔소리와 해도 해도 끝이 없는 잡일 뿐. 하루의 시작이 달가울 리 없었을 것이다. 나 역시 일어나야지 마음은 먹지만, 방바닥이 자석처럼 몸을 당긴다. 차라리 예전처럼 할머니가 뛰어 들어와 이불이라도 잡아채 준다면 마지못해 일어날 수 있을까.

엄마가 사라지고 나서 할머니의 쇳소리도 힘을 잃었다. 송아지가 밥시간을 알아채는 것보다 더 정확하게 똥오줌을 싸 놓곤 방바닥을 두드리는 게 고작이다. 엄마 잃은 송아지와 부정맥으로 쓰러져 반신불수가 되어버린 할머니. 내가 오늘 도 일어나야 하는 이유다. 어린 것과 나이가 들었다는 차이 만은 아닐 것이다. 피가 섞인 가족인데, 친할머닌데, 이따금 씩 뉘우쳐보지만 그래도 할머닌 짐이다. 할머니가 송아지보 다 버겁다.

할머니의 심술은 아직도 대단하다. 어제 낮에는 밥을 늦게 준다고 상을 엎어버렸다. 나는 할머니를 노려보다 그대로 나 와 버렸다. 한참 후에 문을 열어 보니 할머니는 벽에 붙어 있 는 밥풀을 떼어 먹고 있었다. 방바닥에 쏟아진 김치를 집어 들다 나를 물끄러미 바라보는 할머니가 안 돼 보여 다시 밥 을 한 공기 갖다 주었다. 약이 올랐던가, 할머니는 밥을 먹다 말고는 방을 훔치고 있던 나를 꼬집었다. 나도 발로 할머니 를 밀어 내곤 상을 들고 나와 버렸다. 할머니는 저녁 내내 왼 손으로 장롱을 두드렸다. 에이야, 에이야. 뚜렷하지 않은 발 음으로 엄마를 불렀다. 가증스러운 할머니. 못 들은 척했다. 멍든 팔뚝과 선반 위의 주사기를 번갈아 바라보다 잠이 들었 다.

오늘도 몸은 더 부푼 모양이다. 주먹이 쥐어지지 않는다. 누군가 걷어차면 데구르르 구를 것처럼 온몸이 탱탱하다. 송 아지는 내가 일어난 기척을 용케도 안다. 송아지가 기운 없

는 소리로 나를 부른다. 그 소리가 할머니를 깨울 것이다. 언
제부턴가 눈을 뜨면 선반 위에 놓여 있는 일회용 주사기로
먼저 눈이 가곤 한다. 나도 모르게 눈길을 피한다. 아니다.
피할 일이 아니다. 나는 입술을 깨물며 작은 눈에 힘을 주어
주사기 박스를 노려본다. 언제까지 이렇게 살 수는 없는 일
이다.

벌레는 왜 이리 들끓는 것일까. 문을 열자 그리마가 긴 털
을 굼실거리며 할머니 방, 문지방을 넘는다. 마루 구석에는
쥐며느리가 배를 드러낸 채 죽어 있다. 그 곁에 노래기가 멈
춰 서서 가늘고 긴 촉수로 세상을 더듬고 있다. 이것들이 먼
저 내 머릿속을 들여다 본 듯 앞장서서 설치고 다닌다. 나는
발을 굴러 노래기 떼를 흩트린다. 낮은 대들보에 붙었던 거
미가 툭 떨어진다. 할머니 방 똥냄새가 문 앞까지 풍긴다. 할
머니 방을 열어 볼까 하다가 그만 둔다.

소리를 죽인 승용차가 집 앞을 지나가고 있다. 연주네 차
다. 저 산 아래 하얀 집을 짓고 이사를 온 연주네 아버지는
대학교수라고 했다. 연주네 차를 얻어 타고 학교에 간 적이
있었다. 버스 정류장까지 가려고 해도 20분은 족히 걸리는
길을 바삐 걷고 있을 때였다. 길가에 차가 멈추었다.

"너희 학교까지 가는 길인데, 함께 가지 않을래?"

얼굴이 하얀 아줌마 옆으로 우리 학교 교복을 입은 아이가
보였다.

"우리 연주가 몸이 좀 안 좋아서 전학을 왔단다. 학교에서 보면 네가 잘 좀 보살펴 주렴."

나는 앞자리에 앉은 연주의 하얀 얼굴을 보며 고개를 끄덕였다. 연주는 나보다 한 학년 아래인 여중 일학년이었다. 내가 차에 오르자 가볍게 코를 잡아 쥐는 연주를 향해 연주엄마는 조용히 나무랐다.

"손 내려."

상관없었다. 나의 몸에서 나는 냄새에 코를 쿰쿰거리는 사람이 한둘이던가. 드라마에서 보았던 풍경이 그려졌다. 하나뿐인 딸. 건강하지 못한 그 딸을 위해 시골로 이사를 온 정성스런 부모. 유리창 가득 노을이 들어차는 거실에서 이들 모녀는 피아노를 치거나 그림을 그리겠지. 언젠가 한번쯤 그집에 가보고 싶었다. 그러나 나는 미처 초대 받을 새도 없이 연주네 차를 탈 수 없게 되었다. 우리집 앞에 차를 세워놓고 나를 기다리던 연주엄마에게 할머니가 막말을 해댔던 것이다.

"아니, 멀쩡한 두 다리로 지금껏 잘 걸어 다니던 애한테 왜 자꾸 바람을 넣는 거야? 우리가 거진 줄 아나? 댁 때문에 저년이 점점 더 게을러져 갖구, 저렇게 띵띵하게 살만 찌는 게 안 보여요?"

그리곤 차 소리에 헐레벌떡 뛰어나오던 내 등을 냅다 갈기며 소릴 질렀다.

"뱁새가 황새 따라 가려면 가랑이 찢어져, 이년아. 팔자 좋은 년들이나 타는 자가용을 네 년이 왜 얻어 타고 다녀?"

나에게 퍼 대는 건 참을 수 있었지만 아무 죄도 없는 연주 엄마가 당하는 건 그냥 보고 있을 수가 없었다. 당장 그 자리에서 할머니를 매어 꽂고 싶었다. 하지만 연주엄마 앞이라 참았다. 연주엄마가 미안해 할까봐 붙잡는 할머니를 뿌리치고 차에 올랐다. 금방 눈물이 흘러내릴 것 같아 눈을 부릅뜨고 앉아 있었다. 부끄러워서 눈을 둘 곳이 없었다. 교문 앞에서 내리며 겨우 한마디를 했을 뿐이다.

"죄송합니다. 내일부터는 걸어 다닐게요."

연주엄마가 말없이 고개를 끄덕였다. 그 후론 우리집 앞을 지나지 않고 먼 길을 둘러 다니는 눈치더니 학교에 가는 시간이 늦은 걸까, 오늘은 조심스럽게 소리를 죽이며 집 앞을 지나간다.

송아지 우유병 꼭지에 파리가 까맣게 붙어있다. 살아 있는 것들의 집요함에 진저리가 난다. 우선 송아지 울음부터 달래야 한다. 힘없는 소리로 어미를 찾는 저 소리를 듣는 것이 실은, 제일 참기 힘든 고문이다. 끓인 물로 분유를 타야 하지만 그건, 격을 갖춘 세상에서 우아하게 사는 사람들이나 하는 짓. 사람이 격을 갖추지 못하고 사는데 송아지가 무슨 격을 갖추겠는가. 싸구려 분유를 넣고 수돗물을 받아 흔든다. 새벽부터 밥을 달라고 제 밥그릇을 뒤엎던 검둥이가 주먹을 휘두르는 나를 보고는 잽싸게 집으로 달아난다. 여느 때 같으면 개집 앞까지 쫓아가서 두어 번 개집을 걷어찼을 것이다. 그것도 성에 차지 않아 웽당그랑 개밥그릇을 한 번 더 걷어찰 때는 그나마 삶에 대한 신명이 남아 있을 때다. 이제는 그런 객쩍은 짓조차 할 여력이 없다.

축 늘어진 채 울고 있던 송아지가 우유병을 들고 다가오는 나를 보자 눈을 더 크게 뜬다. 눈 주위가 눈물로 축축하다. 얼른 우유병을 물린다. 금방 죽어갈 듯 늘어져있던 송아지는 내 몸까지 빨아들일 기세로 우유를 빤다. 배고픔에 대한 분풀이라도 하듯 미처 자라지도 않은 뿔로 툭툭 나를 들이 받는다. 우유가 양껏 나오지 않아서 성질을 부리는 건지도 모른다. 이 어린 것도 살려는 욕구가 이 정도니 어떤 삶인들 쉽게 그 끈을 놓으려 하겠는가. 순식간에 우유 한 통을 비우고도 송아지는 우유 꼭지를 빼려 하지 않는다.

며칠 전 새로 태어난 송아지가 있는 옆방에선 어미 소가 밥을 보챈다. 네 발로 앙바듬 버티고 서서 눈도 뜨지 못한 채 어미의 젖을 찾아 무는 송아지가 신기했다. 어미 곁을 떠나지 않은 채 빙빙 돌며 젖을 빨던 송아지는 며칠 사이에 부쩍 자랐다. 한 달 전에 태어난 이 송아지보다 크다. 어미 소도 제 한 짓이 스스로 대견한지 보란 듯이 축 늘어진 목주름을 한바탕 흔들고는 긴 혓바닥을 내밀어 새끼의 등을 핥는다.

얕은꾀를 써보기도 했다. 새끼를 낳은 소 우리로 이 어미

잃은 송아지를 밀어 넣어보았다. 퉁퉁 불어 있는 젖을 좀 나
누어줄까 해서였다. 하지만 어미 소는 제 새끼가 아닌 것을
용케 알아채곤 경계하는 빛이 역력해졌다. 제 새끼를 끼고
돌며 구석으로 가 젖을 먹였다. 이 송아지가 가까이 다가가
면 뒷발질로 밀어냈다. 자꾸 들이대는 나를 향해서도 눈을
치뜨며 대들었다. 이 순한 동물이 제 새끼를 챙기는 걸 보며
하는 수 없이 어미 잃은 송아지에게 젖병을 물렸다. 하지만
송아지의 허기는 멈추지 않았다.

새끼를 낳은 어미 소에게 볏짚을 넣어주고 사료도 한 바가
지 퍼준다. 엄마가 있었다면 여물이라도 끓여 주었을 것이
다. 나는 그럴만한 자비심이 없다. 물통에 새 물을 채워준다.
아래턱으로 볏짚을 말아 올려 우물거리는 어미 소의 표정을
읽기란 쉽지 않다. 긴 눈썹만 껌벅거린다. 저런 표정 어디에
모성이 숨어 있는 걸까. 눈동자를 뒤집어가며 진통을 겪던
기억도 잊은 채, 어미 소는 이쪽저쪽 번갈아 젖꼭지를 찾아
무는 송아지를 위해 몸을 움직여준다. 거품을 물었던 입 주
변도 말끔해졌다.

내게도 저런 시절이 있었을 것이다. 제 살색을 닮은 연한
빛의 속눈썹 아래로 천천히 닫혔다 열리는 저 소의 눈처럼,
약간 모자라는 엄마지만 그래도 나를 낳아 놓고 제 새끼라고
품어 안고 젖을 먹였을 것이다. 햇빛 더하기, 구름 빼기. 엄
마와 내가 노래를 부르던 다정한 시절. 그때도 할머니는 저

소처럼 나를 품어 안은 엄마를 끔찍이도 못살게 굴었다.

"등신 주제에 새끼 중한 줄은 어떻게 아나 몰라."

햇빛 더하기, 바람 빼기. 하늘을 올려다보며 엄마가 흥얼거리던 것처럼 중얼거려본다. 돼지농장을 다니기 전 엄마 냄새가 기억이 날 것도 같다. 그때는 엄마 곁에 누우면 저 송아지처럼 저절로 눈이 감기곤 했다. 그 시절이 전생처럼 아득하다.

"어머, 저 다리 긴 것 좀 봐. 정말 새끼 하나는 잘 낳아 놨네. 소영아, 네가 욕 봤다. 어린 애가 송아지까지 받고."

느닷없는 소리에 나는 화들짝 놀란다. 며칠 전 어미 소가 송아지를 틀 때 진숙이 엄마도 곁에 있었다. 탄생의 순간은 외로운 것인가. 진통을 하며 눈을 뒤집던 어미 소가 송아지를 떨구는 순간 이 세상이 텅 빈 것처럼 고요했다. 평소 좋아하진 않았지만 그래도 진숙이 엄마가 곁에 있다는 사실이 힘이 되었다. 송아지의 앞다리가 쑥 빠져나오자 진숙이 엄마의 숨소리도 툭 터졌다. 에고, 제대로 나오는구나. 그 소리엔 분명 간절함이 묻어 있었다. 그 간절한 마음에 기대고 싶었다. 그 순간 진숙이 엄마가 대꼬챙이처럼 뾰족하게 일어서지만 않았다면 나는 그녀의 품에 안겨 이유를 알 수 없는 울음을 터트렸을 지도 모른다.

"아니, 며칠씩 굶어도 이집 소들은 새끼도 풍풍 잘 낳건만, 대체 우리 소들은 왜 그 모양인지 몰라. 에구 속 터져."

제 풀에 독이 오른 진숙이 엄마는 미처 송아지가 다 나오기도 전에 팽 몸을 돌려 가버렸다. 만일 이 소마저 잘못 되었다면 진숙이 엄마는 지금보다 훨씬 더 상냥해져있지 않을까. 지난번 어미 소가 죽었을 때 진숙이 엄마는 참으로 친절했었다. 남의 불행이 나의 행복이라는 말은 진숙이 엄마에게 꼭 들어맞는 말이다. 우리집 불행을 볼 때는 동정심이 생겼다가도 뭔가 일이 풀린다 싶으면 속이 뒤틀리는 모양이었다. 그녀의 작은 친절에 기대려했던 내가 어리석었다. 다시는 입에 바른 친절에 속지 않기로 했다. 그쯤에서 속을 적나라하게 드러내 준 진숙이 엄마가 차라리 고마웠다.

곧 새끼를 낳을 임신우가 콧바람을 불며 밥을 재촉한다. 나는 진숙이 엄마에게 눈인사를 건네며 소에게 사료를 퍼 준다. 썰어놓은 볏짚도 듬뿍 넣어준다. 잘 키워야 한다. 나를 팽개치고 가버린 엄마나 아버지뿐만 아니라 한통속이 되어 흉만 보는 동네 사람들에게도 이 소를 잘 키워서 보란 듯이 새끼를 뺄 것이다.

아버지와 함께 이 소를 수정시키는 걸 지켜보았던 사람도 진숙이 엄마였다. 나는 그 곁에 잠깐 서 있었을 뿐이다. 그런데 소문이 났단다. 열여섯이면 알 거 다 알 텐데 처녀애가 부끄러운 줄도 모르고 소 수정하는 걸 죄 지켜보더라고, 그런 소문이 온 동네에 쫙 퍼졌다고 아버지에게 말을 전한 것도 바로 이 여자였다.

진숙이 엄마는 권하지도 않는데, 아버지가 만들어놓은 의
자를 끌어다가 훅 먼지를 불곤 엉덩이를 내려놓는다. 할머니
를 꺼려하던 이 여자는 할머니가 앓아눕고 난 뒤부터는 아예
제 집처럼 드나들었다. 진숙이 엄마는 아버지가 작업하는 모
습을 보는 게 좋다고 했다. 언젠가는 자신을 모델로 조각을
하라며 아버지를 조르는 것도 보았다. 은근히 엄마의 안부를
물었지만 그녀의 관심은 아버지에게 있어 보였다. 둘은 늘
수근 거렸다. 아버지가 뭔가를 깎아주면 눈이 보이지 않게
웃으며 품에 안고 돌아가는 진숙이 엄마가 천박해 보였다.
둘이 술을 홀짝이는 날도 있었다. 다음엔 이 여자를 죽여줄
까? 은근히 밀고 올라오는 분노를 감추며 노래를 흥얼거린
다. 햇빛 더하기, 구름 빼기.

"참, 할머닌 좀 어떠시니? 여전히 잠만 자?"

나는 제풀에 놀란다. 뭔가 낌새를 챈 건가. 하지만 가라앉
은 목소리로 심드렁하게 대답한다.

"날이 갈수록 더하죠, 뭐. 어젠 드신 것도 없이 시커먼 똥
만 한 무더기 싸신 걸요. 아무래도 오래는 못 사실 것 같아
요."

천연덕스럽게 거짓말이 나온다. 어제 꼬집힌 멍이 보이지
않도록 슬그머니 옷소매를 내린다. 요즘은 송아지 때문에 밥
시간이 늦어졌다. 할머니는 그런 사정은 아랑곳하지 않는다.
예전처럼 악을 쓰지는 못하지만 입가엔 늘 거품이 물려 있었

다. 거품을 헤집고 들어보면 웅얼거리는 건 여전히 욕이었
다. 이 년, 저 년은 나를 가리키는 것이다. 그 틈새로 간간히
그토록 구박을 하던 엄마를 찾았다. 할머니가 마지막 부를
이름은 엄마일 것이다. 그러기에 있을 때 잘할 것이지. 코웃
음이 나온다.

"그런데, 저건 대체 뭘 만들다 만 거라니?"

진숙이 엄마는 축사 옆, 해바라기 앞에 세워져있는 나무둥
치를 가리킨다. 엄마가 집을 나가고 나서 한동안 정신을 놓
고 있던 아버지는 어느 날 경운기에 썩은 나무 도막을 싣고
왔다. 이리저리 재다가 축사 앞에 부려놓고는 며칠을 바라보
았다. 그 후 가끔 생각난 듯 몇 번 도끼질을 하는 것 같더니
그대로 팽개쳐 두었다. 아직 형체가 드러나지 않은 나무둥치
는 언뜻 보면 웅숭그린 여자 형상이다. 방 안에서 나오다가
얼핏 엄마가 돌아온 게 아닐까 놀라곤 했다.

아버지가 애정을 보이는 건 나무를 깎는 일 뿐이었다. 어
쩌다 썩은 괴목 뿌리로 멋드러진 나무의자를 만들어 팔기도
했지만 돈이 되지는 않았다. 집 앞에 세워둔 키 큰 장승이나
집안 여기저기에 놓아둔 의자며 소 여물통 따위들은 그나마
쓸모 있는 것들이다. 집안 곳곳에 쓸모없는 나무둥치들이 도
깨비같이 놓여 있다. 모두 아버지가 만들어 놓은 '작품'이라
는 것들이다. 아버지는 집에서 기르던 것들을 다 '작품'으로
만들어 두었다. 붉은 나뭇가지로 깎아놓은 지렁이는 금방이

라도 꿈틀거릴 것처럼 징그럽다. 어른만큼 키가 큰 엘크의 등 위에 나란히 올라앉은 메추리들 곁에는 살아 있는 새들이 날아와 있는 날이 많다. 아버지는 확실히 살아 있는 것들보다는 죽은 것들을 더 잘 다독인다.

엄마가 집을 나간 후 아버지는 산속을 헤매는 날이 더 많아졌다. 걸음마 연습을 하는 아이처럼 조금씩 더 먼 걸음을 하고 돌아오는 아버지의 머리에는 마른 나뭇잎들이 붙어 있었다. 경운기를 끌고 나가 실어오는 나무 도막들이 마당에 쌓였다. 한동안 없던 경운기가 보이는 날이면 부엌에 선 채 찬밥을 먹고 있는 아버지를 볼 수 있었다. 어디를 다녀왔는지 얘기하는 법도 없고 나 역시 묻지 않았다.

새끼를 낳으려고 애를 쓰던 어미 소가 기진해서 쓰러지던 날에도 아버지는 집에 없었다. 나는 수의사를 불렀다. 어미 소를 살펴본 수의사는 소의 자궁에 지방이 너무 두터워 자연분만을 할 수 없다고 했다. 제왕절개를 하면 송아지는 살릴 수 있지만, 어미 소는 포기해야 한다고. 어떻게 할 것인지를 묻는 수의사의 눈은 어떻게 결정을 내려야 할지 몰라 늘 허둥대는 아버지의 눈과는 달리 단호했다. 감정을 배제하고 나면 세상일은 훨씬 쉬워진다. 어차피 자궁에 지방이 끼어 송아지를 낳을 수 없는 암소는 키울 필요가 없다. 어미 소 값으로 송아지 우유를 사리라. 나는 수의사처럼 쉽게 결정을 내렸다.

"송아지를 살려주세요."

제왕절개로 송아지만 살렸다. 죽은 어미 소를 차에 싣고 수의사가 적어 준 진단서를 가지고 도축장으로 갔다. 브루셀라나 기타 질병이 없다는 내용이었다. 어디서 소식을 듣고 왔는지 아버지가 도축장으로 찾아왔다. 도축장의 어두운 복도에서 생각보다 더 짧은 다리로 나타난 아버지를 보았을 때도 나는 선뜻 아버지를 부를 수 없었다. 집 안에 앉아서 나무를 깎는 아버지의 모습보다 밖에서 만난 아버지의 모습은 훨씬 초라했다. 차라리 모르는 사람이었으면 싶었다.

쇠고기 가격은 키로 당 4000원. 그동안 잘 돌보지 못했던 탓에 어미 소는 무게가 별로 나가지 않았다. 또 흠 있는 소라는 이유로 정상 경매가격에 절반도 미치지 못했다. 지금까지 먹인 사료값도 나오지 않는 액수였다. 집으로 돌아가라고 하는 아버지의 입에서 단내가 났다. 이런 곳은 어린애가 올 곳이 못 된다고 했던가. 코웃음이 나왔다. 그런 걸 분별할 줄 아는 사람이었던가. 그런 걸 아는 사람이 자식 앞에서 그렇게 그 어미를 짓밟았는가. 나는 뒤도 돌아보지 않고 집으로 왔다. 그러나 그 이후 아버지는 돌아오지 않았다.

다른 생각을 할 겨를이 없었다. 귓속에선 연신 송아지의 울음소리가 들렸다. 어미 잃은 송아지의 몸은 아직 따뜻했다. 송아지의 젖은 몸을 수건으로 닦아주고 사료 가게에 사정을 해서 분유를 사왔다. 초유조차 먹지 못한 송아지를 살리는 게 쉬운 일이 아니라고 했다. 저렇게 울다가는 곧 죽어버릴 것 같았다. 차라리 송아지를 죽이고 어미를 살려 둘 걸, 후회도 했다. 송아지는 본능적으로 내게 안겨왔다. 밤에는 추울까봐 담요를 덮어주고 낮에는 선풍기를 틀어주었다. 다행히 송아지는 우유를 잘 받아 마셨다. 졸다가 젖병을 떨어뜨리는 나에게 제법 신경질도 낼 줄 알았다. 우리에서 나오려고 하면 송아지도 따라 나왔다. 방에 들어와서 잠을 자려고 하면 송아지가 방문 앞에서 울었다. 내가 보이지 않으면 불안해했다. 송아지는 나를 어미처럼 따랐다. 계속 나를 찾아 우는 송아질 살피다 보면 할머니의 끼니를 놓쳤다. 할머니가 빈 그릇을 두들기는 소리가 축사까지 들렸다. 나는 할머니 방에서 소리를 낼 물건들을 모두 치워 버렸다.

내가 열 살쯤 되었을 때였다. 강아지를 낳아놓고 죽은 어미 개 대신 우유병에 분유를 타서 강아지를 키운 적이 있었다. 아버지도 엄마도 돌보지 않는 강아지에게 젖병을 사다가 분유를 타 먹인 것은 나였다. 할머니가 강아지를 들여놓지 못하게 하는 바람에 내가 개집에 들어앉을 수밖에 없었다. 다행히 방학이 끝날 무렵 강아지는 혼자서도 꼬리를 흔들며 돌아다녔다. 한창 강아지에 정을 붙여 살맛을 느끼던 나를 슬프게 만든 건 또 할머니였다. 학교에서 돌아와 보니 개가 없었다. 할머니는 시치미를 뗐다. 집을 나가버렸다고. 엄마가 히죽 웃으며 말했다.

"거짓말이다. 할머니가 개장수한테 팔아버렸다."

할머니에게 등짝을 얻어맞는 엄마를 보면서 그때도 다짐했었다. 다음에 내가 자라면 할머니를 죽여 버리겠다고.

툭하면 머리를 쥐어 박히면서도 할머니에게 복종하는 엄마가 이해되지 않았다. 힘센 자 곁에 붙어사는 방법을 그런 식으로 터득한 건지 모르겠다. 주걱으로 얻어맞는 엄마 대신 내가 할머니에게 대들었다. 걸핏하면 엄마의 머리끄덩이를 잡아채던 할머니가 차츰 내 눈치를 살폈다. 하지만 엄마는 나를 보면 낼름 집안으로 도망을 치는 저 검둥개처럼, 화난 할머니를 보면 신발을 벗어던진 채 방구석으로 도망을 치는 게 고작이었다. 정상인보다 다리가 짧아 키가 작은 아버지는 그렇게 소동이 일어날 때도 끌을 든 채 썩은 나무등치 앞에 앉아 있었다.

언젠가 아버지가 엄마 편을 들었던 때가 있었다.

"이런 망종의 새끼. 내가 널 어떻게 키웠는데. 이제 늙었다고 어밀 괄시해 이놈아. 병신자식 키워 놓으니까 어디서 마누라 역성을 들어?"

할머니는 몸을 뒤틀며 부들부들 떨다가 뒤로 넘어갔다. 놀란 엄마와 아버지는 물을 떠다 끼얹고 주물러서 할머니를 깨워놓았다. 정신이 돌아온 할머니는 한동안 아버지를 바로 보지 않았다. 그 뒤로도 할머니는 병신자식 주제에 제 마누라 역성드느라 이 어미를 괄시한다고 만나는 사람마다 침을 튀기며 흉을 보았다.

그 후로 아버지는 할머니에게 해야 할 화풀이까지 엄마에게 해댔다. 힘으로는 엄마에게 당하지 못할 아버지였다. 아들이 며느리에게 밀린다 싶자 할머니는 마당에 나가 아버지가 조각하던 끌을 가져왔다. 아버지가 휘두른 끌에 허벅지를 찔린 엄마는 납작 엎드리며 살려달라고 빌었다. 머리 위로 두 손을 올려 싹싹 비는 엄마를 바라보며 할머니의 입가에 웃음이 번졌다. 그제서야 할머니는 아직도 시근거리고 있는 아버지의 손에서 끌을 빼앗으며 말했다.

"감히 어디서 서방을 쳐. 한 번만 더 그래봐라."

그 후로 아버지는 툭하면 끌을 휘둘렀고 엄마는 고스란히 엎드려 아버지의 발길을 받았다. 할머니보다 더욱 모질게 엄마를 때리는 아버지를 나는 지켜보았다. 구부린 엄마의 치마 밑으로 피가 흘러 나와도 아버지의 발길질은 멈추지 않았다. 그 피를 밟으며 아버지는 엄마를 걷어찼다. 엄마의 옅은 색 브라우스에 붉은 꽃무늬가 찍히는 걸 보면서 나도 엄마를 걷어차고 싶었다. 죽여 버리고 싶은 건 할머니와 아버지였지만 엄마도 밟아버리고 싶었다. 그 모습을 지켜보는 나를 흘깃거리며 할머니가 모진 년이라고 낮게 중얼거렸다.

이번 아버지의 가출은 다른 때와는 달리 너무 길다. 이렇게 한 달 가까이 집을 비운 걸 보면 떠돌이 생활에도 적응이 된 걸까. 그렇게 아버지가 아버지의 길을 갔으면 좋겠다. 눈에 보이지 않으면 그다지 미워할 필요도 없을 테니까.

아버지가 하는 일은 늘 남의 뒤를 따라가는 것이었다. 남들이 엘크를 키우다가 수지가 맞지 않아 접으려는 것을 헐값으로 사들이거나, 한물 간 메추리를 키운다고 비닐하우스를 지었다. 알을 낳을 수 없는 메추리는 참새구이용으로 팔면 된다고 좋아하던 아버지는 조류독감으로 날개 있는 것들이 된서리를 맞는 중이라는 걸 모르고 있었다. 그 자리에 표고버섯을 기르겠다고 보온 덮개를 씌우고 입구에 멋들어지게 장승 조각을 세우더니 얼마 지나지 않아, 길가 낚시 가게 주인의 말에 솔깃해서 지렁이농장을 한다고 포크레인을 들이댔다. 온 동네에 지린내가 떠돌자 사람들은 아버지를 고발했다. 군청에서 사람이 나와 지렁이를 없애라고 하자 그것도 엎어버렸다. 그런 아버지를 응원하는 사람은 늘 할머니뿐이었다. 말리는 척하면서도 할머니는 아버지의 고집을 꺾지 못했다. 집 주변의 논밭이 다 팔려나가고 나자 결국 성치 않은 엄마가 돈을 벌어야 했다.

엄마는 윗마을 돼지농장에서 일을 거들었다. 돼지농장일은 냄새가 역해서 외국인 노동자들도 붙어 있질 못했다. 남보다 적은 보수였지만 엄마가 할 수 있는 일이란 그런 험한 일뿐이었다. 돈을 주면 할머니의 표정이 부드러워진다는 걸 엄마도 알았던가. 돈을 받아 오는 날이면 엄마의 발소리가 유난히 쿵쿵거렸다.

송아지를 키워보라고 한 건 진숙이 엄마였다. 아버지가 젖뗀 암송아지 세 마리를 진숙이네서 들여놓자 사람들은 한마디씩 거들었다.

"거 요즘 수입 소 때문에 기르던 소도 처분하는 판인데……."

열 달쯤 지난 송아지는 암내를 풍겼다. 발정 난 송아지는 밤새 울었다. 아버지와 진숙이 엄마는 수의사가 수정시키는 걸 나란히 보며 서 있었다. 공연히 얼굴이 벌개진 나는 슬그머니 집안으로 들어왔다. 뒤에서 진숙이 엄마가 키득거렸다. 그리곤 온 동네 소문을 냈던 것이다.

할머니가 쓰러진 건 부정맥 때문이라고 했다. 아침나절 부엌 바닥에 쓰러졌던 할머니는 밤늦게 농장에서 돌아온 엄마에게 발견되어 병원으로 옮겼다. 몸의 왼쪽 부분이 마비된 상태였다. 할머니가 쓰러지자 집안엔 더욱 냄새가 났다. 돼지농장에서 돌아온 엄마 냄새나 할머니가 싸서 뭉개놓은 똥오줌 냄새는 막상막하였다. 집에 돌아오고 싶지 않았다. 방과후에도 도서관에 들러 소설책을 보다 느릿느릿 돌아올 때쯤엔 할머니의 배설물과 비슷한 된장 냄새가 집안에 떠돌고 있었다.

고약한 냄새를 풍기며 돌아온 엄마가 지은 저녁은 열 시가 가까워야 먹을 수 있었다. 늘 허기진 듯 밥그릇 바닥을 긁는 건 할머니뿐이 아니었다. 그 시간에 먹는 밥은 할머니의 배설물 냄새에도, 엄마의 몸에서 나는 지독한 돼지 똥 냄새 속에서도, 달았다. 그런 상황에서도 밥을 먹어야 한다는 사실이 서러워서 더 허기가 졌다. 그악스레 밥상 앞으로 모여들어 살아보겠다고 밥을 퍼 넣는 식구들을 보면 아무리 먹어도 배가 차지 않았다. 쌀 한 가마가 넘는 몸무게를 생각하면 그만 먹어야지 싶은데도 숟가락은 자꾸 빈 밥그릇을 훑었다. 교실 의자에 앉으면 엉덩이 살이 넘쳤다. 내 앞을 지나면서 코를 감싸 쥐는 친구들을 보는 것도 곤혹스러웠다. 눈치 없이 교실 문을 열고 들어오며 코를 벌름거리는 선생님들도 보기 싫었다. 중학교 일학년 때 맞춘 교복이 몸에 맞지 않아 체육복을 입고 학교에 다녔다. 하지만 그 역시 터질 것처럼 되었을 때 나는 학교를 그만 두었다. 중학교 2학년 겨울방학을 앞두고 였다. 그러기를 기다렸다는 듯이 서너 달 간격으로 엄마와 아버지가 집을 나갔다.

나는 아까부터 할머니 방에 주의를 기울이고 있다. 행여 진숙이 엄마가 할머니의 소리라도 들을까봐 송아지 등을 쓸어내리며 주위를 돌리느라 나름대로는 부산스러웠다. 할머니 방을 들여다보아야 할 차례지만 진숙이 엄마가 따라 와서 할머니를 들여다볼까봐 걱정스러웠다. 다시 우유를 한통 더 타 와서 송아지에게 다가갔다. 송아지는 여전히 게걸스럽게 우유꼭지를 찾아 문다.

"그나저나 네 엄마는 어디로 숨어 버린 거니?"

송아지를 바라보던 진숙이 엄마가 별 대꾸 없는 나를 보며 중얼거린다.

"혹시 지난번처럼 그 돼지농장 주인 여편네가 숨겨 놓은 건 아닐까. 말이야 바른 말로 네 엄마처럼 부리기 좋은 사람이 어디 있니? 소처럼 일을 시켜도 군소리 한마디 하나, 험한 음식을 줘도 마다하길 하나. 네 엄마 없으면 제일 골치 아플 사람이 그 사람들이잖아. 근데 네 아버지가 찾아갔더니 없다고 그랬다며? 나라도 그렇게 말하겠다. 잠깐 빼돌리면 네 아버지 같은 사람 속이기야 식은 죽 먹기지. 이따 점심 먹고 슬그머니 거기나 한 번 올라가 볼까?"

진숙이 엄마는 할 일을 발견했다는 듯 엉덩이를 털며 일어난다. 팔짱을 낀 채 아그작거리며 사라지는 진숙이 엄마를 보자 비로소 깊은 숨이 쉬어진다. 진숙이 엄마가 앉았던 의자에 햇살이 소복하다. 엄마가 돼지농장에 있다면 이렇게 오랫동안 돌아오지 않을 리 없다. 설마 엄마에게 나쁜 일이 일어난 건 아니겠지. 불길한 생각이 떠오를 때면 모든 책임을 할머니에게 돌리고 싶다. 돈 한 푼 없는데도 자꾸만 병원엘 데려가지 않는다고 보채는 할머니. 송아지 사료는 소를 담보로 외상이라도 주지만 늙은 할머니의 병원비는 아무도 대주는 사람이 없다. 쓰러지기 전에도 대접을 받지 못했던 할머니가 병으로 쓰러진 지금 누군가의 관심이나 도움을 받을 것인가. 즉시 제거해야 한다고 하루에도 몇 번씩 다짐을 한다. 하지만 자꾸 미적거리는 이유를 나도 잘 모르겠다.

　　정말 인간은 존엄한 존재인가. 그 존엄한 권리라는 것이 모든 사람에게 적용되는 것은 아니지 않을까. 나정한 말보다는 욕지거리에 더 익숙한 엄마. 언제부턴가 그런 엄마를 학대하면서 쾌감을 느끼는 아버지. 그악스러움이 몸에 밴 마귀 같은 할머니. 그들의 삶은 누가 봐도 존엄하지 않다. 그들 틈바구니에 있는 나의 삶 역시 귀할 까닭이 없다. 차라리 엄마처럼 정신이 모자라면, 싶을 때도 있다. 가장 학대받으면서도 그나마 웃는 사람은 엄마뿐이 아니던가. 틈틈이 노랫소리를 흥얼거리는 엄마를 보면 다행이라 여겨질 때가 많았다. 오로지 남의 험담과 세상살이를 푸념하며 살아온 할머니는 가만히 입을 다물고 있을 때에도 마귀할멈처럼 인상이 험했다. 그 영향을 받은 아버지 역시 웃는 얼굴을 볼 수가 없었다. 이런 상황에서 인간의 존엄성을 말할 수 있을까.

　　내가 몸이 날씬하거나 얼굴이 예뻤더라면 나도 집을 뛰쳐나갔을 것이다. 좀 더 쉬운 방법으로 내 삶을 바꾸었을지 모른다. 지친 삶에 숨통을 틔워주는 사랑 같은 것도 하고 싶었다. 하지만 열 살부터 꿈꾸던 사랑 대신 찾아 온 것은 거대한 식욕과 엄마 아버지가 벌여놓은 일의 뒷설거지뿐이다. 아버지가 나무를 깎는 동안 나는 아버지 대신 소여물을 썰었고, 엄마가 나간 뒤에는 엄마 대신 할머니의 똥을 치웠다. 점점 배가 불러오는 소들을 걱정스런 눈으로 바라보는 건 나뿐이었다.

어릴 적, 할머니의 넓적한 손이 등에 떨어질 때마다 나는 할머니를 죽이는 방법을 한 가지씩 생각했었다. 우리집의 모든 불행은 할머니로부터 시작되는 것 같았다. 독사를 잡아다 할머니 방에 풀어놓을까. 누가 크라막손을 먹고 몸이 말라 죽었다는 소릴 듣고는 할머니의 국그릇에 그 제초제를 조금씩 넣으면 어떨까 생각했다. 차라리 모두 잠든 집에 불을 지를까. 우리 같은 사람들이 사라진다 해도 이 세상 그 누구도 동정하지 않을 거라 생각하면 내 스스로가 가여워서 눈물이 나왔다. 조금만 더 자라면 이 집을 떠나리라. 하루에도 수 없이 다짐을 했건만 이 몸뚱이로는 어디에서도 환영받지 못할 거란 걸 잘 알고 있었다. 그렇게 미적거리는 사이에 이 집을 떠난 건 오히려 엄마와 아버지였다. 이젠 할머니 차례다. 할머니만 떠나주면 된다. 그렇게 포악을 떨면서도 자신에게 닥칠 불행은 예측조차 못했을 뻔뻔한 할머니.

할머니는 문지방 가까이까지 기어 나와 있다. 한쪽 엉덩이로 기를 쓰며 밀고 왔는지 비어져 나온 똥이 방바닥 여기저기 뭉개져 있다. 흰머리에 거뭇하게 묻어 있는 것도 똥이리라. 열이 확 솟는다. 집 전체에 불을 질러버리고 싶다. 모든 걸 흔적도 없이 태워버리고 싶다. 소리를 지르려다 나는 입술을 깨문다. 할머니는 입술에 허옇게 거품을 문 채 욕을 하고 있다. 나는 할머니를 본 척도 안 하고 방으로 들어가 침착하게 주사기를 빼 든다.

그 큰 엘크를 마취시키기 위해 아버지는 작은 엠플 두 개를 주사기에 담곤 했다. 하나면 충분하다고 해도 겁이 많은 아버지는 혹시 뿔을 자르는 중에 엘크가 깨어 날까봐 더 많은 양의 마취제를 주사했다. 그 바람에 엘크들은 다시 깨어나지 못하고 죽어나갔다. 그렇게 죽은 엘크들이 그대로 보신원으로 보내져 사슴탕으로 둔갑되었다. 그 사슴탕을 먹고 몇 사람이나 약효를 보았을까. 그런 사실을 아는 척했다가는 등짝으로 또 야무진 할머니의 손바닥이 날아들 게 뻔해서 나는 모른 척했다. 아버지가 잡혀가지는 않았을까 두려운 마음에 학교에서 돌아와 보면 아버지는 짧은 다리로 키 큰 나무를 다듬으며 엘크의 형태를 만들고 있었다.

나는 소 우리 옆 창고로 들어선다. 엘크의 뿔을 자르기 위해 사용되던 마취제는 엘크가 사라진 후에도 선반 위에 있었다. 이것이 아니더라도 극약은 얼마든지 있다. 살충제나 제초제도 독약이다. 아니면 쥐약을 물에 풀어 넣어도 된다. 한쪽 선반 위에 살충제, 제초제, 마취제, 쥐약 봉지까지 나란히 놓여 있다. 마취제가 있는 곳을 향해 나는 서슴없이 걸어갔다. 이도 저도 안 되면 마지막엔 내 몸에 투입하려던 것들. 어째서 우리집 사람들은 저런 독약을 보면서도 제 목숨을 끊으려는 생각은 하지 않는 걸까.

할머니에겐 한 병의 주사면 충분할 것이다. 나는 아버지처럼 넉넉한 양을 준비한다. 주사기 가득 마취제를 빨아들인

다. 제길헐, 손은 왜 이리 떨리는가. 다리는 왜 후들거리며
등짝은 왜 이리 서늘해지는 걸까. 창고 틈으로 스며든 햇살
에 하마터면 내 손을 찌를 뻔했다.

햇살이 고인 마당이 빈 항아리처럼 괴괴하다. 해바라기 아
래 나무둥치를 바라본다. 엄마가 보고 싶다. 연주엄마처럼
깨끗한 엄마가 아니라도 좋다. 냄새나는, 어릿하게 말을 더
듬는 엄마라도 곁에 있었으면 좋겠다. 아니, 진숙이 엄마라
도 다시 나타났으면 좋겠다. 자꾸 무릎이 떨린다. 손에서 시
작한 떨림이 온몸으로 번진다.

나는 아무렇지도 않은 척 주사기를 들어 올린다. 새하얀
빛 주변에 햇무리가 져 있다. 햇무리 안으로 주사기를 밀어
넣고 공기를 뺀다. 주사기 끝에서 약물이 방울방울 흘러내린
다. 이제 그냥 이대로 할머니 방으로 가면 되는가.

주변을 두리번거린다. 아무도 없나? 누가 없을까. 나도 모
르게 노래가 흘러나온다. 햇빛 더하기, 구름 빼기. 노래를 듣
고 송아지가 일어선다. 우리 밖으로 머리를 내밀며 아는 척
하는 송아지가 마냥 반갑다.

거기, 다다구미

1

문이 열리면서 베이지색 제복을 입은 공항직원 둘이 나타
났다. 하나는 커다란 가방을 밀고 한 사람은 휠체어를 밀고
있었다. 왠지 그 휠체어 속 여인이 수잔일 거 같았다. 〈수잔
마틴〉이라고 적어 들고 있던 종이를 접으며 그들 앞으로 주
춤 나섰다. 그걸 본 공항직원은 의례적인 미소를 띠며 다가
오더니 내게 휠체어 손잡이를 넘겨주었다.

"비행이 좀 무리셨나 봅니다. 힘들어 하셔서 이렇게 모셨
습니다."

그리곤 고개를 숙여 노인에게 말했다.

"미쎄스 마틴, 해브 어 나이스 트립."

　휠체어에 폭 싸인 노인은 백발의 단발이었다. 창백한 피부에 조마만한 얼굴. 그 얼굴의 반은 차지한 짓 같은 눈은 어찌 보면 동양인도 같고, 어찌 보면 서양인처럼 보이기도 했다. 날씨에 비해 두툼한 터틀 티셔츠를 입은 노인은 자신이 들어가고도 남을 만큼 커다란 가방 옆에서 더 작아 보였다.

　공항 픽업을 해달라고 할 때부터 적당히 거절했어야 했다. 예전엔 투숙객들이 스스로 우리집까지 찾아오곤 했건만 갈수록 픽업을 원하는 고객들이 많아졌다. 그의 부탁에, 아니 솔직히 말하자면 넉넉한 투숙비와 픽업비용에 마음이 동해 나온 길이었다. 꿀빈다가 다녀간 뒤 벌써 일주일째 투숙객이 없는 상황이었다.

　겨우 승용차에 오른 노인은 밖을 내다보는가 싶더니 이내 가늘게 코를 골았다. 만나자마자 내 손등을 쓸어내리는 노인의 제스처가 부담스러웠다. 서양인들은 타인의 허용 거리가 자기 팔을 벌려 닿지 않는 범위라고 했다. 집에 묵는 이들 중에서도 어쩌다 가까이 스치면 익스큐즈 미, 라고 질겁하며 몸을 피하는 이들이 서양인이다. 그에 비해 한국인들은 타인의 허용 범위가 얼굴에서 한 뼘 정도라고 하던가. 다른 사람의 신체가 얼굴에서 한 뼘 가까이 다가오면 자신도 모르게 뒤로 물러서게 된다는 말에 공감했었다. 그런데 노인은 아무런 거리낌 없이 내 손등을 어루만졌다. 한국인이 맞구나 싶었다.

공항을 벗어나자 칠흑 같은 바다가 나타난다. 이렇게 여로에 지친 노인을 보는데 왜 당차게 떠난 딸이 떠오르는 걸까.

"엄마, 그거 희생 아니야. 가만히 잘 생각해 봐. 정말 그게 희생이었었나. 희생은 그럴만한 가치가 있는 것에 하는 거잖아. 엄마는 용기가 없는 거 아닐까. 용기가 없는 사람들이 나 하나 참으면 되지, 하면서 희생이라는 이름 뒤로 숨어버리거든. 그건 위선이야. 최소한 자기 자신은 지키고 나서 남을 지켜야 하는 거 아니야. 난 엄마처럼 그렇게 안 살 거야. 보는 사람 정말 불편하거든!"

남편에게 얻어맞아 푸르스름한 눈두덩을 머리카락으로 가린 채 밥상을 차리는 나를 스쳐가며 딸은 또박또박 말했었다. 흥분이나 분노의 감정이 섞이지 않은 말투가 면도날이 지나간 듯 섬뜩했다. 밤늦게 들어왔다가 새벽에 나가는 애한테 따뜻한 밥을 차려주는 것이 그나마 어미의 도리라 생각했다. 행여 아이가 알까 봐 남편의 술주정과 폭력을 묵묵히 견뎠다. 새벽에 겨우 잠든 남편에게서 벗어나 밥을 차렸는데 딸은 그 밥상을 그냥 지나쳤다. 그런 딸이 밤새 주먹을 휘두르던 남편보다 더 야속했다.

"그래도 밥은 한 술 뜨고 가야지."

돌아보는 아이의 눈길이 싸늘했다. 평생 남편에게 맞아온 그 어떤 주먹질보다 더 가슴을 쥐어박는 눈빛이었다.

본래 말이 없고 냉정한 아이긴 했다. 남편은 그런 딸이 나

를 닮았다며 시비의 꼬투리로 이용하기도 했었다. 어렸을 땐
우리 엄마 왜 때리느냐며 달려드는 딸애와 한 덩어리가 되어
얻어맞기도 했지만 언제부턴가 그 애 앞에서는 남편도 조심
하는 게 보였다. 그 애는 제 스스로 그렇게 제 앞가림을 하고
있었던 것이다.

"난 사람도 자연의 섭리에 따라 살면 좋겠어. 가시고기들
은 알에서 부화해서 새끼로 태어나자마자 곁에 있는 부모의
살을 파먹고 살아가잖아. 그렇게 사는 게 걔들 사회에선 죄
가 아니야. 새들도 제 새끼가 날갯짓을 할 때까지는 모이를
물어다 먹여 주잖아. 근데 왜 사람들은 그렇게 부모의 역할
을 강조할까? 생명체의 본능이든 인류를 지켜내야 할 의무
든 자기들이 좋아서 만들어 내놓았으면 날갯짓을 할 때까지
는 먹여주는 게 당연한 건데 새끼 키우는 동안 공치사가 너
무 심해. 꼭 자식들을 위해 살아가는 사람들처럼. 그래서 돈
벌고 그래서 싸우고. 날아가기도 전에 빚쟁이가 된 기분이
든단 말이야. 이제 난 날갯짓을 할 수 있을 만큼 자랐어. 나
에 대한 의무는 여기까지. 이제 그만하면 됐어요."

딸애는 제 앞길은 제가 개척하겠다며 고등학교를 졸업하
고는 호주로 떠났다. 그렇게 야멸차게 떠나는 딸을 보며 남
편은 피 내림은 어쩔 수 없구만, 하고 나를 비웃었다.

새들이나 동물도 제 살던 곳을 돌아보는지는 모르겠다. 날
아가겠다고 선언한 뒤 떠났던 딸애는 가끔 소식을 전해온다.

대학을 졸업했다며 축하해 달라는 내용과 함께 졸업사진을
보내왔고 제 아빠 장례식 때는 직접 다녀가기도 했다. 독일
에 자리를 잡으려고 하는데 자리가 잡히면 한 번 초청하겠노
라는 말도 남겼다.

　그래도 피붙이라 섭섭했던가. 애가 떠나고 나자 더욱 술을
퍼마시던 남편은 교통사고로 세상을 떴다. 별안간 조용해진
나의 주변은 딴 세상 같았다. 그들과 살았던 세상이 전생인
듯 아득했다. 삶이 단순해졌다. 멀리서 흘러가는 강물 보듯
세상이 그렇게 보였다.

　그런데, 딸이 주입해 주던 말들이 효력을 다한 걸까. 요즘
들어 뭔가 자꾸 잃어버린 것 같아 주변을 두리번거리게 된
다. 홀로 되었을 때 나름 세웠던 경계가 자꾸 무너져 내리는
느낌이다. 일일이 부딪치기 싫어서 참다보니 예전처럼 무언
가가 내 영역을 넘어오는 것 같다.

　그의 제안을 똑 부러지게 거절하지 못하는 것도 그중 하나
였다. 예전에 은혜를 입었다는 사실이 나를 자유롭지 못하게
했다. 늘 결심은 하지만 매몰차게 거절하는 일이 생각만큼
쉽지 않았다. 이렇게 내키지 않는 일을 할 때면 생각이 많아
진다.

　우선 그가 말한 노인, 이라는 말에 그리고 픽업이라는 조
건에 거부감이 일었다. 확실한 근거는 없지만 홈스테이사무
국에서도 좀 더 활기차고 조건이 좋은 고객들은 이제 내게

보내지 않는 것 같다. 주로 형편이 어렵고 곤란한 고객들을 보내주었다. 투숙객들조차 나날이 내 꼴을 닮아가는 것 같아 자괴감이 일었다.

그중 최악이 인도 젊은이 꿀빈다였다. 저녁 늦게 도착한 그는 느물거리며 요금을 깎아달라고 했다. 물론 조건이 맞지 않으면 거절할 수 있었다. 하지만 일부러 사람을 보내준 홈스테이사무국의 인숙 씨를 생각했고, 이국까지 와서 한 푼이라도 헐한 방을 찾는 사람 심정을 생각해 묵으라고 했다. 그러나 그가 들어서는 순간, 괜한 짓을 했다는 후회가 들었다. 몇 달간 씻지 않은 것 같은 고약한 냄새가 그를 따라 들어왔다. 그는 음식 탐도 많아서 서비스로 내놓은 불고기를 삼 인분이나 먹어치웠다. 먼저 투숙했던 일본인 내외가 빤히 바라보고 있는데도 맛있다면서 탐욕스럽게 먹어치우는 모습이 정말 밉상이었다. 그리곤 배낭에 들어 있던 빨랫감을 꺼내더니 밤새 세탁기를 돌려댔다. 처음 만난 사이인데도 일본인 다나까 씨가 부치고 있던 부채가 멋있다며 선물로 줄 수 없느냐고 물었다.

단골인 다나까 씨 내외가 하루 일찍 퇴실을 한 것도 그 때문일 것이다. 나는 다나까 씨 내외를 위해 그를 들이지 말았어야 했다. 하지만 불법이 법을 밀어내듯 예의가 무례에게 밀렸다. 예의를 갖추어 그의 지독한 냄새에도 인상을 찡그리지 않던 일본인 내외는 예약한 날짜가 하루 남았음에도 그가

온 다음날 아침 집을 나가버렸다. 인도 청년 꿀빈다는 결국 혼자서 6인용 식탁을 독차지 했고 세탁기며 화장실을 홀로 차지한 채 사흘을 머물다 이틀 치의 방세를 주고 떠났다. 그가 떠난 지 일주일이 되었건만 그의 체취가 아직도 집 안에 남아 있는 것 같아 손님이 든다 해도 걱정이었다.

"잘 사니? 손님은 좀 있어?"

관광객들을 상대로 게스트하우스를 운영하고 있는 그였다. 그는 나를 몹시 걱정하는 어투로 묻곤 했다. 점점 낡아가긴 하지만 남편이 공 들여 지은 한옥이었다. 세를 놓기 위해 양쪽으로 달아지은 별채에는 따로 주방과 욕실이 있었다. 남편이 저 세상으로 가고 나서 툇마루를 놓아 거실과 별채를 자유로이 오갈 수 있는 구조로 개조했다. 먹고 살기 위한 방편이었다. 투숙객들은 정갈한 거실과 마당 가운데 보이는 꽃밭을 좋아했다. 걱정이 섞인 그의 말소리는 늘 부담스럽다.

"손님 한 분 보내드리려고 하는데, 괜찮겠지? 우리 숙소로 연락이 왔는데 연세 많은 노인이 묵기에는 적당하질 않아서 그곳을 추천했어. 픽업까지 부탁을 하네. 조건이 괜찮으니까 거절하지 마."

그는 이 일을 하다가 다시 끈이 이어진 사람이다. 남편이 떠나고 남아 있는 집을 이용해 할 만한 일을 찾아보다가 시작한 것이 하숙이었다. 마침 하숙생 중에 문체부 직원이 있었는데 가장 오래 머물던 하숙생 중 하나였다. 그는 가끔 외국인 손님을 데리고 왔다. 내가 해 주는 김치며 잡채 따위를 좋아해서 외국 사람들이 오면 으레 그런 것을 식탁에 올려주었다. 그 음식들의 반응이 좋았다. 그게 입소문이 나면서 외국인들이 드나들었다. 홈스테이를 할 가정을 모집하는데 여기가 조용하면서도 한국적인 분위기가 풍기는 곳이니 한 번 도전해 보라고 권한 것도 그였다.

"한국 음식 잘 만드시겠다, 언어야 벌써 제 친구들하고 통하는 사이니 걱정할 것도 없고요."

그 후 한국에 온 외국인들이 머물 곳을 찾으면 추천해 주는 장소가 되었는데 어느 날 낯선 전화를 받았다.

"혹시 원주에 살던 박지숙 씨 맞나요?"

김병수, 그였다. 내가 어린 시절을 보낸 원주의 희망원에서 총무를 보던 오빠였다. 우리는 같은 처지의 고아였고 나보다 나이가 많았던 그는 중학교를 졸업한 후 고아원의 모든 일을 맡아 하고 있었다. 그 덕분에 야간 고등학교라도 다닐 수 있었으니 나에게는 고마운 사람이다. 그러나 그를 만나게 됨으로 이제는 거의 잊었다고 생각했던 어린 시절을 떠올려야 했다. 즐거울 리 없는 어린 시절이었다. 나를 맡긴 박명숙이라는 여인의 성을 따 나도 박가가 되었다고 전해준 사람도 그였다.

희망원이 경영난으로 문을 닫자 거기에서 벗어났다는 그는 게스트하우스를 운영하고 있었다. 동종의 일을 하는 사람들 명부에서 내 이름을 발견했다며 함께 지내던 누구누구의 안부를 물었다. 그 누구와도 연락을 끊고 지냈다는 내 말에 그가 대답했다.

"하긴 너 나가고 나서 한 번도 연락 안할 때 내가 알아 봤다. 나도 모른 척 하마."

전쟁고아들을 기르며 사회사업을 하던 원장 아버지가 무리하게 사업을 벌이는 바람에 희망원이 다른 사람에게 넘어 갔다고 했다. 내가 알고 있는 그들의 성격으로 보면 원장 아버지보다는 욕심이 있던 그의 작품이었는지도 모른다. 하지만 잘잘못을 가리기에는 세월이 많이 흘러 있었다. 다행히 그는 사회에 잘 적응한 듯 보였다. 미세스 마틴은 그가 보낸 손님이었다.

2

문 앞에 staff only 라는 팻말이 붙어 있다. 순자는 살짝 열려 있는 방문 앞에서 노크를 했다. 문이 조금 더 열리며 화장대 앞에 앉아 있는 주인 여자의 등이 보였다. 거울 속으로 깔끔하게 정리된 침대와 단출한 내실 풍경이 들어왔다.

어제보다는 훨씬 상태가 좋아졌다. 아침 일찍 일어나 꽃밭을 둘러보았다. 꽃들이 달라보였다. 미국에도 장미는 지천이었지만 한국에서 보는 장미가 왠지 더 반가웠다. 뉴욕 맨해

튼의 너른 정원에 비해 손바닥만한 이 집 정원에는 온갖 꽃
들이 디닥디닥 피어 있었다. 울타리를 타고 흐드러지게 피어
있는 장미를 보자 예전 좁은 마당에 기어코 꽃을 심겠다고
우기던 일이 생각났다. 그 좁은 다다구미, 골목을 떠날 때 장
미 넝쿨 몇 개가 담장을 기웃거렸다. 이 집 정원에는 아주
까리도 있다. 굴포천 가에 지천으로 피어 있던 잎이 넓적한
아주까리. 한국을 떠나면서 잊고 있었던 풍경들이 고스란히
살아났다. 아주까리라는 이름이 떠오른 게 신기했다. 그랬었
지. 역시 한국이구나 싶었다. 나팔꽃이며 아직 몸을 사리고
있는 채송화까지 참 익숙한 꽃들이 피어 있는 정원. 오래전
식구를 만난 듯 반가웠다. 마음이 급해져서 내실 문을 두드
린 것이다.

"어머, 미세스 마틴, 여행이 힘드셨을 텐데 벌써 일어나셨
어요? 식사하셔야지요?"

역시 한국이었다. 그 무엇보다 먼저 밥을 챙기는 내 나라.
순자는 들고 있던 덩어리 치즈를 건네며 고맙다는 인사를 했
다. 한국말로 얘기를 나누고 싶었다.

"괜찮습니다. 난 아침 안 먹어도 배부릅니다. 행복해요. 저
를 그냥 순자라고 불러줘요. 한국 이름이 더 좋아요."

순자는 행여 주인 여자가 자신을 밀어낼까 두려워 한 발을
내실 쪽으로 더 내디뎠다. 실례인 줄 알지만 한국 사람이 있
는 곳으로 다가가고 싶었다. 예전 살던 모습을 느껴보고 싶

었다. 역시 그녀는 첫인상이 그랬듯 정이 많은 한국인이었다. 순자를 방에 들여 서슴없이 침대에 앉게 했다. 홀로 지내는 듯 단출한 방엔 앉을 자리가 침대밖에 없긴 했다. 주인 여자에게 정원을 칭찬하고 싶었다. 하지만 생각만큼 말이 잘 나오지 않았다.

꽃밭을 잘 가꾸어 놓았다. 꽃들이 나에게 말을 건다. 아주 예전에 내 살던 집에도 좁은 마당이 있었는데, 그 마당가에 있던 꽃들이 여기에 다 있다. 60년 만에 돌아오는 길이다. 한국이 그립고 한국말이 그립고 한국 사람들이 그립다. 그냥 보고 있을 테니 어서 화장해라. 이런 말들이 짤막짤막 끊어져서 나왔다. 그녀가 다 이해한다는 듯 고개를 끄덕여주는 것이 힘이 되었다.

순자는 거울 앞에서 자신을 소개했다. 나는 최순자, 60년 넘도록 순자와 비슷한 발음인 수잔으로 굳어진 내 이름을 여기에 와서 찾았다. 순자의 소개에 주인 여자가 자기 이름을 말했다.

"제 이름은 박지숙이에요. 어젯밤 불편한 건 없으셨어요?"

지숙은 스킨을 바른 얼굴을 두드리는 중이었다. 순자는 그녀가 로션을 바르는 것도 보았다. 그 위에 또 무엇인가를 발랐다. 거울 속에서 그녀와 눈이 마주쳤다. 미소를 짓자 그녀가 뒤돌아보았다. 살짝 올라간 눈썹이 자꾸 무슨 일이냐고 묻는 것 같았다.

순자는 주머니 속을 주섬주섬 뒤적여 접혀 있는 메모지를 찾아 지숙에게 내밀고야 말았다. 그녀가 왠지 제 속내를 다 알고 있는 것만 같았다. 한국을 떠난 후 줄곧 보관해 왔던 메모지였다.

"실은 내가 가고 싶은 곳이 있어요. 찾을 수 있을지 몰라요. 하지만 지숙이 함께 찾아주면 좋겠어요. 부탁합니다."

순자는 자신도 모르게 자꾸 행동이 서둘러지는 게 미안했다. 두 손이 저절로 모아졌다.

3

〈인천 부평 신촌 네거리 애스캄 앞 화이트로즈 클럽〉

그녀가 내민 종이는 내가 어렸을 때 썼던 질 나쁜 깍두기 노트의 일부였다. 검은 줄이 그어있었을 선은 연둣빛으로 퇴색했고 접힌 부분은 잘못 건드리면 부서질 것처럼 말라 있었다. 펜을 많이 잡아 본 사람이 쓴 필체는 아니었다. 연필로 썼을 지명 위에 나중에 펜으로 덧칠한 흔적이 있었다.

"찾을 수 있을까요?"

거울을 통해 빤히 지켜보고 있던 노인이 갈라지는 목소리로 물었다. 간절함이 배어 있는 목소리였다. 그러나 그 간절함을 감춘 채 그녀는 침대 위에 앉아 짐짓 딴청을 부렸다. 활짝 펼쳐서 정리해 놓은 이불을 쓰다듬으며 눈 둘 곳을 찾지

못하던 그녀가 침대 맡에 놓인 사진을 보며 딸이냐고 물었
다. 호주에서 대학 졸업할 때 찍은 거라며 딸애는 학사모를
쓰고 찍은 사진을 보내왔다. 사진에서 눈을 거둔 노인은
조바심 어린 눈빛으로 찾을 수 있겠느냐고 물었다.

"그런데 애스캄이 뭐예요?"

나 역시 그녀의 행동을 모른 척하며 종이에 코를 박고 물
었다.

"옛날에 부평에 있던 미군부대입니다. 엄청 큰 부대였어
요. 지금도 있을지 모르지만."

미군부대라는 소리를 듣는 순간 창가의 커튼이 펄럭였다.
커튼 틈새로 비치는 햇살, 기시감이 밀려왔다. 언젠가 저렇
게 침대에 걸터앉아 있는 사람을 바라보던 적이 있었다. 하
얀 망사 커튼이 늘어져 있는 유리창 아래 수건으로 머리를
감싸 올린 여인. 엄마의 흰 목덜미에서 햇살이 일렁거렸다.
엄마의 작은 얼굴은 화장을 할수록 꽃처럼 피어났다. 립스틱
을 바르고 난 입술은 제라늄처럼 붉었다. 머리를 풀어헤치면
누런색의 머릿결이 구불거렸다. 집안에 뒹굴던 그림책 속의
서양 여자와 비슷했다.

그녀의 얼굴에 또렷하게 칠한 붉은 립스틱 때문일까, 아니
면 미군부대라는 소리 때문일까. 네 엄마가 양공주였다고 놀
리던 희망원 원장 딸의 주근깨 가득한 얼굴이 따라 올라왔
다.

나는 들고 있던 에센스 뚜껑을 비틀며 펌프를 한 번 꾹 누른다. 긴 대롱에 고인 뿌연 액체를 이마와 콧등에 흘린다. 눈 밑으로 가로줄을 한 번 더 그으며 얼굴에 붉은 칠을 하던 인디언을 생각한다. 화장의 기원은 인디언들이 악한 기운을 쫓고 선한 기운을 불러들이기 위해 물감을 칠했던 것에서 유래됐다고 했던가. 오늘도 무사히. 나를 흔들 일이 발생하지 말기를. 나도 모르게 철들면서부터 몸에 밴 주문을 중얼거렸다. 몸에 밴 불안이 나도 모르게 기도를 하게 만들었다. 나는 한참만에야 그녀의 붉은 입술을 보며 물었다.

"혹시 이곳에 찾을 사람이 있으세요?"

다른 투숙객들에게는 한 번도 물어보지 않은 사적인 물음이었다. 잔주름 사이로 붉은 빛이 발그레 번진 그녀가 입을 일그러트리며 웃는다.

"아니에요. 내가 한국을 떠날 때 적어 가지고 간 주소입니다. 아직 그대로 있을지 모르겠네요. 예전에 살았던 곳이라 그냥 한 번 가보고 싶어서요. 그때의 사람들, 그때 모습, 노래. 만나고 싶어서. 50년 동안 한국 오고 싶었어요."

그녀는 어릴 적 기억을 더듬듯 어눌한 한국말을 골라내고 있었다.

나이가 들수록 내키지 않는 운전이었다. 하지만 그녀를 위해 길을 나섰다. 그녀의 걱정대로 부평은 많이 바뀌어 있었다.

"사람들은 그곳을 다다구미라고 불렀어요. 미군부대 앞이 었지요."

그녀를 차에 태운 채 그 주소지를 찾아보려 애를 썼다. 하지만 부평역 앞에서 만난 사람들은 그곳에 대해 제대로 알지 못했다.

"미군부대는 저 아래로 내려가면 있어요. 그쪽을 신촌이라 부르는데……."

인근 부동산에서 부평 토박이라는 노인을 만나서야 비로소 그녀의 얼굴에 화색이 돌았다. 그는 한동구라고 자신을 소개했다.

"예전의 부평이 아니지요. 전에는 부평 일대 60만 평이 미군부대였어요. 어디를 찾는지 몰라도 60년 전에 살던 곳을 찾는 게 쉽지 않을 겁니다."

그들의 입에서 나오는 지명은 생소했다.

"다다구미라면 일본 놈들이 물러가고 난 뒤에 생긴 판자촌인데. 저기 백운역까지 여기 산곡동 일대에 수백 채나 되었지요. 그땐 자고 나면 수십 채씩 들어섰으니까요. 사람들이 새로 생겨난 동네라고 신촌이라 불렀지."

노인의 설명에 그녀가 쏟아내는 감탄사가 마주치는 손뼉처럼 딱딱 맞았다. 그녀는 한동구 씨에게 사례를 하겠다며 시간이 되면 그곳까지 안내해 줄 수 있는지 물었다. 무료하던 차에 잘 됐다는 듯 한동구 씨는 흔쾌히 허락했다. 나는 꼼짝없이 그들을 따라다녀야 했다. 그가 제일 먼저 수잔을 데리고 간 곳은 아직도 남이 있는 미군부대의 담벼락이었다.

"여기가 애스캄 제1게이트지요. 이젠 미군들은 다 철수했고 저 안에 빵공장하고 폐차장만 남아 있어요. 지금은 데모다 뭐다 해서 이렇지만 예전엔 비행기가 드나들 수 있을 만큼 넓었어요."

일본이 망하고 나서 군수공장이 있던 자리에 다시 미군보급창이 들어섰단다. 당시 이 근처에 사는 사람들 치고 미군부대와 무관한 사람은 없었다. 미국에서는 주한미군의 보급을 위해 실제 소요량의 7배나 되는 물자를 보냈다. 여기는 의식주뿐 아니라 주한미군의 모든 문화적 욕구까지 해결해야 했던 곳이다. 그래서 그 어마어마한 물질적, 정신적 재화가 쏟아 부어진 곳이 바로 이 부평이다. 한동구 씨의 설명에 그녀가 맞아요, 맞아요로 추임새를 넣었다. 아주 어렸기 때문에 기억에 남는 건 거의 없지만 내가 살던 원주 캐프롱 주변 모습도 별반 다르지 않았을 것이다.

"나도 미군부대 식당에서 요리사를 했다우. 내 덕에 꽤 많은 사람들이 배를 채웠지. 엄청 빼돌렸어요. 너나 할 것 없이 굶주리던 시절이었잖아요. 식당에서 남는 물건은 죄다 음식물 쓰레기통에 넣었지. 그렇다고 아주 못 먹을 건 안 넣었어요. 먹을 만한 걸 모았거든. 그날 쓰고 남은 건 새 깡통이고 뭐고 함께 넣었다니까. 초창기에는 감시가 그리 심하지가 않

앉어요. 나중에 너도나도 빼돌리다 못해 그걸로 본격적으로
장사를 해대니까 미군들의 감시가 심해졌지. 당시 미군부대
로 들어가는 철로들이 이 바닥에 좍 늘어서 있었거든. 그 철
로 위로 보급 열차들이 줄을 섰다니까."

　부대로 들어가는 기차에는 수많은 한국 사람들이 들러붙
어 물품을 약탈했다고 했다. 심지어 기차에 실려 가던 짚차
의 변속기까지 뜯어내 논바닥에 던질 정도로 한국인의 약탈
이 심했지만 망을 보던 군인들은 기차를 앞으로 뺐다 뒤로
뺐다 하며 시간을 끌어주며 물건을 빼돌리는 걸 모른 척 해
줬단다.

　"그 군인들도 한국인이었거든. 물론 빼돌린 것 중의 일부
가 그들 몫으로 돌아가긴 했겠지만 나도 어린시절 석탄 열차
에 들러붙어 엄청 긁어냈다우. 요즘 북한으로 들어가는 구호
물자에 그렇게 이북 주민들이 들러붙어 뜯어낸다더구만. 그
소식을 들을 때마다 그때 우리 생각이 나더란 말이지요. 요
즘도 북으로 가는 구호물자는 넉넉히 싣는 답디다. 평양에
도착할 때까지 없어질 물량을 계산해서 더 넣는대요. 사실인
지는 몰라도 곳간에서 인심난다는 말이 틀린 건 아닌 것 같
더라니까."

　〈미군부대 조속 반환〉이라 적힌 노란색 플래카드와 함께
환경오염을 규탄하는 내용의 벽보들이 죽 붙어 있는 담벼락
을 따라 천천히 걷던 그녀는 그 담벼락과 나란히 놓여 있는

철길을 발견하고는 주저앉을 듯 비틀거렸다.

"여기, 여기 어디쯤 같아요."

주위를 한참 둘러보던 그녀의 손길이 경원대로라고 적힌 교통 표지판의 동수역 방면을 가리켰다.

"이쯤에 이런 철길이 있었어요. 그렇다면 저기쯤에 영외 클럽들이 있었겠네요."

지금은 잘 정리되어 있는 공원을 가리키며 그녀의 목소리가 높아졌다.

"눈썰미가 있으시네. 맞아요. 70년대에 미군들을 감축하고 나서 옛날 술집이며 환락가가 늘어섰던 자리를 재개발했지요. 지금은 부평공원이 되었어요."

행여 동구 씨의 입에서 불쑥 튀어나올 소리를 염려해 나는 얼른 그녀에 대한 정보를 알려주었다.

"그때 클럽에서 노래를 하셨대요. 미군부대 가수셨답니다."

그렇게 가난했던 나라가 이렇게 잘 살게 되었을 줄은 꿈에도 몰랐다며 그녀는 눈시울을 붉혔다. 지는 햇빛이 철길에 부딪치며 그녀의 얼굴을 물들였다. 고즈넉한 석양이었다.

"아무리 봐도 모르겠군요. 여기 어디쯤 같은데. 여기에 몇 개의 클럽들이 있었어요. 삼릉이 우리들의 본거지였죠. 그때는 명동 저리가라고 했거든요. 정말 원더플했어요."

그녀의 눈이 오래전의 모습을 보는 것처럼 잔잔해졌다.

"삼릉이라면, 이 동네에 무슨 유명한 능이 있었나보죠?"

갑자기 찾아온 침묵이 어색해서 내가 끼어들었다. 삼릉에 대한 유래를 한동구 씨가 풀어 놓았다. 일제 말 대륙진출을 꾀하던 일본이 우리나라에 히로나까라는 군수물자 공장을 세워 무기를 생산했단다. 그 회사가 일본 패망 직전에 망하고 우리가 알고 있는 미쓰비시(三菱)중공업이 그 회사를 물려받게 되었다. 그 공장 주변에 노동자들을 위해 생긴 사택이 삼릉사택이었단다. 삼릉은 미쓰비시의 한자어였다.

동구 씨는 아버지가 해방 전에 미쓰비시 군수 공장에서 일을 했다고 했다.

"그때는 근로보국대에서 일을 하면 징용을 피할 수 있었거든. 그때 거기서 태어난 나는 아직 이 지역을 벗어나지 못하고 살고 있다우. 징그럽게도 못 살았어, 그땐 정말……. 지금은 삼릉이라면 늙은이들밖에 몰라요. 동수라는 이름으로 역까지 생겼잖아요. 그래도 이 너머엔 아직 옛 모습 그대로예요. 좁은 골목에 다닥다닥 붙은 지붕들. 지금은 대부분 점집이 들어 앉아 있어요. 그래도 60년이란 세월이 참으로 많은 걸 바꾸어 놓았지요?"

동구 노인은 가수였다는 그녀에게 관심이 생긴 듯 무슨 노래를 불렀느냐 어쩌다 미국으로 갔느냐 꼬치꼬치 물었다.

"나는 장교 클럽에 가서 노래하고 싶었어요. 하지만 주로 사병 클럽의 무대에서 노래를 불렀죠. 마지막으로 노래 불렀던 데가 화이트로즈 클럽이었어요. 영외에는 한국 사람이나 미군들 마음대로 들어올 수 있었으니까. 거기 있다가 미국으로 갔어요."

그녀는 수줍은 듯 입을 닫았다. 자세히 들어보지 않아도 사연은 많을 듯싶었다. 동구 씨는 그때 미군부대를 드나들던 악단장을 알고 있다고 했다.

"내가 잘 아는 형님인데, 경찰악단 출신이에요. 만나게 해 드릴까?"

그는 당장 전화를 걸 것처럼 서둘렀다. 입술이 새파랗게 변한 그녀가 손을 내저었다.

"아니에요. 담에 와서 만나지요. 오늘은 그만 돌아가야 할 것 같습니다."

그녀는 안 받겠다는 동구 씨에게 봉투를 건넸다.

"담뱃값밖에 안 됩니다. 이걸 받아 주셔야 제가 또 연락을 하지요."

막상 그 장소를 찾게 되는 것이 두려운 모양이었다. 산그림자가 큰 길을 덮치고 있는 시간이긴 했다. 어스름이 짙게 깔린 좁은 골목길을 둘러보기에는 무리도 있어 보였다.

동구 씨와 헤어진 뒤 가방을 뒤적여 무언가를 입에 넣은 그녀는 한동안 말이 없었다. 그랬던 그녀의 입에서 노래가 흘러 나왔다.

"노오란 셔츠 입은 말 없는 그 사람이……."

앞좌석의 등받이를 잡고 몸을 앞으로 숙여 부르는 노래는 나도 귀에 익은 노래였다.

"내가 가기 전까지 무대에서 부르던 노래예요. 다른 건 많이 잊어버렸지만 아직도 노래들은 기억합니다. 우리나라 사람들이 아주 좋아했어요."

다시 한 번 기시감이 느껴졌다. 언젠가 엄마의 품에 안겨서 저 노래를 들었던 것도 같다. 미군부대 블록 담장, 그 담벼락 위에 올려 진 가시철망과 담장 안쪽의 무성하고 음침했던 숲, 그 안쪽에 뻗어 있는 신작로 옆으로 늘어서 있던 키큰 미루나무들. 정문 앞에는 늘 반짝거리는 모자를 쓰고 MP라 적힌 완장을 찬 채 총을 들고 있던 다른 나라 군인들. 화장을 짙게 한 엄마가 방을 나설 때마다 울음을 터트리던 나, 돌아오는 건 볼 수 없었지만 술 냄새로 엄마의 귀가를 알았고 비로소 깊은 잠에 빠져들 수 있었던 어린 시절. 좁은 마당에는 엄마와 비슷한 젊은 여자들의 깔깔거리던 웃음과 거친 욕설이 채송화와 다알리아처럼 피어났었다.

"지숙이 들으면 웃을지 모르지만 사실 그곳에 내가 좋아하던 사람이 있었다우. 다다구미 출신의 남자였는데, 죽을 날을 받아놓고 나니까 그 사람을 꼭 한 번 보고 싶어지는 거야. 그 사람을 애먹이려고 달아났는데……."

뭔가 그런 사연이 있을 거란 짐작은 했었다. 내 딸도 나를 애 먹이려고 달아난 건 아닐까. 떠남을 생각하면 늘 먼저 떠오르는 딸이었다.

꽉 막힌 경인고속도로 주변을 살피던 노인이 중얼거렸다.
"오히려 미국보다 차가 더 많은 것 같아."

4

동구 씨의 말대로 동네는 완전히 바뀌어 있었다. 예전의
흔적은 좀체 찾아볼 수 없었다. 하지만 달리는 차창으로 얼
핏 들어온 간판이 순자의 눈을 찔렀다. 아니 심장을 찌르는
듯 온몸에 힘이 빠졌다. 삼능약국.

그 주위에 삼릉당구장이 있었다. 그곳이 그의 아지트였다.
마당에 모여 한바탕 악기들을 연습하고 난 악단의 단원들은
남은 시간을 그 당구장에서 보내며 부대에서 차가 나오길 기
다렸다. 오후 여섯 시 무렵이면 각 부대의 클럽에서 나온 차
들이 길을 따라 늘어섰다. 단원들은 제 악기를 들고 무리무
리 나타나 자신들이 연주할 부대의 차를 타고 떠났다. 그렇
게 떠나는 사람들이 부러웠다. 기타리스트 겸 악단을 이끄는
단장이었던 그는 그곳에서 신화적인 존재였다. 그가 기타를
뜯을 때면 정말 신이 들린 듯했다. 나이가 어렸지만 악단장
이 될 수 있었던 이유다.

"수잔이라고 했지? 어디 한 번 불러 봐."

마침 서울에서 내려오기로 한 가수가 펑크를 내는 바람에
줄을 대고 있던 순자에게 온 기회였다. 그 앞에서 처음 부른

노래는 노란 셔츠 입은 사나이였다. 그는 다시 팝송 하나를 불러 보라고 했다. 당시 막 유행하기 시작한 보니 테일러의 It's a heartache를 불렀다. 그는 그 곡을 마음에 들어 했다. 툭하면 공연이 끝나고 돌아오는 차 안에서도 그 곡을 흥얼거렸다. 서울에서 오기로 한 가수 대신 그와 함께 노래를 부른 기간은 반 년 정도였다.

그는 키도 작고 머리숱도 없고 성격도 괴팍했다. 입에서 나오는 건 늘 욕이었다. 하지만 그가 좋았다. 기타를 치며 노래하는 그의 모습을 보다가 자신도 모르게 눈물을 흘리기도 했다. 크레이지 러브를 부르는 그를 보고 있으면 온몸에서 힘이 빠져나갔다.

"나이 많은 단원들을 다루려면 눈에 힘을 주지 않으면 안 돼. 기선을 뺏기면 언제라도 나를 잡아먹으려고 하거든."

왜 그렇게 쌍소리를 입에 달고 사느냐고 순자가 물었을 때 그가 한 대답이었다. 피식 웃는 웃음을 그때 처음 보았다. 그의 외로움이 고스란히 드러나는, 울음보다 더 슬픈 웃음이었다. 순자는 그날 술에 잔뜩 취한 그를 자신의 방으로 데려갔다. 그의 슬픔을 달래주고 싶었다.

그러나 그는 사람에게 정을 줄 줄 몰랐다. 그는 사람보다는 술을 좋아했다. 늘 그만큼의 거리를 유지하는 그가 미웠다. 그에 대한 복수심으로 순자도 술을 마셨다. 그의 눈길을 받고자 대마를 피우기도 했다. 순자가 먼저 망가졌다. 목소리가 나오지 않았다. 그는 냉정했다.

"노래 부르지 못하는 가수는 가수가 아니야. 저 놈들 사이에서 꿀리지 않으려면 자기의 목소리는 자기가 지켜야지. 넌 해고야."

그에게 잘린 뒤에도 노래는 불렀다. 노래를 부르기 위해서 급이 떨어지는 악단장과 몸을 섞었다. 하지만 금방 한계가 왔다. 목소리가 나오지 않는데도 그 동네를 떠나기 싫었다. 아니 그의 곁에 있고 싶었다. 그에게 복수하듯 미군들과 어울렸다. 어느 날은 금발의 미군 장교를 유혹해서 그가 노래하는 장교 클럽에 가기도 했다. 그는 순자를 똑바로 쏘아보며 신들린 듯 기타를 뜯어댔다.

순자는 늘 술에 취했고 아무에게나 시비를 걸었다. 지금의 남편인 마틴을 만나 미국으로 떠나기 전까지 그랬다.

지금은 다 헐리고 높다란 건물들이 우뚝우뚝 솟아 있었지만 그 속에서 매일 밤마다 펼쳐지던 풍경이 떠올랐다. 차에서 내리면 찾을 수 있을 것 같았다. 그런데 가슴에 통증이 왔다. 등줄기가 서늘해지며 가슴이 답답해졌다. 다시 한 번 재발하면 이젠 수술도 어렵다던 닥터의 말이 떠올랐다. 절대 안정입니다. 경고하듯 손가락까지 내밀며 의사는 주의를 주었다.

동구 씨를 겨우 밀어내고 돌아오는 길, 구급약으로 먹은 글리세린이 혈관을 확장시킨 모양이다. 통증이 가라앉았다.

그 틈을 못 참고 기어이 입안에서 맴돌던 노래가 비어져 나
온 것이다.

"어쩐지 나는 좋아, 어쩐지 맘에 들어."

무안해져 지숙에게 그 노래를 아느냐고 물었다. 당시 그
노래가 얼마나 유행을 했었는지 모른다. 삼능당구장 앞 전파
상에서는 종일 그 노래가 흘러 나왔다. 지숙에게 당시의 노
래들을 구해 달라고 했다. 몸을 추스리고 난 후 아직 오래전
흔적을 간직하고 있는 그 동네 다다구미를 같이 돌아보자고
지숙에게 부탁했다. 언제부턴가 막히기 시작한 고속도로에
서 순자는 잠이 들었다. 몰려오는 잠을 거부할 수가 없었다.

5

부평에서 돌아온 나는 투숙객들에게 그랬듯 그녀를 위해
떡국이며 잡채를 만들었다. 왠지 그녀가 좋아할 것 같아 좀
체 끓이지 않던 청국장도 끓였다. 역시 그녀의 반응은 좋았
다. 콤콤한 냄새를 맡으며 대뜸 청국장이구나, 했다. 국물을
떠먹는 그녀의 입술이 지나치게 검푸르다는 것 외에 특별한
건 없었다. 그녀의 입에선 연신 다다구미란 말이 나왔다. 그
런 그녀가 행복해 보였다. 그녀는 샤워를 했고 피곤하다며
일찍 잠자리에 들겠다고 했다. 수건으로 머리를 감싸 올린
채 방으로 들어가는 그녀의 뒷모습에서 아직 남아 있는 설렘

을 보았다.

그런 그녀가 늦은 아침까지 기척이 없었다. 이상한 느낌에 문을 두드렸다. 그녀는 반듯하게 누워 있었다. 달려가서 만져본 이마는 차디찼고 몸은 사후경직이 온 듯 뻣뻣했다.

"한국이 잘 살아진 거 보니까 마음이 좋아요. 그런데 아직도 다다구미에 그런 하꼬방이 있다니. 슬프기도 하고 반갑기도 해요. 마치 날 기다려준 것 같고. 그 사람이 아직 거기, 다다구미에 살고 있을 거 같아요."

밥상머리에서 수줍은 듯 웃던 입은 꼭 다물린 채였다.

연꽃소리

햇살을 퉁겨내는 절 마당이 유난히 희다. 그 끝자락 법당 그림자 속으로 들어서는 사람이 아무래도 무애심 같았다. 그런데 왜 목발을 짚었을까? 의아함과 반가움에 급히 걸음을 옮겼다. 손가방 속, 자그마한 은종이 덩달아 딸랑거리며 맑게 울렸다.

"보살님."

숨을 헐떡이며 무애심을 불렀다. 뒤돌아보는 무애심의 얼굴이 환해졌다. 오랜만이라며, 어쩌다가 다리를 다쳤느냐고 물었다. 그녀는 의아하다는 눈빛으로 나를 보았다.

"몰랐어요?"

신문, 방송에서도 떠들썩했다는데 소식 못 들었느냐고 물었다.

"그럼, 여련화 간 것도 몰랐겠네?"

어딜 갔다는 것인지 얼른 이해가 되지 않았다. 심각한 상황 같은데 얼굴에서 금세 미소를 거둘 수가 없었다.

교통사고였다고 했다. 지난번 내 옆에 앉아서 조용조용 말을 하던 여련화가 지금 이 세상에 없다고 했다. 순간 떠오른 것이 기도였다. 이거였구나. 나의 작은 도발이 이렇게 걸리는구나 싶었다. 입술이 마비되는 느낌이었다. 그동안 멈추었던 능엄주가 나도 모르게 흘러나왔다. 스타타 가토스니삼. 시타타 파트람 아파라지탐 프라튱기람 다라니.

무언가 감지한 몸이 덜덜 떨려 왔다. 다리에 힘이 빠져 자꾸 뒤뚱거렸다. 가방 속, 주인 잃은 종도 가늘게 따라 울었다. 여련화에게 주려고 일부러 여행길에서 사온 종이었다.

순식간에 여련화와 함께 했던 날이 떠올랐다. 유난히 차가 막혀 선방 골목에서부터 차가 움직이지 않던 날이었다. 아무래도 욕심을 부린 것 같았다. 나무 아래 세워 둔 차에 겹겹이 쌓인 꽃잎이 버겁게 느껴진 것도 그 때문일 터였다. 오전에 차를 세울 때만해도 흩날리는 꽃비에 절로 탄성이 터지던 것과 달리 차창 가득 쌓인 꽃잎이 난감했다.

"오늘 강의도 좋던데요."

무엇엔가 쫓기는 기분이 들면 나의 목소리 톤은 가늘고 높아진다. 그날도 그랬을 것이다.

"저 꽃잎을 보며 아름답다 추하다 하는 것은 식(識)에서 한 단계가 더 진행된 상(想)이다. 그냥 꽃이 피었구나, 지는구나, 이렇게 보는 것이 식(識)이라면 예쁘네, 아름답네, 느낌이 보태지는 게 상(想)이다. 제가 맞게 이해했나요?"

여련화가 웃었던 것 같다. 그런 것 같다고 했던가, 자기도 잘 모른다고 했던가.

그날 강의 주제는 중생살이가 이어지는 십이연기의 고리였다. 그 고리를 알고 끊어야 고요의 자리에 들 수 있다고 했다. 이 연기의 고리를 끊기 위해선 우선 그것이 무엇인지 알아야 하는 것 아니겠느냐고. 그걸 아는 것이 지혜고 모르는 것이 무명이라고. 알지 못하기 때문에 내가 삶의 주인공이 되지 못하고 연기에 끌려 다니는 거라고 스님은 강조했다. 모든 고통의 시작점인 분별의 자리. 거기서 식(識)이 어떻게 안(眼) 이(耳) 비(鼻) 설(舌) 신(身) 의(意) 육처에 닿아서 느낌을 일으키고 그 느낌에 사로잡혀 갈애가 일어나고 집착으로 이어지는지, 그 과정을 설하는 스님의 강의는 힘이 있었다.

식(識)과 상(想)의 설명이 명쾌했다. 식이란 우리가 음식을 맛보며 맵다, 쓰다, 달다를 아는 것이고 상은 희다, 푸르다, 붉다 하고 아는 능력이란다. 쓰고 맵고를 아는 것은 체험에서 오는 것이지만 희다 붉다를 아는 것은 명칭에 의한, 관념에 의한 앎이라고 했다. 보고 듣고 냄새 맡고 맛보는 식(識)의 행위 뒤에 따라오는 느낌이 상(想)인 것이다. 보았더니 예쁘거나 밉거나, 그 음악을 들었더니 좋더라, 맛을 보니 시더

라 하는 것처럼 감각기관을 통해 들어온 상이라는 것은 실재
존재하는 것이 아니라 우리의 인식이 만들어낸 신기루라는
것이다.

직관적인 앎이 아니라 문학적인, 사회문화적인 과정이 한
번 더 입혀지면 상이 된다는 설정이 설득력 있었다. 이렇게
만들어진 상은 문화를 공유하는 집단 성원들이 공통으로 갖
는 문화적 주관성이란다. 식, 즉 이게 쓴맛이다, 라는 자각이
개별적 육신에 갇혀 있는 개인의 주관성이라면 쓴 게 맛이
있다든가 맛이 없다든지 하는 상은 집단들이 주관적으로 공
유하는 것이다. 사람들은 이렇게 만든 상(想)들을 가지고 지
식의 체계로 삼아 이데올로기라 하고 과학이라 하고 종교라
고 하며 좇는다고 했다. 고개를 끄덕이며 스님 강의를 들었
다.

"저 사람이 나를 험담하는 걸 보면 어때요? 화가 나지요?
그럼 화가 나는구나 이렇게 현상만 보면 되는데 여러분은 어
떻습니까. 지가 뭔데 나를 험담해? 너, 두고 보자, 하면서 이
를 갈지요. 이렇게 복수심이 일어나고, 그 생각에 휘말려서
시간을 보냅니다. 그럼 누가 괴롭습니까. 그 사람은 모릅니
다. 저 혼자 속을 끓이는 거지요. 그동안 본인은 저 혼자 지
옥에 가 있는 겁니다. 그러니 그 고리를 따라가지 않는 연습
을 해야 해요. 그게 윤회의 고리를 끊는 법입니다. 그게 수행
인거고."

　이런 실체가 없는 상에 이리저리 휩쓸리는 것이 이 중생계의 모습이라고 말하는 스님을 보며 나는 망상에 빠지기도 했었다. 저렇게 당당하게 말하고 있는 스님은 이런 중생살이에서 벗어나 있는 걸까. 정말 자기 자신이 주인이 되어 살고 있을까.

　흡족한 강의였다. 강의실 분위기도 좋았다. 바로 보는 법을 배워야겠다고 생각했다. 그랬음에도 법당 문을 나서는 순간 꽃으로 단장한 내 차를 보며 아름답다고 탄성을 질렀다. 꽃으로 장식된 장례차량이 연상된 것도 관습에 의한 상(想)이었을 것이다. 법당 앞에 우뚝 서 있는 벚나무가 유난히 실해서 분홍빛이 무거워보였다. 그냥 나무가 꽃을 피웠구나가 아니라 꽃도 이렇게 우거지면 무겁구나 하며 망상을 피워댔다. 새소리를 들으면서도 도심답지 않게 새가 우네요, 하며 여련화를 돌아보았다. 미소를 머금고 있는 여련화는 그 단계를 벗어난 사람처럼 고요해 보였다.

　수도 없이 상을 만들어내며 좋다 나쁘다 끊임없이 판단하는 내 모습이 조금 부끄러웠다. 그러나 그도 잠깐이었다. 꽃잎에 덮여 아름답던 차창은 밖을 보지 못하게 하는 장애물이었다. 평소에 막히는 길임을 알았음에도 내가 촘촘하게 짜놓은 시간표를 방해하는 교통상황은 내 의지와 관계없이 불끈 화를 치솟게 했다. 순전히 내 뜻에 반한다는 이유만으로 조금 전까지 장엄하게 보이던 나무며 꽃들이, 충만했던 세상이 순식간에 짜증스러운 현실로 돌아와 있었다.

"사랑도 쌓이면 무겁다더니 꽃잎도 짐이네요."

윈도우브러시를 작동해 꽃잎들을 밀어냈다. 짓이겨진 꽃물을 지우기 위해 다시 한 번 거칠게 윈도우브러시를 작동했다.

"이렇게 쓸어버린다고 설마 이 꽃들이 나를 공격하지는 않겠지요?"

나는 뭉개지는 꽃잎을 보며 또 물었다. 내 속에는 이렇게 분별심이 시도 때도 없이 일어난다는 말을 돌려 말한 것이었다.

"생명을 지녔으니 식(識)이 없지는 않겠죠? 그렇지만 우리 인간들처럼 옳고 그름을 따져 상을 만들진 않을 것 같아요. 우리는 너무 세분화된 상(想)속에 살고 있어서."

말끝을 흐리는 건 그녀의 습관이었을까. 그 바람에 그녀의 존재도 흐릿해지는 것 같았다.

"그렇다면 저렇게 단순하게 사는 풀이나 나무들이 인간보다 수승한 거 아닐까요?"

나는 생각나는 대로 또 물었다. 수승의 기준이 무어냐고 묻는다면 할 말이 없었다.

"하지만 쟤들은 그냥 본능에 충실한 거라고, 무명이라고 하더라고요. 우리 인간들은 깨치지는 못했지만 무엇이 어떻다는 건 아는 거라고."

그녀는 자기도 잘 모르면서 공연한 소릴 한다고 비시시 웃었다. 물에 풀어지는 물감처럼 시나브로 번지는 웃음이었다. 머리카락을 쓸어 넘기는 손가락이 그녀의 계면쩍어하는 웃음을 거들고 있었다.

"암튼 저는 수시로 일어나는 이 분별심이 문제예요."

나는 대꾸했었다. 첫 번째 수업 시간에 본 그녀의 모습이 인상적이었다. 유난히 흰 얼굴에 하얀 단발머리, 흰 남방셔츠를 입은 가녀린 모습이 들판에 비죽 솟아서 흔들리는 개망초 같았다. '개'자가 붙은 이름으로도 이미지가 손상되지 않는 꽃. 개망초는 내가 좋아하는 꽃이었다. 그녀 역시 꾸미지 않아도 시선이 가는 사람이었다.

그날 많은 자리를 두고 그녀 옆자리에 앉은 건 첫날 본 인상 때문이었을 것이다. 비록 한마디 말도 나누지 않았지만 왠지 그녀가 친근했다. 강의가 끝나기가 무섭게 돌아 나왔던 첫날과 달리 그날은 선방에서 주는 점심을 먹었다. 나는 그녀가 건네 준 고추장을 받아들며 눈인사를 했다.

"보살님들, 오늘은 공양 끝내고 연잎 좀 비벼주고 가세요."

절에서 소임을 맡고 있는 무애심 보살이 사람들에게 큰 소리로 외치던 모습이 지금도 생생하다. 그날 무애심은 그녀 옆에 앉은 나에게 아는 체를 했었다.

"두 사람 나란히 앉으셨네. 인사하세요. 이쪽은 그림 그리는 여련화, 이쪽은 우리 선방 신도 백련화."

무애심은 둘 다 연꽃이네, 하며 웃었다.

"두 사람 같은 동네에 사는 거 몰랐죠? 내가 회원카드 정리하면서 참 묘한 인연이라고 생각했었다우. 백련화, 얼굴 좀 자주 보여 주세요."

여련화와 무애심, 두 사람은 막역한 사이로 보였다. 나 역시 정 있게 대해주는 무애심이 오래전부터 알던 사람처럼 편안했다. 우리는 무애심이 내준 주름종이로 꽃잎을 빚었다. 엄지와 검지 끝에 풀을 살짝 찍어 직사각형의 주름종이 한쪽을 도르르 말면 꽃잎이 되었다. 우리네 삶도 이렇게 누군가 살짝 이렇게 건드려줘서 피어난 거 아닐까. 기왕 피울 꽃이라면 좀 화사하게 피워줄 것이지. 공연히 한숨을 내쉬었다. 봉긋한 다홍빛 꽃잎 한 바구니가 쌓였다. 저녁시간에 맞추려면 일어서야 할 시간이었건만 손이 또 욕심을 냈다.

"이 보살들, 손끝이 아주 여무네. 영가등 몇 개 만들려고 하는데 하나 만들어 볼래요?"

무애심은 들썩거리는 내 마음을 본 듯 우리 앞으로 흰 주름종이를 내밀었다. 흰 꽃잎은 울긋불긋한 꽃잎들 속에서 화사했다. 흰 꽃잎으로 등 하나를 만들고 싶었다. 미리 초배지를 발라놓은 연등을 뒤집어 놓고 뾰족하게 말린 잎이 아래로 향하게 빙 둘러가며 꽃잎을 붙였다. 한 줄, 두 줄, 세 줄. 네 줄. 흰 연꽃이 피어났다. 그렇게 꽃을 피우는 사이엔 거친 잡념이 사라져 고요했다. 초록 꽃받침을 붙여 마무리하자 새하

얀 영가등이 되었다. 눈이 시렸다. 흰 빛이 정갈해서 영가들
도 마음을 비울 것 같았다. 그렇게 연등 만드는 재미에 평소
보다 두어 시간 정도 더 법당에 머물렀다. 마음이 급해진 내
가 먼저 풀 묻은 손을 씻었다. 그녀도 그만 가야 한다며 나를
따라 일어섰다. 버스를 타겠다는 그녀에게 내 차로 가자고
한 건 나였다.

　꼼짝도 하지 않는 차가 답답했다. 잘 모르는 사람과 좁은
공간에 있는 것도 쉬운 일은 아니었다. 그 답답한 분위기를
깨 보려고 나는 평소보다 더 중얼거렸던 것 같다.

　"큰 길에 사고가 났나 봐요. 혹시 바쁜 일이 있었던 건 아
니지요"

　그녀는 아니라고 대답했다. 말이 이어지질 않았다. 무언가
집중하는 그녀에게 더 이상 말을 걸 분위기가 아니었다. 나
는 차가 막히거나 말거나 모두 제 길을 가고 있는 창밖의 사
람들을 보며 나는 또 망상을 피웠다. 내가 처한 상황이 밀려
온 물결에 휩쓸린 꼴이었다. 물결을 일으킨 장본인이 누군지
도 모른다. 큰길 양방향의 차가 막혀 움직이지 못하니 그 사
건을 일으킨 사람과 나는 무슨 관계일까. 그 사건의 바깥 원
에 있다가 갈 길을 못가고 밀려오는 물결을 뒤집어쓰는 이런
상황을 우연으로 봐야 하나, 인연으로 보아야 하나. 조바심
을 감추며 망상을 펼치는데 그녀의 목소리가 들렸다.

　"분별심을 모두 버릴 수 있다면 이미 우리가 부처님이겠지

요."

뜬금없는 소리였다. 들을 때는 알 것 같은 것들을 지혜로 승화시키지 못했기 때문에 그 단계에 머물러 있는 것 아니겠느냐고, 그 지혜라는 것이 그리 얻기가 쉽겠느냐는 그녀는 아까 내가 뱉은 단어를 오래 생각했던 모양이었다.

"눈만 감고 있어도 훨씬 고요한데, 어디 눈을 감고 이 세상을 살 수가 있어야 말이지요."

그녀는 고요해보였다. 움직이지 않는 차로 인해 마음 파도가 출렁이는 나와 달리 그녀는 하나로 집중하는 사람처럼 보였다. 예술가라는데, 저렇게 차분한 사람이 그리는 그림은 어떨까, 잠시 궁금했었다.

그 후 일주일쯤 되었을까. 무애심에게 전화가 왔었다. 스님과 성지순례를 떠나느라 다음주가 휴강이 될 거라는 얘기는 들어서 알고 있었다. 무애심은 성지순례에 같이 가지 않겠느냐고 했다.

"우리 말 없는 여련화가 보살님도 함께 가자고 권하네요."

둘이 언제 그리 각별한 사이가 됐냐고, 여련화가 백련화 생각하는 마음이 아주 진해서 샘이 다 난다며 무애심은 듣기 좋게 말했다. 그들은 티벳 절에 전해줄 약품을 포장하는 중이라고 했다. 나를 떠올려주는 누군가가 있다는 것이 고마웠다. 하지만 느닷없는 여행 제안을 받아들일 형편이 못되었기에 잘 다녀오시라고 했다. 그들이 떠난다는 날짜도 기억하지 못했다. 그리곤 바쁜 나날이 이어져 강의에도 나가지 못했다.

이 선방의 강의를 들은 후부터 담백해지자고 마음먹었다. 의미부여로 상을 만들지 말고 보는 것에 집중해 보자, 자꾸 꼬리를 무는 생각에서 벗어나 보자고 마음먹었다. 틈나는 대로 들이 쉬고 내 쉬는 숨을 보려고 했다. 그냥 보자. 내 뜻대로 되지 않아 애를 먹이는 아이들도 그냥 보려고 노력했다. 늦게 일어난 아들을 남편이 야단치는 것도 그저 바라보았다. 예전 같으면 내 의견을 개입시켜 논란이 될 것들이 그냥 넘어가는 걸 보았다. 나 하나를 제어함으로써 주변이 조금은 조용해지는 것 같았다. 이미 싫증을 느낀 기도를, 두려움을 만들고 있던 마음을 슬쩍 건드려준 여련화가 고마웠다.

"보살님은 기도를 어떤 식으로 하세요?"

그날 차 안에서 나는 나를 짓누르고 있던 마음 하나를 여련화에게 툭 던졌었다. 실은, 집에 있었다면 기도를 마쳤을 시간이었다. 나는 그즈음 나를 친친 동여매고 있는 기도 때문에 힘들었다. 기도 역시 내가 만든 허상이라는 것을 알고는 있었지만 그럼에도 그 기도하는 노역에서 벗어날 수가 없었다. 기도를 멈추면 불안했다. 무슨 일이 터질 것만 같았다.

'오늘도 무사히'라고 손을 모으고 중얼거리던 어릴 적 기도와는 달리 갈수록 기도가 무거워졌다. 기도를 통해 가벼워지고 싶었는데 오히려 기도에 짓눌린 꼴이었다. 언제부턴가 절을 하고 주문을 외지 않으면 불안해졌다.

절과 인연을 맺은 뒤, 처음 108배로 시작한 절은 수시로 3천 배를 해야 직성이 풀렸다. 육자대명왕진언으로 족했던 진언은 신묘장구대다라니를 거쳐 능엄주로 이어졌다. 매일 일독씩 하던 능엄주가 칠독으로 늘었다. 일독에 이십 분씩 걸리던 능엄주의 속도는 몇 년 만에 5분으로 줄었다. 하지만 절하는 속도와 능엄주를 읊는 속도가 빨라진 대신 기도의 양이 늘어났다. 돌아다니면서도 중얼거렸다. 식구들을 피해 기도를 하려다 보니 비밀을 가진 사람처럼 은밀해지기도 했다.

그저 내 주변이 모두 평안하기를 바라는 것이 내 기도 제목이었다. 별일 없는 나날이 이어지길 바랐다. 가족들의 안위 위주였던 기도에 홀로 된 시누이를 위한 기도가 더 붙여졌고, 대기업 명퇴 바람이 불 때 동생이 무사하기를 원하는 기도가 더해졌다. 친정엄마 모시고 사는 막냇동생이 안타까워 능엄주 일독을 더 넣었고 갑자기 형편이 어려워진 친구를 위해 일독을 더했다. 아들이 원하는 대학에 들어갔다고 해서 아들의 기도를 뺄 수는 없었다. 늘여놓은 기도를 줄이는 일은 두려웠다. 덧붙이기는 쉬워도 빼려면 께름칙한 게 기도였다.

그날, 꽃잎을 비비면서도 그 생각에 빠져 있었다. 이 꽃잎 비비는 것을 108배로 대신하면 안 될까? 이 시간을 기도 시간으로 대체해서 시간을 벌고 싶은 얄팍한 내 마음이 보였다. 아이들은 나의 이런 불안과 기도를 이해하지 못했다. 언젠가 한밤중에 절을 하고 있는 나를 본 남편은 강박증이라며 병원에 가보라고 싸늘하게 말했다. 그러자니 식구들이 없는 틈을 타서 기도를 해야 하는데 이렇게 외출이라도 하는 날에는 남들 눈에 띄지 않게 한 시간 이상의 시간과 공간을 확보하기가 쉽지 않았다.

그 한 시간 남짓 기도 시간은 때론 황홀했고 때론 엄청 지루했다. 지루한 날은 무슨 핑계를 대서라도 벗어나고 싶었다. 하지만 두려움이 게으름을 눌렀다. 기도를 멈추면 무슨 일이 일어날 것만 같았다. 내 기도의 강박증은 어린 시절부터 비롯된 것이었다.

어린 시절 엄마는 내 명을 늘려주기 위해 수양어머니에게 나의 사주를 팔았다고 했다. 하얀 모시한복을 입고 다녀가시는 수양어머니는 무녀였다. 나는 수양어머니를 할머니라고 불렀다. 사시장철 맨발인 엄마와 달리 할머니는 집에서도 하얀 버선을 신었고, 한 올 흐트러짐 없이 쪽 지은 머리는 늘 단정했다. 내가 문지방을 밟고 넘을 때 회초리로 종아리를 때리며 예의를 가르친 사람도 할머니였다. 엄마처럼 함부로 등짝을 때리지 않아서 매를 맞으면서도 뭔가 고상해지는 느낌이었다.

할머니는 집터를 다스린다며 가을이면 붉은 팥을 얹어 시루떡을 찌고 집 구석구석에 숯을 놓고 술을 뿌리며 주문을 외웠다. 그때 할머니 손에는 솔가지가 들려 있었다. 우리집에 올 때마다 떡이며 간식 나부랭이들을 들고 와 나를 챙기는 할머니를 나는 무척이나 따랐다. 언제부턴가 할머니가 우리 집에 함께 살기 시작했다. 엄마는 이것저것 참견하는 할머니가 거슬렸을까. 두 사람 사이는 그다지 좋지 않았다. 내가 좋아하는 두 사람이 사이좋게 지내길 빈 것이 나의 첫 기도였다.

열 살이 되던 내 생일날. 엄마와 할머니가 부엌에서 실랑이를 벌였다. 할머니는 생일을 맞았으니 내 밥을 먼저 떠놓으라 했고, 엄마는 평소처럼 아버지 밥을 먼저 떠놓으려 했단다. 당신 뜻대로 되지 않자 할머니는 미역국을 뜨던 국자를 내려놓고 휭 하니 방으로 들어와 옷을 갈아입고 집을 나가버렸다. 어린 소견에도 그냥 두면 안될 것 같았다. 나는 오리나 떨어져 있는 기차역으로 달려가 할머니를 다시 모셔 왔다.

아마 어릴 때부터 할머니의 비손을 보았기 때문일 수도 있다. 또 내 방에 걸려 있는 액자 속 소녀 영향일 수도 있다. 액자에는 오늘도 무사히, 라는 문구와 함께 소녀가 손을 모아 기도하고 있었다. 나는 집을 나설 때마다 그림 속 소녀의 심정이 되었다. 엄마와 할머니 사이가 좋기를 빌었다. 어쩌다 기도를 잃어버리고 학교에 간 날은 반드시 할머니와 엄마 사이에 불화가 일어났다. 그렇게 믿었다. 이런 사소한 일로 마음고생을 하던 나는 일찍 철이 들었다. 오늘도 무사히, 집안에 평화가 깃들기를 바라던 기도는 성인이 되어서도 멈출 수 없었다.

　나이가 들수록 나를 협박하는 것들이 많아졌다. 나를 규제하며 조심스럽게 살았다. 행여 잘못 쓴 마음이 화를 불러 올까봐 두려워 참회의 기도를 했다. 아이들이 자라고 남편이 사업을 시작하며 점점 기도의 외피가 두터워졌다. 무겁다고 느끼는 마음이 또 죄가 될 것 같아 그만큼 머릴 조아렸다. 과감하게 벗어던지지도 못하고 끌어안기에는 버거워진 기도에서 벗어나고 싶었다. 그래서 이 마음공부도 시작하게 된 거였다.

　나를 두렵게 하는 것, 내 안에 있으면서도 내 마음대로 되지 않는 이 마음이란 게 무엇인지 알고 싶었다. 인터넷을 뒤지다가 이 동네에서 멀지 않은 선원에서 그런 마음에 대한 강의가 있다는 것을 알았다. '내 안에서' 벌어지는 물(物)·심(心)의 현상을 보는 법을 알려준다고 했다.

　틈 없는 생활 속에서 몇 시간을 뺀다는 것은 큰맘을 내야 하는 일이었다. 스님은 창백한 낯빛과는 달리 안경 속에서 맑은 눈을 빛내며 열정적으로 강의를 했다. 억겁을 떠돌며 유전하는 마음이란 것이 어떻게 모여 지금의 '나'라는 형상을 갖게 되었는가. 극히 짧은 순간 움직이는 마음의 연속이 태어나게도 하고 이 몸을 이어가게도 한다는 강의는 재미있

었다. 재생연결식이니 존재지속식이니 제7식, 8식이며 깔리
파라는 낯선 단어들에 나는 충만해졌다. 그날이 두 번째 시
간이었다. 우리는 함께 강의를 듣고 함께 밥을 먹었으며 함
께 꽃잎을 빚고 죽은 자를 위한 영가등을 만들었다. 차가 그
렇게 막히지 않았다면 그녀에게 그런 나의 속내를 풀어내지
못했을 것이다.

"아, 기도요."

그녀는 기도라는 말을 음미하듯 꽤 오래 입을 다물고 있었
다.

"요즘은 안 해요. 다시 시작해야지 마음은 먹고 있는데 잘
안 되네요."

나는 매너리즘에 빠져 있던 그 즈음의 상황을 털어 놓았
다. 너무 버거워 죽겠다고 엄살도 떨었다. 그녀는 무심하다
싶을 정도로 쉽게 말했다.

"그럼 회향하세요. 가벼워지려고 공부하는 건데."

그런 게 인연이라는 걸까. 나무에서 무르익어 떨어지길 기
다리던 사과처럼 툭 마음이 끊겼다. 그녀의 말이 무슨 염
력이라도 지닌 것처럼 나는 갑자기 해방이 되는 느낌이었다.

무작정 끌려가는 기도 대신 마음을 들여다보며 옳은 방향
을 찾는 게 공부라고 했다. 이상하게도 그녀의 말에 내 마음
이 순순해졌다. 강의를 들으며 마음의 변화가 생겼기 때문일
수도 있다. 나는 그녀의 말대로 그날 집으로 돌아와 바로 회

향했다. 아무에게도 허락받지 않은 기도였으니 회향 역시 내 뜻대로 하면 되었다. 나는 기도를 끊었다. 그 무거운 짐을 왜 여태 내려놓지 못했을까. 행여, 하는 불안한 마음과는 달리 아무 일도 일어나지 않았다.

기도 하지 않아도 되는 날들이 달콤했다. 가끔 불안이 스치기도 했지만 평화로운 나날이었다. 여전히 TV에서는 무섭고 흉한 소리들을 전하고 있었지만 그걸 나와 연관시키지 않았다. 그 후 나는 그녀를 만나지 못했다. 기도 때문에 자유롭지 못했던 날들과 달리 외출이 자유로워졌다. 오랜만에 친구들도 만났고 남편과 다녀온 러시아에선 그녀에게 줄 선물도 샀다. 모스크바의 기념품 가게에 늘어서 있는 은색 종을 보자 그녀가 떠올랐다. 나를 해방시켜준 그녀가 고마웠다. 왠지 그녀를 닮은 것 같은 은색 종을 고르며 비밀을 가진 여자처럼 혼자 웃었다.

그러고도 이런저런 일들로 강의 시간을 맞출 수가 없었다. 몇 번 빠지다 보니 새삼 나타나기가 쑥스러웠다. 그러다가 마음을 내 다시 시작하는 여름학기에 수강신청을 했다. 오늘이 첫 수업이었다. 무애심의 모습이 반가울 수밖에 없었다.

"우리 그때 성지순례 간다고 했잖아요. 거기서 나 혼자 살아서 왔어요."

그녀는 담담하게 말했다. 산등성이에서 내려온 관광버스가 그녀들이 탄 승합차를 향해 달려오던 것까지만 기억에 있다고 했다. 깨어나 보니 승합차에 함께 타고 있던 사람들은 모두 이 세상 사람이 아니었단다.

"장례까지 치른 뒤더라구. 나도 태국 병원에 입원해 있다가 지난주에 귀국했어요."

아무런 표정도 싣지 않은 얼굴로, 그냥 그렇게 말해야 하는 사람처럼 무애심은 말했다. 무어라 대꾸해야 할지 몰라서 괜찮으냐고 물었다. 무엇이 괜찮으냐는 건지 나 자신도 알 수 없는 물음이었다.

"우린 이미 생사에 그리 연연하는 사람들 아니잖우? 이 세상인연 다하고 나면 또 다른 몸 받아 중생계 떠돌 텐데. 난 괜찮아요. 다시 살아났으니 좀 더 열심히 수행하라는 뜻으로 알고 잘 살아야지."

무애심을 보며 신심이 깊은 사람이라고들 했다. 보기에도 반듯했다. 정사각형 같은 느낌. 눈매며 입매가 단호했지만 늘 미소를 잃지 않는 사람이었다. 그 겉모습은 여전해 보였다. 그러나 뭔가 달라진 것 같았다. 텅 빈 것 같기도 하고, 가득 찬 것 같기도 했다. 각이 무너진 것 같기도 하고 더 단단해진 것 같기도 했다.

지팡이에 의지해 걷는 무애심보다 내가 더 허청거리며 걸었다. 그 큰 일이 아무 일도 아니라고 하는 무애심의 얘기에 가방 속의 종소리가 뒤뚱뒤뚱 추임을 넣었다.

강의를 하던 선방도 달라진 게 없었다. 아니 오히려 더 많은 사람이 들어 차 앉을 틈이 없었다. 성지순례를 떠났던 사람들이 앉았던 자리에는 다른 이들이 앉아 있었다. 그 사이 이 선방에서 위령제도 열렸고 49재도 있었다고 했다. 스님이 들어오자 웅성대던 실내가 갑자기 조용해졌다. 지난 강의 때와 똑같은 분위기였다.

오늘의 강의 주제는 지금, 여기였다. 그들 말대로 생사에 연연하지 않는 집단들이라 그런가, 아니면 이미 과거의 그 일은 과거로 끝났다고 생각하기 때문일까. 그 큰일을 겪은 사람들답지 않게 스님이나 신도들은 여여했다. 주제가 오늘의 상황과 잘 맞는 것처럼 여겨졌다. 스님은 여전히 달변이었고 강의는 명쾌했다.

실제로는 현재를 볼 수 없다. 한 찰나에 이미 과거가 되어 버린다. 그럼에도 우리는 현재 여기를 살고 있다고 믿는다. 우리 주변에 범람하는 언어들 역시 과거의 소산이다. 종교나 이데올로기, 논리라는 이름과 과거의 명분들이 고정관념이 되어 우리를 지배하고 있는 게 이 사바세계다. 가치관이라는 이름으로 과거에 얽매어 있으면서도 인식하지 못하고 있는 게 바로 나나 여러분이다. 그 고정관념에서 벗어나 현재 지금 바로 이 순간을 살 필요가 있다. 과거라는 시간의 허상에서 벗어나 자신을 바로 보아야 한다. 스님의 열변이 나를 향한 것만 같았다.

여기라는 공간 역시 모두 관념이라고 했다. 우리가 살필 여기라는 것은 나를 이루고 있는 나의 겉모습이 아니라 감정이 쌓은 수온, 상이 모이는 상온, 행이 행해지는 행온, 그렇게 이루어진 알음알이의 식온이 행해지고 있는 자리라고 했다.

스님은 미세한 마음의 작용을 보라 했다.

"눈으로 무언가를 볼 때, 몸으로 촉감을 느낄 때 우리는 그 대상에 대해 있는 그대로 받아들이는 것이 아니라, 좋거나 나쁜 어떤 특정한 느낌으로 받아들이는데, 이걸 상(想)이라 한다고 했지요?"

비 오는 날에 대해 어떤 사람은 눈으로 비를 보고, 어떤 이는 귀로 빗소리를 들으며, 습기 머금은 축축한 느낌을 몸으로 감촉하면서 '싫은 느낌'을 느낄 수도 있고, 또 어떤 사람은 이런 비를 '좋은 느낌'으로 받아들일 수도 있다. 똑같은 사람을 어떤 사람은 좋다고도 느끼고, 어떤 사람은 싫다고도 느낀다. 특정 동물을 볼 때에도 어떤 사람은 좋은 느낌을 가질 수도 있고, 어떤 사람은 싫은 느낌을 가질 수도 있다.

이처럼 대상을 받아들일 때 우리는 대상 자체를 있는 그대로 받아들이는 것이 아니라, 주관적인 감정을 섞어서 받아들인다. 이렇게 감각이 닿아 쌓인 것이 수온이다. 지금, 여기는 바로 이것, 수많은 분별심을 거쳐 쌓이고 쌓여 이루어진 몸이 아니라, 그렇게 쌓여 만든 상이 아니라 이 감각이 쌓이는, 그 순간을 보라는 것이었다. 그 짧은 찰나, 아무것도 축적되지 않은 그 순간이 지금이며 그 공간이 여기라고 했다.

"나 혼자 살아 왔어요."

볼 수 없고 만질 수 없는 것, 그것 자체가 관념 같았다. 장황한 강의보다 무애심의 말이 자꾸 되살아났다. 스님은 여담처럼 시간의 단위에 대해 말했다.

"찰나가 얼마나 짧은 시간인지는 아시지요? 십의 마이너스 17승이라던가. 뭐 이런 게 또 과학적으로 증명됐다죠? 양자가 생멸하는 시간과 같다나요?"

그 찰나보다 더 짧은 시간단위에 허공이 있다고 했다. 그리고 그보다 더 짧은 시간단위가 청정이란다. 허공과 청정. 그게 공간이 아닌 시간의 단위였구나. 시간과 공간이 들어설 수 없는 그 미세한 자리가 허공이고 청정이었다. 허공이라는 말이 온몸으로 스며들었다. 더 이상 나눌 수 없는 자리. 그곳에 무엇이 걸리겠는가. 삶과 죽음, 이런 말이 그 허공과 청정에 닿기에는 너무 입자가 크고 거칠어 보였다.

여련화가 앉았던 자리에 눈이 갔다. 여련화와 내가 비볐던 연잎이, 그 연잎으로 만든 등이 나부끼는 법당 천장을 바라보았다. 스님은 여기를 보라고 하는데 나는 자꾸 저기가 보였다. 그녀가 마주쳤을 상황에 마음이 갔다. 여기가 아닌 그곳이 지금이 아닌 벌써 두 달도 지난 과거의 일이 안타깝기만 했다.

스님의 말을 경청하며 내 옆에 꼿꼿하게 앉아 있는 무애심

보살이 미심쩍었다. 정말 아무렇지도 않을까. 정말 괜찮은 걸까. 그렇게 큰 사고를 겪었는데도, 그렇게 가까이서 죽음을 접했는데도 아무렇지도 않을까.

강의를 마친 스님이 일어서는 게 보였다. 사고 현장을 뒤차에서 지켜보았다는 스님 역시 별로 달라진 게 없어 보였다. 뭔지 모를 배신감 같은 게 그렇게 묻게 만들었는지도 모른다.

"보살님은 내가 죽어도 그렇게 담담할 수 있겠어요?"

웃기는 질문이었다. 훨씬 더 가까운 친구를, 며칠 동안 곁에서 함께 먹고 잠자던 사람을 잃은 사람에게 던질 질문이 아니었다. 지팡이를 짚고 일어서던 무애심이 나를 돌아보았다.

"아니지. 담담한 건 아니야. 당신이 죽으면 당연히 슬프겠지. 그렇지만, 그러니까 내 말은, 죽음은 산 사람들의 것이야. 죽은 자의 것이 아니더라구. 죽음이란 건 그냥 산 사람들 몫인 거더라니까."

그녀는 알 듯 모를 듯한 말을 하며 내 손등을 토닥거렸다.

무애심이 탔던 차가 휴게실에 들렀다가 출발하려는 순간이었단다. 같이 탔던 일행 중 한 여자가 자신의 휴대폰이 안 보인다고 해서 일행들이 차에서 다시 내렸다. 무애심은 여련화와 함께 그녀가 앉았던 찻집의 자리와 자잘한 기념품을 파는 매대를 모두 살폈다. 화장실을 살피려는데 여련화가 말하더란다.

"생각해 보니까 저 보살, 화장실 갈 때 아무것도 들고 있지 않았던 거 같아요."

사람들은 여련화가 하는 말이라 믿었다고 했다. 나라도 믿었을 것이다. 끝을 흐리면서도 분명히 본 것만을 말할 것 같은 그녀의 모습이 떠올랐다. 여련화의 말을 듣고 사람들은 차로 돌아왔단다.

차 안으로 올라와 백을 뒤적이던 여자가 찾았다고 소리를 지르더란다. 휴대폰은 그녀의 핸드백 속에 있었다. 휴대폰을 찾느라 10분 정도 출발이 늦어졌다. 시동을 건 채 대기하고 있던 차는 앞차를 따라잡기 위해 급하게 출발했다. 그들이 탄 차가 휴게소를 빠져나가 막 고갯길에 들어섰을 때였다. 위에서 고삐 풀린 소처럼 달려 내려오는 버스가 보이더란다. 부딪칠 것 같았다고 했다. 무애심이 본 것은 거기까지였다.

"그게 바왕가 아닐까요?"

누군가의 아는 척하는 소리가 탄식에 묻혔다. 그 여자는 왜 그 순간 휴대폰을 떠올렸을까요. 왜 그 당시는 핸드백 속에서 휴대폰이 보이질 않았을까. 왜 그랬을까.

사람들이 왜, 왜 하던 소리가 귀에 남았다. 출발하면서 휴대폰이라는 생각이 떠올랐던 그 찰나가 없었다면 여련화는 아직 이 세상에 살아 있을까. 모호도 찰나보다는 긴 시간단위라고 했던가. 가늘고 길다는 뜻의 홀미도 이 시간단위에서 유래된 것이란다. 이렇게 이름도 생소한 시간의 단위를 아무렇지도 않게 말하던 스님. 자기 앞에서 신도들의 죽음을 본 스님은 정말 괜찮은 걸까.

자연에는 의도가 없다고 하는데 왜 이 사람들은 인연을 말하는 걸까. 정말 괜찮은 걸까. 무엇이 괜찮다는 건지 모르겠지만 자꾸 괜찮은 거냐고 묻고 싶어진다. 지금, 여기. 잘게 가늘게 채 쳐진 수많은 시간, 허공이 저 허공 위를 흐르고 있단다. 내 생각들은 그 허공까지 닿지 못하는 것 같았다. 벌써 두 달 가까이 된 일이 내게는 지금이다. 지금처럼 안타깝다. 입 안에서는 여전히 의미 없는 기도가 맴돌고 망막에 맺히지 않는 그녀가 날아다닌다. 옆자리에서 그녀가 웃고 주인을 만나지 못한 종이 칭얼거린다. 법당 천장에 흰 연꽃에서 나는 소리 같기도 하다. 아니 허공에서 울리는 소리인가. 나는 또 의미 없이 묻는다. 괜찮나요?

괜찮아, 괜찮아

"엄마, 내 책상 위에 있던 책 치웠어요?"

몇 번을 깨워서야 겨우 식탁 앞에 이른 아들이 퉁명스레 묻는다. 벌거벗은 웃통에 반바지 차림. 잠자리에서 빠져나온 모습 그대로이다. 스무 살. 누군가는 세상을 책임지겠다고 나설만한 나이이다. 누굴 탓할 것인가. 혹, 하고 내쉬는 한숨에 식탁 위에 놓인 김이 파르르 떤다.

밥상을 다 차려놓고도 몇 차례나 손나팔을 불어야 자리가 채워지는 아침 식탁이다. 안방의 노인들은 TV 아침 드라마에 빠져 좀체 나타나지 않고, 식탁에 제일 먼저 나와 있는 남편은 노인들이 앉은 후에도 신문에서 눈을 떼지 않는다. 김이 펄펄 오르던 국은 늘 싸늘하게 식어 있다. 오늘도 세월아 네월아하는 식구들 때문에 몸이 달았다. 벌써 2년이 되어 가건만 나의 출근에 신경을 써주는 사람은 아무도 없다. 이대로라면 오늘도 또 지각이다. 제 풀에 약이 오른 내 마음은 불지옥을 오락가락 하는 중이었다.

"무슨 책인데?"

아들의 물음에 대꾸를 한 사람은 여전히 신문에 눈을 박고 있던 남편이다.

"체 게바라요, 내일까지 리포트를 내야 하는데, 어젯밤에 들어와서 읽으려고 보니 아무리 찾아도 없더라고요."

내 입에서 나가는 말이 고울 리 없다.

"너 어제 몇 시에 들어왔는데, 그걸 그 밤에 들어와서 읽으려고 했다는 거야?"

600페이지가 넘는 책이었다. 아들이 읽었던 흔적은 겨우 게바라의 젊은 시절, 알베르토와 함께 칠레를 비롯한 남미쪽을 여행하는 부분에서 멈춰 있었다. 리포트의 주제가 무엇인지는 모르겠으나 남은 부분을 하룻밤에 무슨 수로 다 읽고 리포트까지 쓴단 말인가. 제가 무슨 천재도 아닌 주제에.

입 밖으로 튀어나오려는 말을 막으며 콩나물국에 어제 먹다 남은 밥을 부어 푹푹 으깼다. 뒤늦게 나온 시아버지는 시어머니의 식탁 의자를 빼며 천천히 자리에 앉는 중이다. 속 모르는 이들이 보면 그렇게 우아하고 친절한 노인이 없다. 게다가 바쁠 것 없는 당신들 기분에 취해 느긋하게 한마디 던진다.

"이야, 우리 장손이 이렇게 앉아있으니까 식탁이 그득하구만. 이 할애빈 밥 안 먹어도 배가 부른 것 같은데."

아이가 어릴 때였다. 식탁에 앉아 밥투정하는 아이를 나무라자 시어머니가 밥숟가락을 탁 놓으며 말했다.

"너 지금 우리에게 화풀이 하고 싶은 걸 이 아이한테 하는 거냐?"

손자를 보듬어 안고 나가는 어머니를 보며 아들도 내 상전임을 알았다. 아이의 버릇없음을 어른들 탓으로 돌리고 싶을 만큼 마음이 사납다. 그나마 시아버지가 마련한 화기애애한 분위기를 홱 휘저은 것은 남편이다.

"체 게바라? 그놈 빨갱이잖아? 골수 공산주의자, 맞지? 카스트로한테 이용만 당해먹고 평생 떠돌다 결국 개죽음 당한 놈이잖아. 근데 그런 놈을 대상으로 무슨 리포트를 쓰는데?"

남편다운 단순 명료한 정의였다. 언제부턴가 항상 적의에 차 있는 남편은 세상의 모든 게 불만투성이였다.

"빨갱이라기 보단 혁명가라고 해야 맞죠. 근데 아빤 왜 욕을 하세요? 개죽음이라니요?"

아들이 발끈해서 대들었다.

"혁명가? 세상에 진정한 혁명이 어디 있냐? 없는 놈 위한다고 혁명을 합네 하지만 다시 그 위에서 군림하는 게 누군데? 게바라 역시 마찬가지지. 카스트로랑 같이 혁명이랍시고 해놓고 보니 세상 일이 마음대로 움직여 주나? 결국 쫓겨

났잖아. 제 나라 제 집에도 못가고 역마살 들린 놈처럼 떠돌
다 어디서 죽었는지도 모른다며? 그게 개죽음이지 뭐냐?"

"그래도 신념을 가지고 산 사람이잖아요. 힘없는 사람들을
위해 세상 한 번 바꿔보겠다고, 그런 신념을 갖는 게 쉬운 일
인가요? 아빠 이 세상 살면서 그런 신념 한 번 가져보신 적
있으세요?"

또 시작이었다. 이놈의 집구석은 어찌된 일인지 식탁에 모
여 앉았다 하면 싸움질이었다. 남편은 그걸 토론이라고 했지
만 토론이라고 하기엔 주장하는 기준이 제멋대로였다. 같은
사건도 그날의 기분에 따라 논조가 달라졌다. 일관성 없는
주장도 문제지만 그 정당성을 증명하는 과정 역시 즉흥적이
고 폭력적이었다.

"그만해라."

아무래도 큰소리가 날 것 같아 나는 밥상에 코를 박은 채
아들에게 쥐어박는 소릴 했다. 그러나 남편은 심심하던 차에
드디어 물어야 할 것이 생긴 개처럼 신경질적으로 신문을 접
으며 식탁으로 몸을 돌려 앉는다.

"신념? 먹고 살기 바빠서 나는 그런 신념 한 번 못 가져봤
다. 야, 인마. 그런 너는 신념이 있냐? 설마 체 게바라니 뭐
니 해가면서 종북단체 같은데 들어가겠다는 건 아니겠지?
도대체 나라에서는 뭣 하러 그런 놈들을 끼고 앉아 아까운
세금을 쓰는지 몰라. 그렇게 북쪽이 좋으면 보내버리면 될

거 아니야."

그리고도 남은 분풀이를 아들에게 해댔다.

"너는 거기까지 가면 이 집에선 끝이야 인마. 그리고 술 좀 작작 퍼마시고 다녀. 등록금을 몇 백씩이나 내면서 학교에는 술 먹으러 가냐? 젊은 놈이 허구헌날 술독에 빠져가지고는. 술 마시는 게 신념이야?"

점점 아슬아슬해져가는 분위기에 나도 모르게 숟가락질이 빨라졌다. 아들은 고개를 박은 채 자조적으로 쿡쿡거렸다.

"글쎄 말입니다. 뭘 어떻게 살아얄 건지 저도 잘 모르겠습니다. 종북세력에라도 미칠 수 있으면 좋을 텐데 용기가 없네요. 확 군대나 가버릴까요?"

누가 봐도 버릇없는 태도였다. 아무래도 쉽게 마무리가 될 것 같지 않았다.

"군대는 뭐 할 일 없는 놈들 데려다 공밥 먹이는 덴 줄 알아? 요즘 놈들, 전부 호강에 받쳐서 그래. 그냥 한꺼번에 몰아서 삼청교육대에 확 처박아야 정신을 차릴 텐데."

예전에 시아버지가 하던 말이 남편의 입에서 흘러나왔다. 언제나 여당을 옹호하던 시아버지와 유신과 제5공화국을 비난하던 남편은 지금의 남편과 아들처럼 사사건건 대립되어 있었다. 군 장교 출신인 시아버지는 툭하면 삼청교육대를 들먹였고, 남편은 질색을 하며 지금 세상이 어느 땐데 그런 소릴 하시느냐고 맞받아치곤 했었다. 헌데, 팔순 넘은 시아버지는 잠잠해졌건만 남편이 강경보수로 변해 있다. 진보와 보수의 기준은 뭘까, 결국 자신감과 관계가 있는 게 아닐까 생각하며 나는 둘 사이를 비집고 들어갈 틈을 노렸다.

"젊은 놈들 보면 대체 이놈의 나라가 어디로 가는지 모르겠다니까. 넌 지금 얼마나 좋은 세상에 살고 있는지 알기나 해? 인마. 나는 니 나이 때 학교 끝나고 나면 제까닥 집으로 달려와서 밥 구루마 끌었어. 토익 학원이 뭐야. 새벽이면 신문 돌리고 저녁이면 동양강철에 밥 대는 할머니 도와서 구루마 끄느라고 신념 같은 거 가질 새가 없었다. 신념이 뭔지 알 생각도 없었지만 그런 생각할 틈도 없었어. 목구멍이 포도청이었으니까. 어떻게든 잘 살아야겠다, 그게 신념이라면 신념이었다. 너도 정신 차려, 이 녀석아. 맨날 어린앤 줄 알아. 이 아빠 없으면 네가 가장 노릇해야 돼. 대학생이나 된 놈이 식탁에 앉으면서 옷차림이 그게 뭐야. 도대체 누굴 닮아 저렇게 허황되고 버르장머리가 없는지 원."

남편의 잔소리는 꼭 누군가를 걸고 넘어지는 것으로 단락을 맺는다. 자기와 나 사이에서 자식이 누굴 닮았다는 말인가. 아들을 나무라려던 나는 유치하기 짝이 없게 마무리하는 남편 때문에 입을 닫고 말았다. 식구들 밥 굶기지 않으려고 애를 쓴 건 맞는 말이다. 절약을 낡은 속옷처럼 몸에 걸치고 살았다. 남은 음식 훑어먹는 건 기본이고 휴지를 반으로 나누어 쓰는 남편이었다. 월급의 반은 미리 떼어 저축을 하는 남편 때문에 생활비는 늘 빠듯했다. 옛 이야기 속의 굴비를 바라보며 밥을 먹는 최 부자네 만큼은 아니더라도 식구 수에 맞춰 생선 한 번 구워 본 적이 없었다. 아들을 하나밖에 두지 않았던 것도 먹고 살기가 힘들어서였다. 6남매의 장남. 도리를 다하며 살기엔 하급 공무원의 월급은 너무 빠듯했다. 남편이 중학교 때 장교로 예편한 시아버지는 사업을 한답시고 퇴직금은 물론 살던 집까지 몽땅 말아 먹었단다. 호구지책으로 밥장사를 하며 당신 격에 맞지 않는다고 불평을 하던 시어머니는 아들이 공무원에 임용되자마자 밥장사를 걷어치우고는 알량한 큰 아들 월급에 들러붙었다.

"애, 생선은 한 마릴 먹어도 큰 게 제 맛이지. 애들 손바닥만 한 이걸 먹으라고 상에 올린 거니? 앞으론 이런 거 사지 마라."

결혼해서 처음 이런 말을 들었을 때는 생활비를 좀 보조해 주실 줄 알았다. 하지만 남편 월급 8만 원을 몽땅 받아든 시어머니는 반찬값도 주지 않고 손톱에 매니큐어를 칠한 손을 호호 불며 외출하기 일쑤였다. 수중에 지니고 왔던 돈 몇 푼은 봄눈 녹듯 사라져버렸다.

아들 방을 치우다 넘겨 본 〈체 게바라〉를 손에서 놓을 수 없었던 것은 그의 처지가 부러워서였다. 책의 서두에 스무 살 된 게바라가 여행을 떠나는 장면에선 절망감과 부러움을 떨칠 수가 없었다. 게바라는 시아버님과 같은 해에 태어났다. 게바라의 나이 스무 살이었을 때 그의 아버지는 여행을 떠나는 아들에게 호신용 권총을 준다. 이 얼마나 전폭적인 지지인가. 물론 더 어린 시절부터 그 부모들이 게바라에게 쏟는 신뢰와 애정이 부럽기만 했다. 천식이 있는 아들을 위해 끊임없이 이사를 가주는 부모. 부자는 아니지만 그래도 주위 사람들과 나눌 줄 아는 의식을 가진 부모, 무엇보다 우수한 두뇌를 물려준 게바라의 부모를 생각하면 게바라가 부럽다 못해 질투가 났다. 한 인격체를 그대로 존중해줄 줄 아는 그들의 사고가 멋있었다.

우리는 아직 멀었다. 게바라가 살던 시절에서 두 세대가 지났건만 여전히 정신적 독립을 하지 못한 채 늙은 아들에게 기대는 시어른들이나, 또 스무 살짜리 아들을 아직 소유물로만 여기는 남편이나, 몸은 다 자랐음에도 아직 제 길을 정하지 못하고 방황하는 아들이나 모두가 한심해 보였다. 어쩌다 국민소득이 높아져 물질은 풍족해졌지만 아직 정신적으로는 미숙아들인 것이다.

아들과 손자의 대화를 들으며 밥숟가락을 들었다 놓았다 하던 시아버지를 바라본다. 오늘은 참고 넘어가 주길 바라는 심정으로. 언젠가 이런 상황에서 시아버지가 발끈 화를 낸 적이 있었다.

"그래. 넌 이 애비 탓을 하고 싶은 게로구나. 그래 이 애비가 무능해서 너 제대로 공부도 못 시켰고 고생만 시켰다. 그

점 아주 미안하게 생각한다. 하지만 말끝마다 늙은 어미 애
비를 끌고 들어가야 속이 시원하냐? 그래서, 내가 어떻게 해
주랴? 뭘 어떻게 하면 되겠냐? 원 참, 더러워서. 이래서야
어디 밥이 살로 가겠어?"

숟가락을 탁 놓고 돌아서는 시아버지를 향해 남편은 지지
않고 말대답을 해댔다.

"그렇다고 아버지가 달리 밥을 드실 곳도 없지 않습니까?
이제 허세는 그만 부리세요. 저도 할 만큼 했습니다. 다른 형
제들은 아버지 자식 아닙니까. 다른 애들 앞에서는 아무 말
도 못하시면서 왜 저에게만 모든 걸 강요하시는 겁니까."

시누이에게 빌려준 돈을 못 받게 된 후론 더욱 시비의 화
살 끝을 부모에게로 날리는 남편이었다.

"누군 외제차 탈 줄 몰라서 안 탄 줄 아세요. 남들은 쉬운
돈인지 모르지만 한 푼 두 푼 애써서 모은 돈입니다. 까짓 일
억이라고 할지 모르지만 전 이제 죽었다 깨도 다시 만져볼
수 없는 돈이라고요. 그 돈이면 나도 정규대학에도 다닐 수
있었고, 대학원도 몇 번이나 갈 수 있었어요. 나 하고 싶은
거 못하고 모아 놓은 돈, 한 입에 털어 넣고 나니까 나도 잘
살아야겠다는 생각이 없어집니다. 이제 저 말리지 마세요.
내 마음대로 살 거예요."

시어머니 말대로 예전에는 지극한 효자였던 남편의 태도
가 변했다. 지금까지의 삶이 억울하다며 불평을 터뜨렸다.

"너희도 처음엔 이자 받을 생각으로 빌려줬던 거지. 걔들을 그냥 줬냐?"

이 대목에서 가만히 있었으면 좋았을 시어머니가 입을 샐쭉이며 시누이 편을 들었다. 타는 불에 기름을 끼얹은 격이었다. 남편은 길길이 뛰었다. 형제가 달리 형제냐며 어려울 때 도우라고 부추긴 게 누군데 그런 소릴 하느냐고, 우리가 이자를 받으려고 했으면 은행이자도 안 되는 걸 받았겠느냐고.

시어머니는 남편이 던진 밥사발이 발코니로 날아가는 것을 지켜보며 맞받아쳤다.

예전엔 안 그러던 놈이 왜 이리 광폭해졌는지 모르겠다고, 똑똑한 마누라 얻어 살더니 이젠 부모도 보이지 않느냐고. 가슴은 콩닥거리고 마음은 분하고 억울했었다. 저런 철없는 남편이 마음에 들지 않았다. 왜 저렇게 논리적이지 못할까. 차근차근 선은 이렇고 후는 이렇다고 설명을 해도 인정하기 싫을 텐데 무작정 아이처럼 달려들면 어쩌자는 것인가.

그러나 그런 무식한 방법도 효과가 없는 것은 아니었다. 어른들은 그 후 남편을 쉽게 대하지 못했다. 하지만 문제는 남편이었다. 그때 이후 식탁에 식구들만 둘러앉으면 습관처럼 시빗거리를 찾았다. 거미줄을 쳐놓고 무엇인가 걸려들기만 기다리는 독거미 같았다. 오늘은 아들이 걸려든 것이다. 무슨 말인가 대꾸를 하려는 아이의 허벅지를 질벅거리며 말을 막았다.

"넌 그 책을 다 읽기나 한 거야? 내가 가져다 읽기 시작한 게 언젠데 그걸 이제 찾아?"

역시 예상대로 아이가 성토의 방향을 틀었다.

"엄만, 뭘 알고 그런 책을 읽어요? 왜 툭하면 내 책을 가져 가는 거예요?"

믿거니 해서 하는 얘기일 것이다. 그래도 집 안에서 말이 통하는 건 엄마밖에 없다던 녀석이었다. 하지만 이제 갓 대 학에 입학한 아들 녀석에게 그런 소릴 듣는 것은 서운했다. 뭘 알고 읽느냐고? 이제 이 애까지 나를 무시하는 건인가 싶 어 화가 치밀었다. 하지만 참았다. 참고 양보하고 뒤로 한 발 물러서 있는 것이 미덕이라고 안으로나 밖으로나 세뇌되어 살아온 내가 아닌가.

그 아이의 불손함보다는 식탁에 앉았던 아이가 숟가락을 탁 내려놓고 일어서는 게 안타까웠다. 겨우 한 숟가락 국에 만 밥조차 다 먹기 전이었다. 모처럼 집밥이라고 한 그릇 먹 으려던 것을 그예 식탁에서 쫓아내는 남편이 미웠다. 시아버 지 시어머니가 찬호야, 찬호야 아들의 이름을 부르며 수선을 피웠지만 나는 내 밥그릇과 아들의 밥그릇에 걸쳐 있던 숟가 락을 확 잡아채서 모아 쥐곤 일어섰다. 시어머니의 못마땅한 시선이 뒤를 따라왔다.

늦은 날엔 버스도 늦게 오고 걸음도 더 엉긴다. 이주민센

터가 있는 4층까지 허둥지둥 올라와 보니 소장이 한 소리를
한다.

"오늘도 선생님이 제일 늦으셨네요."

경상도 억양의 말꼬리에 비아냥이 묻어 있다. 한국어 수업
을 시작한 지 2년. 소장은 관공서에서 받아낸 강사료를 지불
한 뒤론 유난히 유세를 부렸다. 집에서는 식구들의 비협조
속에서 발을 동동 굴러야 하고, 센터에서는 센터에서 대로
애로사항이 늘어갔다. 보조를 더 받아야 한다며 학생 부풀리
기를 할 때는 참으로 난감했다. 그만둔 학생들까지 찾아내
명단을 적을 때면 처음 의도와 달라진 내 모습에 회의가 일
었다. 이런 타협을 물리치고 제 신념대로 걸어간 게바라가
새삼 위대하다는 생각도 들었다.

아이들을 데리고 온 젊은 이주여성들이 강의실로 우르르
들어온다. 베트남 여성들이다. 스무 살 남짓 또래들인 이 이
주여성들은 이 이주민센터가 놀이터인 셈이다. 공부는 공식
적인 외출을 위한 명분이고 실질적인 목적은 친구를 만나고
서로 정보를 주고받는 것일 터이다. 이들을 가르치는 일은
겉으로는 단순해보이지만 실제는 참으로 애매했다. 우선 이
들의 한국어 학습 목표가 모호했다. 이주여성의 가족들은 일
상에서의 소통을 위한 대화 정도를 원했다. 그러나 이주센터
에서는 한국어능력시험을 통과하는 학생들이 많았으면 했
다. 학습교재는 연세대학교 한국어학당에서 가르치는 교재

다.

모국에서 초등학교나 중학교 정도를 이수하고 온 이 이주민 여성들에게 연세대학교 한국어학당 교재는 아무래도 적합하지 않았다. 영국, 프랑스, 아프리카 등지에서 유학 온 학생들을 상대로 꾸며진 대화의 교재는 이들 이주민들의 생활과는 동떨어져 있다. 이곳 김포에서도 더욱 변두리에서 모여든 이들에게 서울대학교며, 세종문화회관, 예술의 전당을 찾아가는 내용의 글이 얼마나 피부와 와닿을 것인가. 더구나 이 교재의 교육과정은 초급, 중급, 고급으로 나누어져 하루 네 시간씩 일주일에 나흘을 꼬박 수업해야 일 년에 끝마칠 수 있다. 하지만 센터의 소장은 하루에 두 시간씩 일주일에 이틀 수업으로 6개월 안에 마쳐주길 원한다.

"이곳에 오는 애들은요, 문법이 위주가 아니잖아요. 보호자들이 안 기다려 줍니다. 그저 의사소통만 되게 해달라고 조르는 형편이거든요. 그렇게 4년을 공부해야 한다고 하면 아무도 안 보낼 거예요. 그러니까 될 수 있으면 빨리 교재를 끝내서 6개월마다 승급시켜주세요."

그러면 교재를 좀 쉬운 걸 써야 할 텐데 현실적으로 적합한 교재가 없었다. 실력이 못 미치는 학생은 유급을 시키라고 하지만 같이 공부를 시작해서 겨우 정이 든 친구를 중급반과 초급반으로 가른다면 또 얼마나 상처를 받을 것인가. 교재를 마칠 때마다 고민이 되는 일이었다. 또 정규과정의

학교처럼 입학시기가 정해져 있지 않은 것도 문제였다. 거의 일주일에 한 명씩 신입생이 들어왔다. 그만큼 결혼이민자들이 많은 동네였다. 겨우 한글 자모를 익혀서 글자를 조합할 수 있으면 초급반으로 밀어 넣으니 아무리 초급반이라지만 지난 학기 유급자와 신입생과는 차이가 있을 수밖에 없다. 말도 안 통하는 이런 학생들을 벌써 2년째 맡고 있는 것도 부당하게 여겨졌다. 말이 좀 통하는 고급자는 소장이 맡고 중급반은 새로 들어온 김 선생이 맡고 있었다.

"그래도 선생님이 우리 센터 돌아가는 걸 잘 아시잖아요. 학생들한테 엄마처럼 대해주시니까 학생들도 좋아하고, 초급반에서 신경을 써줘야 끝까지 따라오거든요. 수고하시는 김에 선생님이 계속 초급반을 맡아주시면 안 될까요."

싫은 소릴 못하는 성격이라 그저 울며 겨자 먹기로 시도 때도 없이 신입생을 받으며 수업을 끌어가고 있었다.

부티하의 딸 수정이가 문을 열며 엄마를 찾는다. 아이를 보던 자원봉사자가 아이를 밀어 넣자 부티하가 아이를 안아 올린다. 옆에 앉았던 고티짱이 아이를 들여다보며 아는 척을 한다. 수업 분위기가 산만해진다. 중국에서 온 홍금화가 눈살을 찌푸리며 수업 분위기를 망치지 말라고 소리를 지른다. 스무 명 남짓한 학생 중 3분의 2가 베트남에서 온 학생들이고 예닐곱이 중국 학생들이다. 필리핀 학생들은 중급반으로 올려 보내고 난 후 아직 들어오지 않았다. 이런 교실 분포만

보고도 우리나라 결혼이민자 현황을 알 것 같다면 지나친 속
단일까.

어찌됐건 중국 학생들의 학구열은 깜짝 놀랄 정도다. 숙제
는 물론이고 예습 복습도 철저하다. 본국에서의 학력수준도
높은 편이다. 그러다보니 배우자도 좀 더 나은 사람들을 만
났을 것이다. 본국의 국력도 작용할 것이다. 그녀들은 수적
으로 우세한 베트남 학생들보다 당당했다. 나 역시 심정적으
로는 사는 형편도 더 어렵고, 남편들의 나이도 많고, 성격이
온순하고 부모를 봉양해야 한다는 유교적 인식이 남아 있는
베트남 학생들을 배려해야지 싶으면서도 실제로는 열심히
공부하는 중국 학생들 위주로 수업을 진행하게 된다.

물으면 답이 오는 곳이 그쪽이기 때문이다. 그러면서도 뭔
가 세상에 도움이 되어 보겠다는 생각으로 택한 이 길에 자
꾸 회의가 든다. 건성으로 수업을 하는 베트남 학생들을 보
면 화가 나기도 한다. 오늘 따라 현실에 안주하려는 그녀들
이 더 답답하다. 훨씬 나은 삶을 마다하고 신념에 따라 억압
받는 아프리카로 떠난 체 게바라가 여전히 따라다니기 때문
일까.

"여러분들 중 맏딸인 사람 손들어 보세요."

나는 웅성거리는 교실 분위기를 바꾸기 위해 학생들에게
묻는다. 대부분의 학생들이 손을 들었다. 예상했던 일이었
다.

"우리나라 속담에 맏딸은 살림밑천이라는 말이 있어요. 무슨 말인지 아는 사람 있어요?"

나는 우리의 부모들이 맏딸에게 거는 기대를 설명했다. 기대는 있지만 지원이 없는 어려운 집안의 맏딸들이 희생양이 될 수밖에 없는 현실을 얘기하려니 공연히 눈물이 나려고 했다. 부모 형제들에게 내몰린 이 아이들이 불쌍했다. 아니 이 나이가 되어서도 굽은 어깨 위에 올라 앉아 있는 책임감, 인내라는 굴레에서 벗어나지 못하고 맏딸 콤플렉스에 갇혀 있는 내 자신이 더 속상했다. 나도 모르게 억양이 단호해졌다.

"잘 들어요. 세상은 착한 사람이라는 이유로 상을 주지 않아요. 나 자신은 내가 지킬 수 있어야 합니다. 나의 가치는 내 스스로 만들어야 해요. 여러분들은 자신을 희생해서 여기까지 온 거잖아요. 그러면 잘 살아야지요. 그냥 이렇게 주어진 환경에 적응하면서 밥만 먹고 살 건가요? 우리나라는 부모가 잘 나야 자식들도 잘 될 수 있는 나라예요. 여러분이 당당하지 않으면 여러분의 아이들도 잘 자랄 수 없어요. 당당하게 사는 법은 뭘까요? 앎입니다. 알아야 해요. 우선 이 나라에서 내 의사표현을 하고 살려면 한국어를 알아야 하고요, 논리적으로 말하는 법을 알아야 합니다. 제발 이 순간에 만족하지 말고 나를 지킬 수 있도록, 내가 당당해질 수 있도록 공부하세요."

소장이 원하는 소리는 아니었는지도 모른다. 그러나 '분노하지 않는 민족은 야수 같은 적에게 승리할 수 없다'고 한 게 바라의 말이 떠올랐다. 세상살이도 다르지 않았다. 온순한 사람은 만만히 보고 부리려 들고, 성격 까다로운 이들은 건드리지 않으려는 게 현실 아닌가. 국가 간의 관계도 다르지 않다. 우리가 알고 있는 선비정신은 책 속의 멋진 문장일 뿐이다. 누구나 제 이익을 위해 움직인다. 양보와 배려, 선함 따위는 이제 이 세상의 미덕이 아니다.

 고양되는 마음을 가누기 힘들었다. 가정에서건 사회에서 건 내 자신의 권리는 내가 지켜야 한다고. 누가 그냥 주는 것이 아니라고. 손짓 몸짓을 섞어가며 하는 내 말이 비장하게 들린 걸까. 학생들의 눈이 동그래진다. 몇 명은 고개를 끄덕거리기도 했다. 언젠가 수업 시간에 학생들에게 소원이 뭐냐고 물었었다. 대부분의 학생들은 돈을 벌고 싶다고 대답했다. 가난 때문에 나이 많은 남편을 따라 먼 나라로 온 이 학생들의 당면 과제는 당연이 돈이었을 것이다. 얼마나 있으면 만족하겠느냐고 물었더니 처음엔 천만 원에서 시작한 단위가 6억까지 올라갔다. 부모를 도와주고 호치민에 가게 하나 내려면 6억은 가져야 한다고 했다. 당장 옮겨갈 전셋돈 천만 원만 있으면 좋겠다던 학생의 말이었다.

 그 학생에게 꿈같은 6억이 생긴다고 하면 과연 거기서 만족할 수 있을까. 돈이란 것, 물질이란 것이 바로 이런 것이다. 욕망은 풍선 같은 것. 터질 것을 알면서도 자꾸만 더 크게 크게 불고 싶어지는 것. 나는 여러분이 돈보다는 자기 자신을 살리는데 욕심을 냈으면 좋겠다. 이렇게 말했다. 하지만 유혹은 가깝고 미래는 멀리 있다. 젊은 여인들에게 이런 몇 마디 말이 무슨 역할을 하겠는가. 자꾸 엇나가는 마음을 추스르며 겨우 수업을 마쳤다.

내 아들 또래의 어린 여인들에게 자신을 찾으라고 부추기는 건 공평하지 못하다는 생각도 들었다. 이 세상에 기댈 사람, 기댈 곳이 없는 여인들이다. 그런 일로 가정에 갈등이라도 생기면 그나마 몸담고 있는 집에서도 쫓겨날 수 있는 것이 그들의, 약자의 입장이다. 게바라처럼 내가 책임을 질 것도 아니지 않는가. 또 그들이 낳은 아이는 어찌 될 것인가.

문제는 힘이다. 이건 나에게도 해당되는 과제였다. 나를 지킬 수 있는 힘. 돈이나 권력, 아니면 체력도 힘이다. 나이도 힘이다. 오늘 아침, 아들이 밥상을 물러난 이유 역시 논리적인 패배가 아닌 나이라는 권력에 밀려난 것이다. 세상은 나이 많은 이들에게 우호적이어야 한다고 가르친다. 누구나 궁극에는 도달해야 할 자신의 모습이기에 그 부분을 성역으로 남겨두는 것일지도 모르겠다. 하지만 그건 모범을 보여야 할 일이지 가르쳐서 될 일은 아니다.

"아니, 그깟 거 몇 푼이나 번다고 그렇게 쫓아다니냐구. 요즘은 그저 소나 개나 집 밖으로 나도는 게 유행이라니까. 그러니 집구석이 이렇게 엉망이지."

문을 열자마자 들려오는 시어머니의 잔소리다. 일주일에 두 번. 시어머니는 이주민센터에서 한국어를 가르치기 위해 외출하는 것을 못마땅해 했다. 가까이에 살고 있는 시동생 시누이들이 드나들며 밥 한 끼라도 마음 놓고 먹으려면 내가 집에 있는 게 편하긴 할 것이다. 시도 때도 없이 드나드는 그들을 피하고 싶은 마음도 없지 않았다. 하지만 그것보다는 내 자신을 찾고 싶어서 시작한 일이었다. 하지만 이런 소릴들을 때마다 오히려 한국어라도 배워보라고 센터로 내보내주는 이주민들의 남편이나 부모가 더 나아보였다. 대체 이 집안에서의 나는 어떤 존재인가. 분노가 솟다가도 막상 그들 앞에 서면 두려움이 앞선다. 남편과 시부모는 내겐 집단 권력이 되기도 한다. 집단 따돌림을 당하는 아이들처럼 그들 앞에서면 가슴이 두근거린다.

냉장고 문이 활짝 열려 있고 그 속에서 나온 물건들이 주방 가득이다. 불퉁거리며 내놓는 손길보다 시어머니 입에서 튀어나오는 말이 더 거칠다.

"도대체 살림을 사는 거냐 말아 먹는 거냐. 집구석은 이렇게 거지발싸개처럼 만들어놓고 너는 애들한테 뭘 가르친다는 게냐?"

그나마 이 일에서 보람을 찾는 나와 달리 시어머니에겐 이 일이 불만의 원천이다. 마침 휴대전화가 울린다. 오늘 수업에 나오지 않은 완티쑤엔이다.

　그제 화요일. 수업 시간 전에 쑤엔 주변엔 베트남 여성들이 모여 수군거렸다. 남편이 과일 장사를 하는 쑤엔은 가끔 오렌지 등을 가져와 급우들과 나눠 먹고는 했다. 쑤엔은 얼굴이 좀 검은 편이지만 큰 키에 늘씬한 몸매를 가진 미인이었다. 임신 6개월이지만 배가 그리 나와 보이지 않았다. 나와 눈이 마주치자 쑤엔은 울어서 퉁퉁 부은 얼굴을 가렸다. 쑤엔 남편이 때렸대요. 한국말을 곧잘 하는 부티하가 고자질하듯 내게 말했다.

　임신한 쑤엔은 집에서 쉬고 싶었다고 했다. 하지만 남편은 과일을 사러 가는 길에 동행하자고 했던 모양이다. 아무도 없는 집에 홀로 두기가 미덥지 않았을 지도 모른다. 밤에 트럭을 타고 가는 게 불편했던 쑤엔이 불평을 했을 것이다. 서로 실랑이를 하다가 성질 급한 남편에게 한 대 맞은 모양이었다. 나는 쑤엔을 다독거렸다. 결혼 초에는 서로 의견이 맞지 않아 사소한 말다툼이 그렇게 번지기도 하는 것이라고. 아마도 네 남편이 너를 미워해서 그런 건 아닌 것 같고, 너 혼자 두기가 편치 않아 데리고 가고 싶었던 것 같으니 네가 이해하라고. 네가 그 방법이 싫다는 의사표시를 정확히 하려면 한국어를 잘 해야 하니까 더 열심히 배워야 한다는 교훈까지 덧붙였다. 그런데 그녀가 오늘 나오지 않았다. 잠깐 궁금했었지만 내 앞가림도 버거웠던 터라 그냥 넘어갔다. 아니, 사실 나는 오늘 그녀의 존재를 잊고 있었다.

"선생님, 저 집 나왔어요. 지금 선생님 아파트 앞이에요."

학기가 시작되면 나는 첫 시간에 아이들에게 주소와 전화 번호 등을 알려주었다. 물론 센터가 여러분을 우선 도울 것 이지만 혹시 무슨 일이 생기면 엄마처럼 생각하고 연락하라 고 했다. 실제 그녀들의 엄마는 나보다 더 어린 사람들도 많 았다.

"무슨 일인데?"

반색은 아니어도 따듯해야 할 목소리가 저절로 기어들어 갔다. 나도 모르게 시어머니 쪽을 흘금거리며 묻지 않아도 알 내용을 되물었다. 어눌하기 짝이 없는 쑤엔의 목소리를 울먹임이 더욱 가로막았다.

"그래, 선생님이 내려갈 테니 잠깐 기다려."

가방을 집어 드는 나를 보며 시어머니가 세모눈이 되어 노 려보았다.

"학생이 찾아 왔네요, 좀 다녀오겠습니다."

그냥 얻어지는 권리는 없다. 내 앞의 장애물은 내가 넘고 가야 한다. 아이들에게 누누이 일렀던 말이지만 사실 나도 힘든 일이었다. 자기 최면을 걸어보지만 어른의 뜻을 거역한 다는 생각에 가슴이 둥둥 울렸다. 아니나 다를까. 저녁 시간 이 다 되어 들어온 나를 보는 시어머니의 반응이 차디찼다.

"죄송하지만 잠깐 앉아 보실래요. 두 분께 드릴 말씀이 있 습니다."

벼르고 있던 시어머니 대신 내가 먼저 어른들께 면담을 청했다. 너무 비장해지면 안 돼. 차근차근 조리 있게. 돌아오면서 다짐했던 각오를 떠올리며 서슬 퍼런 어머니 앞에 앉았다.

"아까 찾아온 학생이요. 베트남에서 시집온 학생인데요. 아이를 가졌는데, 남편이 배를 때렸대요. 같이 병원에 갔다가 지금 서울에 있는 쉼터에 데려다 주고 오는 길이에요."

쑤엔의 일을 보고하는 걸로 말문을 열었다.

"불쌍한 애들이에요. 그 멀리서 부모 형제 다 두고 없는 집안 좀 살려보려고 온 애들인데, 우리나라 남자들 참 나빠요. 자기 아이까지 밴 아내를 어떻게 때릴 수가 있어요? 그 애가 베트남으로 돌아가겠다고 하기에 그러라고 했어요. 이주민 여성들을 위한 쉼터가 있는데, 그곳에 가면 우선 그 아이들 말을 들어주거든요. 그 앤 고향에 돌아가서 아이 낳고 살겠다고 하네요. 그 용기가 부럽더라고요."

예상대로 시어머니가 입을 삐죽거린다.

"그 정도로 친정으로 가겠다면 이 세상에 제 남편과 제 새끼랑 함께 살 여자가 몇이나 있겠냐? 그저 옛말 그른 거 없어요. 그러게 공부는 무슨 공부야. 여자는 밖으로 내돌리면 안 된다니까."

"그렇게 말씀하지 마세요. 어머니 딸이라면 그렇게 말하지 않을 거잖아요? 시절 잘 못 만나서 그렇지 누구도 그 애들을 불행하게 만들 권리는 없는 거예요. 저 역시 마찬가지고요. 언젠가는 제 속을 알아주시겠지 그냥 참으면서 살아왔는데요, 이젠 저도 불만이 쌓여서 공손해지지가 않네요. 어른들께 구체적으로 제 불만이 무엇인지 말씀 드리고 난 후에 해결점을 찾아보려고 합니다. 한 시간이면 될 거 같아요. 힘들더라도 참고 들어주세요."

나는 결혼 초의 마음가짐부터 차근차근 짚어가며 말하기 시작했다. 시부모를 모시고 살겠다고 마음먹은 것은 그게 사람 도리라고 생각해서다. 그 뒤 집안의 평화를 위해, 6남매가 일으키는 숱한 문제들 터놓고 불평 한마디 못하고 살아온 나다.

"조카들 뒷바라지까지, 제가 못했다고는 말씀 하지 못하실 거예요."

시아버지가 고개를 끄덕인다.

"그런데 부모님은 늘 제게 비난만 하셨어요. 어머니, 저 이 집에 무임금 노동자로 들어온 거 아니잖아요. 다른 집에서 일을 했다면 이런 대우는 받지 않았을 겁니다. 월급도 상당했을 거고요, 제때 휴가도 꽤 찾아 먹었을 거예요. 그런데 어머니는 무엇 때문에 그렇게 당당하게 저를 노예처럼 부리려고만 하시는 건가요. 제가 빚에 팔려온 것도 아니잖아요? 남이라도 근 이십 년을 넘게 한 집에 살면 저 사람이 뭘 좋아하는구나, 저 사람이 무엇 때문에 기분이 안 좋구나, 살펴 주는

게 인지상정인데 어머님은 제가 뭘 좋아하는지 한번이라도
생각해 보신 적 있나요?"

아직 분에 가득 찬 시어머니는 대답이 퉁명스럽다.

"이제 아주 시부모를 가르치려 드는구나. 내가 너 좋아하
는 걸 어떻게 아냐? 네가 하는 살림인데."

솟으려는 분노를 꿀꺽 침과 함께 삼켰다.

"그렇게 화 내지 마시고요, 저도 평생 처음으로 이런 말씀
을 드리는 거잖아요. 관계를 좋게 하기 위해서요."

나는 손님치레 때문에 명절에도 친정에 가지 못하는 나와
달리 나들이 차림으로 오는 동서며, 명절이나 제사 때면 동
서 좋아하는 떡을 싸주라고 챙기는 어머니가 부러웠다고 말
했다. 그리고 물었다.

"어머님께 하루 세 끼 밥 해 드리는 사람은 전데, 왜 어머
닌 동서에겐 그렇게 관대하고 저에겐 그리 야박하신 거예
요? 동서는 뭘 좋아하는지 뭘 잘 먹는지 아시면서 왜 함께
스무 해를 넘게 산 제가 좋아하는 건 왜 모르시나요?"

"그야 네가 맏며느리니까 그렇지."

아직 시어머니의 대답이 날카롭다.

"그럼 저 맏며느리 안 할래요. 그거 하면 돌아오는 게 뭔데
요. 전 제가 좀 참으면 집안이 두루 편해진다는 걸 알기에 그
렇게 했던 것뿐이에요. 그런데 이젠 그렇게 안 하려고 합니
다."

내 말이 길게 이어졌다. 세상에 당연한 건 없다. 내가 누리는 혜택은 누군가의 희생이나 양보 위에서 이루어지는 것이다. 언젠가는 알아주시겠지 생각했는데, 세월이 가도 나의 희생을 알아주는 사람이 없더라. 그저 당연한 것인 양 여기더라. 그래서 이젠 그 당연한 짓을 하지 않으려고 한다.

이어지는 말을 자르고 집안에 변호사가 났구만, 비아냥거리는 시어머니의 손을 꼭 잡는 시아버지가 보였다.

"형제간의 우애, 좋지요. 하지만 그걸 위해 한 사람만 힘들면 안 되잖아요? 앞으로는 모든 형제들 불러들이지 마세요. 보고 싶으면 그 집으로 가서 보고 오세요. 이제 저도 사람들 뒤치다꺼리하기 힘든 나이가 됐습니다. 그리고 부탁드릴게요. 지금까지 부모님 모시고 살아온 저희 부부 좀 아껴주세요. 장남이니까 그건 네 몫이다 짐만 지우지 마시고요, 가까이 있는 저희 좀 사랑해 주세요. 열심히 장남 노릇, 맏며느리 노릇 한 저희들에게 그런 보상도 없으면 억울할 것 같아요. 부탁드립니다."

"아주 국회의원을 해도 되겠구나."

시어머니는 여전히 군시렁거렸다.

"저 어렵게 말씀 드리는 거예요. 저도 어머님과 마찰 있을 때마다 속이 편치 않거든요. 그냥 마음속으로 원망하면서 어머니 돌아가실 날만 기다릴 수도 있어요. 하지만 그러면 제가 더 비참해질 것 같아서요. 어머님 아버님 건강하게 오래

사시라고 진심으로 축수하고 싶어요. 어느 인생인들 하찮겠습니까. 저도 사는 동안 제대로 대접받으면서 살고 싶어요. 어머니, 그렇게 도와주셔요?"

좀 불편하더라도 짚을 건 짚으면서 가겠다고 다짐한 건 게바라의 영향 때문일까. 물론 민중을 위해 자신을 희생하며 산 게바라가 들으면 웃을 일이지만 내겐 제법 야무진 과업을 하나 끝낸 셈이다. 두근거리는 가슴을 누르며 나는 괜찮아, 괜찮아 나를 다독인다.

지구 반대편에서 팔락인 나비의 날갯짓이 태풍을 일으킬 수 있다던가. 새들이 날아오르려면 백 번 이상 날갯짓을 해야 한다고 했다. 과연 날갯짓을 계속할 수 있을까. 불편한 기색이 역력한 어머니를 향해 웃고 있는 나. 상냥하게 웃음을 물고 있는 내가 대견하고 한편, 무섭다.

꽃신

　평소 그리지 않던 눈썹을 끝까지 뻗쳐 그렸다. 남들은 눈 꺼풀이 처진다고 야단이지만 크고 둥근 쌍꺼풀은 나이를 먹 어도 여전하다. 입술선이 선명해야 자식이 잘 된다는 얘기를 듣고 반영구 문신을 그려 넣었던 때가 언제였더라. 이목구비 가 뚜렷한 얼굴은 불단 위의 부처님처럼 단아하다는 소릴 자 주 들었다. 붉은색을 채워 넣은 입술을 꽃처럼 오므리며 초 선은 몸을 일으켰다. 곱게 땋아 올린 머리의 쪽은 한 올도 흐 트러지지 않았다. 화장대 옆, 문갑 위에서 꽃신이 그 모습을 지켜보는 것 같았다.

　초선은 화장대 옆에 놓인 육각함을 열어 옥가락지를 꺼낸 다. 한지를 겹겹이 붙여 바르고 기름을 먹인 함은 며느리가 예단을 담아 가져온 것이다. 오래 묵은 나무 빛의 채색이며

여섯 면에 그려진 조충도. 어느 것 하나 예사 솜씨가 아니었
다. 그 육각함을 받는 순간 초선은 그 안의 내용물보다 이런
걸 빚어 낸 사돈댁의 안목에 정신이 번쩍 들었다. 저 깊은 색
을 내기 위해선 몇 번의 붓질이 오갔을까. 살아 있는 듯 보이
는 새와 곤충을 그리기 위해선 또 얼마나 혼신의 힘을 쏟았
을까. 접어붙인 이음새는 마치 곱게 대패질한 나뭇결 같았
다.

　재력이나 사회적 지위는 누가 봐도 사돈댁이 한 수 위였
다. 게다가 며느리의 직업인 중학교 교사는 신부감 후보 1위
라지 않던가. 제아무리 아들의 외모가 헌칠하다고 해도 이름
없는 기획사의 피디라는 직업만으로는 달리는 혼사였다. 그
나마 초선의 국선작가라는 프로필이 인연이 된 거라며 좋아
하던 아들이었다. 아들의 기대에 부응하려면 바깥사돈의 명
성에 뒤지지 않도록 열심히 해야 할 것이다. 초선은 아들의
혼사를 준비하면서 온 마음을 쏟았다. 헌데, 어미라는 사람
이 아들 앞길에 박수는 쳐주지 못할망정 왜 이렇게 성가시게
하는 건지. 아무리 한이 많게 간 사람이라지만 이렇게 산 사
람의 일에 참견하는 걸 더는 두고 볼 수 없었다. 초선은 그녀
를 바라보듯 꽃신을 원망스럽게 바라보았다.

　속 고쟁이 아래로 하얀 버선코가 오뚝하다. 침대 위에 걸
쳐두었던 속치마를 집어 쪽이 흐트러지지 않도록 입는다. 그
위에 작년 늦여름, 아들을 결혼시킬 때 입었던 옥색치마를

걸친다. 우리나라 모시를 다듬어 손수 옥색 물을 들여 지은 옷이었다. 아직은 6월. 덥다고 하기엔 이른 철이건만 초선의 이마 위로 땀이 송글송글 맺혔다. 옆에 있던 가제 수건으로 땀을 누른 초선은 손질해 놓은 모시 적삼을 입는다. 옥색치마 위에 이 흰색 모시적삼을 걸치고 아들의 결혼식장에 들어섰을 때 그녀를 바라보던 사람들의 눈빛을 초선은 아직도 기억하고 있었다.

"아이야, 어째 결혼을 하는 신부보다 시어매짜리가 더 이쁘노?"

당숙모의 말에 남편은 사람들이 손가락질 하는 줄도 모르고 맞장구를 쳤다.

"맞십니다. 키가 작아 그렇지 어느 미스코리아가 이 사람보다 이뻐겠십니꺼?"

좀체 말이 없는 시어머니도 한숨을 내쉬며 거들었다.

"누가 아니랄까. 조 조그만 것 어데 그리 당찬 구석이 있는가 모리겠다."

자칫 어려워질 뻔했던 손자의 혼인을 성사시킨 초선의 배포를 두고 하는 말일 터였다. 아들의 혼사가 삐걱거린 것은 초선이 생모가 아니라는 걸 트집 잡은 안사돈 때문이었다. 바깥사돈은 이미 알고 있던 사실이건만 이래저래 사돈될 집안이 마음에 들지 않았던 안사돈이 초선을 꼬투리 삼아 반대를 하고 나섰다. 요즘 같은 세상에 재혼이 무슨 문제가 되느냐고 남편은 서운함을 나타냈다.

하지만, 초선은 가정이란 울타리를 지키지 못한 자신을 힐책하는 것처럼 여겨졌다. 아들을 못 낳는다는 이유로 남편과 헤어진 지 벌써 이십 년이었다. 하지만 자신의 짐을 벗어버리고 사는 일도 쉬운 건 아니었다. 어미의 손길을 잃은 딸아이는 가슴에 바람구멍이 생겼고 전 남편은 비뚤어진 분노를 술로 달래는 눈치였다. 자신이 좀 참고 살았더라면 전 남편과 아이 가슴에 그렇게 바람이 들지는 않았을까. 다시 만난 인연 앞에서는 그런 우를 범하고 싶지 않았다. 초선은 안사돈될 사람을 직접 찾아갔다.

"안사돈이 걱정하시는 뜻을 누구보다 잘 알고 있습니다. 제가 이 집의 안식구가 된 지는 얼마 안 되었지만 우리 아들 번듯하게 낳고 키워준 친어머니 못지않게 어미 노릇을 하려고 노력했습니다. 지금까지 따님을 잘 키워 주신 것처럼 저도 이 아이들이 잘 살도록 지켜볼 테니 노여워만 하지 마십시오."

그리곤 남편의 전처가 지니고 있던 패물을 안사돈 앞으로 밀어 주었다.

"아들 장가 들일 때 쓰려고 애엄마가 준비해둔 것 같습니다. 이런 애엄마의 정성을 보며 전 감동을 받았어요. 물론 돈만 있으면 물건이야 얼마든지 살 수 있는 세상이지만 아직 어린 아들을 위해 오래전부터 공을 들인 어미의 정성까지 살

수는 없잖아요. 부족한 저를 보지 마시고 아이 엄마의 정성
을 봐서 서운함을 푸시지요."

엄지손톱만 한 열 냥짜리 금 두 덩어리에 황금 열쇠 하나.
1캐럿짜리 다이아몬드와, 루비 세트를 보자 안사돈의 인상
도 펴지는 것 같았다. 아이의 엄마는 초선이 보아도 놀랄 정
도로 아이에게 정성을 쏟고 있었다. 남편 몰래 바다로 나가
처녀 때부터 하던 물질을 계속했단다. 그 돈으로 하나뿐인
아들의 혼인 패물을 차곡차곡 준비하던 여인. 그 여인의 바
람을 헛되이 하고 싶지 않았다. 안사돈과 함께 혼인 날짜를
잡는 걸로 일은 잘 마무리되었다.

"시상에, 조 쪼그만 사람이 어째 그리 야무지. 애비야, 니
이 사람한테 두고두고 잘 하래이."

행여 새 식구가 들어와 당신의 손자가 마음 상할까 노심초
사하던 노인은 그 후 초선의 말이라면 누구보다 먼저 귀를
기울여주는 사람이 되었다. 모든 문제가 잘 풀리는 것 같았
다. 그런데 살아생전 그 정성이 지나쳤던가 아들의 생모가
모습을 드러냈다. 한 번이 아니었다. 남편의 전처, 그것도 죽
은 사람이 자꾸 모습을 드러내는 걸 더 이상 두고 볼 수는 없
었다. 행여 마음 약한 며느리의 눈에라도 띄면 얼마나 놀랄
것인가.

초선은 문 앞에 내놓은 물건들을 다시 한 번 둘러본다. 아
침부터 부친 전이며 볶고 무친 나물, 깨끗이 씻어 물기를 닦

은 과일들이 차곡차곡 문 앞에 쌓여 있다. 촛대며 향로에 초와 향까지, 또 그녀를 위해 준비한 색 고운 치마저고리 한 벌이 쇼핑백에 들어 있었다. 그녀의 사진은 남편이 먼저 차로 옮겨 놓았고 이젠 저 꽃신만 싸서 넣으면 되었다.

처음 그녀가 나타났을 때만 해도 초선은 그저 착각이려니 했다. 아이들 결혼을 앞두고 있던 터라 마음이 바빴다. 이 혼사의 중신애비는 초선의 서예 선생이었다. 늦게 시작했건만 재주가 출중한 초선을 스승은 남달리 아꼈다. 초선의 작품이 처음 국전에 입상을 했을 때도 누구보다 기뻐해 주었다. 그 시상식장에서 우연히 마주친 한학자가 사돈이 될 줄 그때는 몰랐다. 서예 선생의 친구였던 그와 인사를 나누었다. 그 후 스승의 서실을 오가며 마주칠 기회가 잦았고, 그러다보니 과년한 자식들 얘기가 나왔다. 그만하면 서로 자식을 나누어 가져도 되지 않겠느냐고 말을 건넨 것도 스승이었다. 그만큼 초선의 사람됨을 인정했기 때문이리라. 어른들끼리 주선한 만남에 젊은이들은 또 예상외로 흡족해 했다. 하여 상견례를 치렀고, 좀 처지는 집안 살림이 안사돈의 마음에 들지 않은 것을 제외하곤 혼사는 순조롭게 진행되었다.

가진 것 없고 내세울 것 없는 사람이지만 우직함만은 세상 누구와 견주어도 손색이 없는 남편을 위해 그날도 예전처럼 초선은 새벽 도시락을 쌌다. 아직 어둠이 가시지 않은 다섯 시. 두 개의 도시락을 들고 남편과 함께 차에 올라 예전 '초선의 집' 옆에 있는 24시 찜질방에 붙어 있는 구멍가게에 남편을 내려주었다. 거기가 남편의 직장이었다. 새벽부터 늦은 밤까지 그곳에서 가게를 보고 물건을 받는 남편은 그 일을 천직으로 알았다. 명절 외에는 쉬는 법도 없었다. 사시장철 가게를 지켰다. 그나마 초선과 결혼한 후 잠을 자기 위해 집에 들어올 뿐, 그 전에는 잠도 거기서 잤다고 했다. 그 대가로 아들을 공부시키고 집까지 사서 결혼을 시킨 남편의 근면함을 초선은 좋아했다.

틈틈이 남편을 도우려 했지만 남편은 초선만은 편히 지낼 권리가 있다며 가게 출입을 하지 못하게 했다. 그렇게 남편을 출근시키고 돌아온 초선은 평소처럼 잠깐 눈을 붙였고 늦은 아침을 먹었다. 서실에 나가볼까 하다가 모처럼 화창한 날씨라 창문을 모두 열어젖히고 집안 청소를 했다. 베란다까지 물청소를 하고 나서 개운한 기분으로 거실 바닥에 화선지를 펼쳤다. 그즈음 초선은 한창 난을 치는 재미에 빠져 있었다. 난을 칠 생각만으로도 가슴이 설렜다. 먹을 갈며 호흡을 고른 후 압봉으로 화선지를 눌러 고정시켰다. 농담을 맞추어 가며 흰 여백에 마음속으로 바위벼랑을 그려 보는데 전화벨이 울렸다.

"아이들 예물을 맞추려고 하는데 함께 가지 않으시겠어요?"

안사돈의 호출이었다. 한 자락 접혔던 마음이 펴진 안사돈의 목소리는 상냥했다. 이미 그 집안의 사대부적 풍모에 마음을 뺏긴 터라 초선 역시 언제라도 부름에 응할 준비가 되어 있었다. 어느 부분에서 초선은 아들에게 미안함을 느꼈다. 초선이 아들의 친어미였더라도 그토록 객관성이 유지되었을까. 양가 부모의 예물을 생략하자는 것도 서운하지 않았고, 며느리에게 주는 것에 비해 아들은 달랑 작은 반지 하나만 받는 것도, 양복도 한 벌만 하자는 안사돈의 제안도 그리 서운하지 않았다.

"요즘 얼마나 자주 유행이 바뀌는지 말예요. 나중에 지들이 사 입으라고 하고, 우린 그저 한 벌씩만 해주자구요. 우리 소영이 예복도 한 벌만 준비해 주세요. 장롱 속에 있는 옷만도 몇 년을 입을 만큼 많답니다."

믿는 구석이 있어 그런지 속내를 훤히 드러내는 안사돈이 오히려 친구처럼 여겨졌다.

"그래도, 신부한테 한 벌은 좀 그렇죠. 나중에 소영이 데리고 다니며 직접 골라 주겠습니다. 저도 처음부터 며느리 눈에 나고 싶진 않거든요."

이렇게 농담을 나누며 기분 좋게 안사돈과 헤어져 돌아온 길이었다.

묵향이 밴 집안은 고즈넉했다. 안사돈의 전화를 받고 치울 새 없이 나갔던 터라 거실 마루엔 화선지가 그대로 펼쳐져 있었다. 반가운 마음에 얼른 옷을 갈아입고 화선지 앞에 무를을 끓었다. 그리려던 주제는 무풍역자향(無風亦自香). 바람 없어도 향기는 절로 핀다는 한 시의 한 구절이었다. 물에 담 갔던 붓을 헝겊에 눌러 물기를 뺀 다음 짙게 간 먹물을 묻혔 다. 오른쪽 여백에 바위능선이 있다 생각하고 그 바위 끝에 서 흘러내리듯 무리지어 피어 있는 난을 칠 생각이었다. 조 금 위로 잡은 붓을 힘껏 뻗어 올렸다가 힘을 빼며 첫 획을 그 려 넣었다. 중간 지점에서 힘을 약간 뺀 다음, 잎이 뒤집히는 느낌으로 붓을 꺾었다. 오른쪽으로 뻗치는 난촉보다 왼편으 로 치는 촉이 어려웠다. 바위 틈새에 뿌리를 박은 듯 피어난 난촉이 싱싱했다. 다음 촉도 있어야 할 자리에 생겨났다. 헛 손질 한 번 없이 쳐올린 여남은 개의 잎새가 잘 어우러졌다. 오른쪽 남은 여백만으로도 싱싱한 난을 피어올림직한 바위 의 자태를 짐작할 만했다. 그 자리에 한 시를 초서로 흘려 썼 다. 마치 누군가가 붓끝을 잡고 조절하는 듯 강약이 주어졌 다. 바위의 굴곡이 척척 생겨나는 느낌이었다. 맑은 난향이 풍기는 듯 그림과 글이 조화로웠다.

그때였다. 무슨 소리가 들렸다. 집안이 고요하다보니 가끔 장롱도 삐걱거리는 듯했고 냉장고도 유난히 시끄러웠다. 간 혹 천장에서 물 흐르는 소리가 요란할 때도 있었다. 그런 것 이러니 여겼다. 첫 손질에 피어난 난이 썩 마음에 들었다. 스 승님께 보여도 부끄럽지 않을 만큼 흡족했다. 그림을 집어 들어 살피는데 아들 방에서 다시 삐걱, 소리가 들렸다.

아무도 없는 집이었다. 어느 것 하나 흐트러지는 꼴을 보지 못하는 초선은 문이 열려 있는 것도 참지 못했다. 문이란 닫기 위해 만들어진 것 아닌가. 거풍이나 다른 목적으로 열어두지 않는 한 한여름에도 꼭꼭 문을 닫는 초선을 보며 남편은 답답하지도 않느냐고 나무랐다. 그래도 문이 닫혀 있어야 마음이 편했다. 밖으로 나가기 전, 방문 창문 장롱 문까지 모두 문이 닫힌 걸 확인한 초선이었다. 그런데 아들 방문이 빼꼼 열려 있었다. 저 문이 왜 열렸지, 바람이 부나 생각했다. 오늘 햇살이 좋으니 거풍 좀 시키지 뭐, 크게 선심 쓰듯 다시 그림에 집중하는데 문 틈새로 누군가 내다보는 것 같았다. 그 얼굴이 낯익었다. 아는 사람 같은데 언뜻 기억이 나질 않았다.

초선은 머리카락이 곤두섰다. 남편의 전 아내, 아이 엄마의 얼굴이었다. 환영 치고는 너무나 선명했다. 초선은 붓을 들고 있는 자신을 내려다보았다. 분명 붓을 들고 앉아 있는 자신이 보였다. 방금 본 것은 아들 방 장롱 속에 있는 사진 속 얼굴이었다. 제 엄마의 모습이 많이 드러나는 아들의 얼굴은 아니었을까. 행여 아들이 소리 없이 들어와 있던 것인가. 머리를 흔들어 정신을 차린 초선이 다시 바라보았을 때 그녀는 사라지고 없었다. 그녀가 내다보던 만큼 열린 문은 닫히지 않은 채였다.

남편은 꼬박 삼 년을 "초선의 집"에서 밥을 대먹었다. 〈초

선의 집〉이란 간판을 걸고 한식집을 개업한 첫손님이었던 그
는 언제부턴가 〈초선의 집〉 셔터를 내려주는 사람이 되었다.
손님이 많았다. 손맛 좋은 초선은 이목구비가 또렷한 조막만
한 얼굴에 늘 미소를 머금고 있었다. 야무진 손은 두 사람 몫
의 일을 혼자 해냈다. 인건비를 줄여 가격을 낮췄다. 인정도
많아 단골이 늘었다. 이 바닥에서 〈초선의 집〉을 모르는 사
람은 간첩이랄 정도로 이름이 났다. 여자 혼자 장사하는 집
이라고 얕보고 덤볐던 사내들은 너나없이 코가 깨진다는 소
문도 돌았다. 그렇건만 겨울 홀아비 사타구니에 이 끓듯이
초선의 집엔 사내들이 들끓었다. 저희들끼리 마주 앉았다 싸
움이 터지기도 했다. 전적으로 술을 팔지는 않았지만 반주를
하겠다는 것까지 막을 수는 없었다.

　식당에서 큰소리가 나면 슬그머니 달려와 주는 옆집 구멍
가게 이씨가 고마웠다. 차츰 소문이 돌았지만 초선은 개의치
않았다. 주위에 있는 사내들 중엔 재력가와 학식을 갖춘 이
들도 많았다. 그들에게도 눈길 한 번 주지 않던 자신이었기
에 아무것도 내세울 것 없는 이 남자에게 마음을 주리란 생
각은 하지 않았다. 그래서 직수긋하게 셔터를 내려주는 이
사람을 내칠 생각조차 하지 않았는지도 모른다. 그러던 어느
날 술을 하지 못하는 이 사람의 손에 어울리지 않는 와인 한
병이 들려 있었다. 늘 마지막 손님인지라 상을 차려내고는
그가 권하는 대로 상 앞에 마주 앉았다.

유리잔 두 개에 따라놓은 와인을 바라보기만 할 뿐 그는 한동안 말이 없었다.

"한 잔 합시더. 오늘이 우리 마누라 제삿날입니더."

상처한 사람이라는 건 소문으로 알고 있었지만 굳이 제삿날을 들먹이는 그가 의아했다.

"죽은 지 오늘로 삼 년이 되었심더. 그 사람 생각하면 이러면 안 되는 줄 알겠는데요, 그래도 우짜겠습니까. 자꾸 마음이 이쪽으로 움직이는걸."

처음 보았을 때부터 마음이 끌렸지만 아내에 대한 예의로 삼 년을 기다리려 했다는 그의 고백이 신선했다. 그동안 아들과 둘이서 아내의 제사를 지냈다고 했다.

"하지만 오늘은 아들놈도 제 엄마의 제사에 오지 못 한답니더. 대학 다니다가 군대에 갔다 아닙니까. 그 마가 벌써 군인이 되었거든요. 아무래도 휴가를 못 얻은 모양입니다."

어서 가서 제사상을 차려야 한다고 하면서도 그는 와인 한 잔에 벌겋게 달아 오른 얼굴로 천장만 멀거니 바라보았다.

"이 사장님 보면, 두 분 정이 좋았던 것 같은데 어쩌다가……."

초선이 물었다.

"원래 물질하던 여자 아닌교? 물속 깊이 들어가 소라며 멍게 따오고 하던 여잔데, 아들 낳고 이제 고만해라 해도 말을 안 듣드마는, 물속에서 나오다 모터보트에 받혔다 아입니까."

물질을 마치고 물 밖으로 나오는 찰나 하필 그 위를 모터 보트가 지나갔다는 것이다. 그 너른 바다 위에서 하필 보터 보트가 지나는 곳으로 올라올 게 뭐냐고 아쉬워했다. 그렇게 만들려고 해도 힘들 거라며 남은 와인을 홀짝 마셨다.

"그 자리에서 즉사해뿟십니다. 삼 년 전 오늘 말입니다. 고등학생이던 아들은 제 어미가 원하던 대학에 갔고, 또 조국이 불러 군대도 갔니더. 아들이 그렇게 잘 자라고 있고, 그래서 내는 이러면 안 된다고 생각은 하는데 그기 마음대로 안 되니더. 초선 씨를 보면 마누라 생각이 더 나는 기라요."

다시 와인 한 잔을 따르는 이씨를 보며 초선은 벌떡 일어나 냉장고 문을 열었다. 다음날 쓰려고 준비해두었던 나물거리를 꺼냈다. 숙주를 씻어 안치고, 도라지를 한 줌 꺼내 바락바락 소금에 문질러 빨았다. 무나물과 고사리를 볶고 시금치를 무쳐 나물 몇 가지를 만들었다. 제사상에 올릴 만큼 크지는 않았지만 조기도 몇 마리를 굽고 냉동실에 있던 동태를 꺼내 물에 담가 녹여 전을 부쳤다. 한식 백반집이라 그나마 제사음식 거리가 있다는 게 다행이라 생각했다. 한쪽 구석 벽에 기대 앉아 졸고 있는 이씨를 깨워 커다란 채반에 골고루 싼 음식을 들려 보낼 때는 거의 자정이 가까웠다.

"어서 가서 상 차려 놓고 술이라도 올리세요."

군대에서 휴가를 왔다며 아들이 찾아온 건 그 후 한 달쯤

뒤였다.

"지난번 어무이 제사를 아주머니께서 차려주셨단 말씀 들 었습니다. 아버지 연락받고 제가 얼마나 감동을 먹었는지 모 릅니다. 고맙습니다."

아들을 못 낳은 죄로 시댁에서 대접을 못 받던 초선은 반 듯한 이씨의 아들이 그렇게 의젓해 보일 수 없었다. 저렇게 반듯하게 아들을 키운 사람이라면 그 어미 되는 사람의 심성 이며 모습도 모질지 않을 것 같았다. 밥이나 먹고 가라며 아 들을 잡았다. 밥 한 그릇을 달게 비운 아들이 무릎을 꿇은 건 초선이 숭늉을 들고 갔을 때였다.

"우리 아버지가 아주머니께 많이 부족하단 거 압니다. 하 지만 어쩌겠는교. 한 사람 살리는 셈 치고 우리 아버지 좀 돌 봐 주이소, 아주머이요. 제가 제대하면 친어머니 맨키로 잘 모실낍니다."

군대로 돌아간 아들에게서 편지가 왔다며 안부를 묻더라 고 전해 주는 이씨의 행동 역시 별로 달라지지 않았다. 여전 히 밥을 대 먹었고 초선의 집 마지막 손님이 되어 셔터를 내 려 주었다.

어느 날 저녁 문을 닫을 무렵, 군대에서 제대를 한 아들을 앞세우고 들어서는 이씨의 손엔 몇 년 전 제삿날처럼 와인 한 병이 들려 있었다. 셋 다 못하는 술을 한 잔씩 따라 놓고 둘러앉았다. 한 잔씩 마신 술에 얼굴이 똑같이 불콰해진 부자가 미리 약속을 한 듯 무릎을 꿇고 앉았다.

"용기 있는 자만이 미인을 취한답니다. 제가 아버지를 도와드리기 위해 찬조 출연을 했습니다. 부디 제 어머니가 되어 주십시오."

요즘 세상에 제 아버지를 위해 함께 프러포즈를 해 줄 아들이 어디에 있을까. 초선의 마음이 흔들린 것은 그 아들의 정성 때문이었다. 그 아들이 탐이 나서 그러마고 약속을 했다. 크게 혼례를 치를 것도 아니어서 가까운 사람들 모아 놓고 조촐하게 식을 올렸다. 그리곤 이미 다 갖추어져 있는 이 집으로 몸만 들어온 터였다.

초선은 첫 결혼을 실패한 후 한동안 절에 공양주로 가 있었다. 큰 절 살림을 맡아 하며 천도제도 많이 지냈고 삶과 죽음이 한 경계라는 것도 알았다. 영가에 대한 두려움도 별로 없었다.

몸 있고 정신 있는 것이 사람이요, 몸 없고 정신만 있는 것이 영가 즉 귀신이고, 몸은 있되 정신이 없는 것이 시체라고 하지 않던가. 몸과 정신이 함께 깃들어 있어야 온전한 구실을 하는 법. 행여 저 세상으로 가지 못한 영가가 아직 이 세상에 남아 있다면 제 갈 길을 가도록 도와주는 것이 보살의 도리라고 큰 스님은 말했었다. 스님을 도와 저승으로 가지 못한 영가들을 보냈던 터라 초선의 뒷심은 웬만한 사내보다 든든했다.

그럼에도 처음 이 집을 방문했을 때 거실 위에 나란히 놓인 결혼사진조차 치우지 않은 남편의 뜻이 궁금했다.

"차마 양심상 내 손으로 치우지는 못하겠더이다. 그 사람 생각나는 거 치우려면 다 치워야 될 것 같고, 그냥 내삐려 뒀다가 알아서 치우라 카는 기 나을 것도 같고. 이제부터 치울 건 치우고 둘 건 두고. 초선 씨 맘껏 해 보소."

하물며 옷장 속에는 그녀가 입던 옷조차 그대로 있었다. 키가 컸던 듯 그녀의 옷은 초선의 몸에 맞을 것 같지 않았다. 아무리 대범하다고는 해도 사별한 전처의 옷까지 입는다는 것은 좀 께름칙하기도 했다. 쓸 만한 옷 한 벌을 골라 태우고 나머지는 재활용으로 보냈다. 시어머니를 모시고 함께 의논하며 전처 물건을 정리하는 초선을 보며 남편과 아들은 흡족해했다. 그릇이며, 절에 다니면서 받아온 족자, 아들 방의 가족사진은 그대로 두었다. 겉장이 너덜거리는 금강경을 보았을 땐 이 집에 들어오게 된 인연에 대해 생각하게 되었다. 마치 자매나 친한 친구라도 만난 듯 편안했다. 그녀가 틈틈이 그 불경을 읽을 때 썼을 돋보기안경, 남편이 해준 듯싶은 패물 몇 가지. 또 신문에 몇 번 싸놓은 갓난아기의 배냇저고리도 있었다. 시어머니는 그걸 보며 눈시울을 붉혔다.

"낳은 지 며칠 안돼 딸아이를 잃은 적이 있지. 워낙 약하게 태어났거든. 생전 표를 내지 않더니만 이렇게 그놈이 입었던 배냇저고릴 간직하고 있었구만. 저 꽃신도 그 애를 위해 사다놓은 거라."

　장식장 안의 검은 꽃신이 앙증맞았다. 일부러 장식해놓은 장식품 같았다. 초선은 그것보다 거실 위의 부부 사진이 걸렸다.

　"어머님이 가져가시겠습니까?"

　시어머니는 질색을 했다. 살아서도 함께 살지 않던 며느리를 내가 무엇 하러 가져다 모셔놓느냐는 것이었다.

　그녀의 유품들을 박스에 담았다. 그녀가 보던 금강경이며 염주도 그 속에 넣었다. 남편 몰래 물질을 해 보석상에서 하는 계를 들었다던가. 행운의 열쇠를 포함해서 금덩이와 패물들을 담으며 맹세했다. 내 당신의 그 정성을 헛되이 하지 않도록 좋은 혼처 골라 아들을 혼인시키겠노라고. 그 위를 거실에 있던 그들 부부의 사진으로 덮어 마무리했다. 이 상자를 어디에 둘까 망설이다 아들 방 장롱 속에 넣어 두었다. 전 주인의 옷을 치운 장롱은 초선이 가져온 것을 걸어도 공간이 넉넉했다.

　이부자리도 손님용으로 쓸 만한 것을 남기고는 모두 정리했다. 아무리 품이 넓은 여자일지라도 남편이 새 여자와 함께 제가 쓰던 이불을 덮는 것은 보기 싫을 터였다. 초선 역시 그렇게까지 하고 싶지 않았다. 초선은 유일한 혼수품인 이부자리를 침대 위에 깔았다. 이 정도면 죽은 사람에게도 제 진심이 전해졌으리라 여겼다. 만일 아직 아들과 남편이 눈에 밝혀 저세상으로 가지 못했다면 이제는 안심하고 제 길을 갈 수 있으리라 믿었다. 그 믿음 때문이었을까. 그렇게 이 집에서 생활한 지 삼 년이 넘도록 모든 것이 편안했었다.

서울에서 직장을 구한 아들은 분가를 했다. 초선 앞에 비로소 한가한 시간이 놓여졌다. 첫 남편과 헤어진 후 손에서 일을 놓지 않았던 초선에게 지금의 남편은 말했다.

"이제 일은 그만하고 남은 생 하고 싶은 것만 하고 사이소. 다른 건 몰라도 내 당신에게 그것만은 약속하니더. 내 곁에 머물기만 한다면 무슨 짓을 해도 상관하지 않을 낍니더."

몇 번이나 남편의 종용을 받고서야 절에 있을 때 시작했던 글을 다시 쓰기 시작했다. 주방 앞의 작은 방을 작업실로 꾸몄다. 어느 새 화선지며 붓과 벼루가 쌓였다. 좋은 것에 대한 욕심 때문에 이미 방의 한 쪽 벽면이 벼루며 화선지 따위로 넘쳐났다. 좁은 방이 답답해졌다. 그래서 남편이 없을 때면 이따금씩 거실로 나와 맘껏 붓을 휘두르던 초선이었다.

다시 정신을 차려 보았을 땐 아무것도 보이지 않았다. 열린 문 틈새로 장롱 문이 삐죽이 열려 있었다. 아직 오소소 소름이 돋아 있었다. 오금이 달라붙어 일어서지지가 않았다. 눈을 감으면 더 무서울 것 같아 눈을 부릅뜬 채 문 틈을 노려보았다. 겨우 손 전화를 눌러 남편의 목소릴 들었다.

"뭔 일 있나."

남편의 목소리가 반가웠다. 상황을 얘기하자 남편은 예의 그 싱거운 소리로 입을 막았다.

"아니, 당신 같은 사람 앞에 나타날 간 큰 귀신이 어디 있노? 괜히 엄살 부리지 말고 그냥 고백해라. 별안간 내가 보고 싶어졌다고. 그럼 내 달려 갈끼구만."

다시 시어머니에게 전화를 걸었다. 도저히 혼자 있을 기분이 아니었다.

"어머니. 지금 저희 집에 좀 오세요. 오늘 안사돈을 만났는데 드릴 말씀도 있고요. 제가 맛난 것 해드릴 테니 지금 오세요."

꼼짝할 수 없었던 몸은 시어머니가 오고 사람 소리가 나서야 풀렸다. 긴장이 풀리면 정신도 풀어지는가. 악물고 살던 지난날과 달리 요즘이 그나마 살아온 생애 중 봄날 같은 나날이었다. 그러다보니 자연 몸도 정신도 약해진 모양이다. 초선은 다시 결심을 다졌다. 그 밤으로 광명진언 독경에 들어갔다. 다시는 문이 열리는 불상사가 생기지 않도록 더 야무지게 문을 닫고 확인했다. 그리고 다시 서실로 나가기 시작했다. 그때 그린 무풍역자향을 본 스승은 크게 칭찬했다.

"이게 분명 초선, 당신이 그린 거란 말이오?"

스승은 부드러워진 손놀림이며 먹의 농담을 거론하며 자꾸 고개를 갸웃거렸다. 내년 국전에는 사군자 부분에 출품해보자고도 했다. 표구를 할 양으로 보관해두고는 그 그림을 보면 그날의 기억이 떠오를 것 같아 꺼내지 않았다. 그 후로

도 초선은 이따금씩 낯선 기운을 감지했다. 그다지 사악하거
나 두려운 기운은 아니었다. 그래도 광명진언을 외었다. 입
에 붙은 광명진언은 결혼할 아이들 집을 보러 다닐 때도 결
혼식장을 둘러볼 때도 저절로 흘러나왔다. 바쁜 날들이 지나
갔다. 혼례 때 와준 손님들 인사치레도 끝냈고 애들 집들이
도 걸게 치러주었다. 그러다 보니 낯선 기운을 감지하지 못
하고 지난 지 오래였다.

그러다 다시 그녀를 느낀 것은 한 달 전쯤이었다.

"어머니. 소영이가 임신을 한 것 같아요."

낮에 아들의 전화를 받았다. 퇴근한 남편이 아들과 통화를
하며 들떠 있다가 잠자리에 들었다. 초선도 곁에 누워 잠이
든 상태였다. 무언가 내려다보는 기척에 눈을 떴다. 이번엔
문이 열리는 기척도 없었는데 키가 장대만한 그녀가 침대 곁
에서 내려다보고 있었다. 눈을 감았다. 꿈인가. 의식이 맑았
다. 다시 눈을 떴다. 여전히 그녀가 곁에 있었다. 너무 놀란
나머지 입에 붙어 있던 광명진언도 나오지 않았다. 한번 잠
들었다 하면 누가 업어 가도 모를 만큼 무신경한 남편이 원
망스러웠다. 하지만 그를 깨우려 팔을 뻗는 것은 불가능했
다. 팔을 뻗기는커녕 바닥에 붙은 등조차 꼼짝할 수가 없었
다. 침착하자. 눈을 감고 숨을 골랐다. 들숨 날숨을 챙기며
오래 전 영가를 본 스님이 타이르던 말을 떠올렸다. 몇 번 숨
을 고르고 난 초선은 겨우 소리를 내서 물었다.

"당신은 이제 이곳에 있을 사람이 아닙니다. 어째 저승으로 가지 못하고 이렇게 나타나서 산 사람을 놀라게 하는 겁니까?"

다행히 입에서 나간 목소리는 떨리지 않았다. 한참을 서서 내려다보던 여자는 아무 말 없이 돌아서서 방을 나갔다. 사진 속 웃는 모습과는 달리 무표정한 모습이었다. 이제 더는 저 여자가 내려다보는 이 방에서 남편 곁에 누울 수 없을 것 같았다.

큰 스님을 찾았다. 절을 떠난 지 근 십 년. 꼿꼿하던 스님의 어깨는 굽어 있었다.

"저 아래서 올라오는 모습이 낯익다 했더니 보살이었군. 잘 있었나?"

방 안 가득 널려 있는 달마의 초상이 묵향을 내뿜고 있었다. 초선이 붓을 잡게 했던 그 묵향이었다. 예를 마친 초선을 스님은 가까이 불렀다.

"그래. 이젠 좀 편안해 보이는구만."

팔자에 도화살이 있다며 걱정을 하던 스님이었다. 업장을 없애려면 기도가 최고라고 했다. 하루에 천 배씩 백일기도를 드리라는 큰스님의 말씀대로 새벽에 공양을 준비해 놓고는 오전 내내 기도를 드렸다. 그렇게 기도하는 중에도 사람을 홀리는 것이 도화살인 모양이었다.

신도들과 소문이 좋지 않게 돌았다. 법당 밖으로 나돌지

않았건만 다른 보살들이 눈엣가시를 보듯 했다. 결국 절에서
도 짐을 싸야 했다. 사내에게 눈을 주지 않겠다고 다짐했었
지만 이승에서 때워야 할 사내 업이 아직 남았던가. 또다시
지금의 남편을 만난 것이다. 그 사이 재혼을 했다고, 지나온
얘기를 털어놓았다.

"업이 그리 쉽게 사라지는 게 아니지."

한숨을 쉬는 스님에게 머릴 조아리고 앉았던 초선은 물었
다.

"스님, 헌데, 자꾸 나타나는 그 여인을 어째야 좋을까요?"

"귀신 쫓는 게 보살의 특기 아니었나? 여기서도 툭하면 영
가를 보았다고 천도제를 지내라던 게 보살이었잖아. 길을 찾
아 보내주면 되지, 뭐. 그 영가도 해꼬지할 뜻은 없는 거 같
구만. 바다에서 죽었다 했제? 그라믄 바닷가에 나가서 천도
해 주라마."

그걸 부탁하러 온 것이었다. 자신이 하는 것보다는 스님이
영가를 잘 타일러 주었으면 싶었다. 초선의 뜻을 읽은 스님
이 덧붙였다.

"날 잡아 연락하소. 내도 바닷바람이나 좀 쐬구러."

그래서 잡힌 날이 오늘이었다. 그녀는 죽었고 나는 살아
있다. 산 사람과 죽은 사람이 한 곳에서 어울릴 수는 없는
일. 오늘 그녀에게 정확히 일러줄 터였다.

초선은 새벽부터 일어나 전이랑 나물을 준비했다. 그녀의

유품이 담긴 상자도 꺼내 놓았다. 아들의 결혼 예물에 쓰려고 금붙이를 빼낸 이후 한 번도 돌아보지 않던 상자였다. 출근하는 남편에게 들려 유품 상자를 차에 실어 놓았다.

"와, 새삼 저 사람을 내다 버릴라 하는교?"

남편이 물었다.

"아쉬운교?"

초선이 남편을 흉내 내며 되물었다. 남편은 아니라고 손을 내저었다.

"지금까지 그리 품어준 것만도 내는 고맙지러. 이제 이 사람도 마음을 놓았을 터. 제 갈 길을 가야겠지러. 당신이 잘 보내주소."

그녀도 돌아가고 싶었던 걸까. 그래서 내 눈 앞에 나타난 것일까. 돌아보니 그녀의 기운을 느꼈던 때는 아들 혼인 말이 오가던 무렵과 지금 며느리가 아이를 가졌다는 소식을 들은 후였다. 초선은 그녀에게 그걸 고하지 못한 게 좀 미안했다.

이제 그녀가 죽었다는 바닷가로 나갈 것이다. 까만 돌이 따그르르 구르는 감포 앞바다. 그곳에서 천도재를 지낸 후 옷을 사르고 푸른 바다 위에 저 꽃신을 띄워줄 것이다.

초선은 장식장 안의 꽃신을 꺼내놓았다. 그녀가 이승을 돌아보게 할 물건 같았다. 어느 결에 눈정이 들었던가. 꽃신 놓였던 자리가 휑했다. 초선은 화선지로 꽃신을 포장해 현관

앞에 쌓아둔 물건들 위에 올려놓았다. 정성껏 준비했다. 살
아 있는 사람 그 누구 앞에서도 이토록 정성스레 치장한 적
이 없었다. 흰 고무신을 내려 신으며 초선은 중얼거렸다.

"보소. 그간 내 생각이 짧았소. 이녁을 그리 모셔 놓으면
남편도 편할 거라 생각했는데, 돌이켜 보니 미안하게 됐소.
저세상으로 돌아가야 다시 이 세상으로 온전히 돌아올 터.
이제 우리 아들도 제짝 찾아주었고, 당신 남편도 이리 내가
챙기고 있으니 너무 걱정 말고 갈 길 가입시다. 이 꽃신 신고
가서 다시 몸 받아 이 세상에 오는 게 낫지 않겠능교?"

자동차 옆자리에 물건을 실어놓고 초선은 시동을 걸었다.
우리는 어디서 와서 어디로 가는가. 차안에 청아한 목소리의
독경 소리가 울려 퍼진다. 마음 때문일까. 초선은 옆자리에
그녀가 앉아 있는 듯 느껴졌다. 빙그레 웃는 것처럼 보였다.
먼저 보낸 딸아이의 자그마한 꽃신을 신고 너울너울 바다를
걷는 그녀가 그려졌다.

두 번째

"아니야. 일어나지 말고 그냥 자."

몸을 뒤집는 아내를 다독였다. 뭐라도 좀 먹고 가야지, 하는 아내의 말에 걱정 마, 다 챙겨 먹었어 했고, 아내가 완전히 잠에서 깨어나기 전에 달아날 심산으로 나 다녀올게, 하며 방을 빠져나왔다. 이미 배낭은 현관 앞에 내놓았고, 등산복도 다 걸쳐 입은 상태였다. 평상시처럼 아내가 내처 잠만 자준다면 만사 오케이였다.

그런데 평소와 달리 부스스 일어나 침대에 걸터앉았던 아내가 따라 나왔다. 출근할 때조차 아침을 챙겨주지 않던 여자가, 무슨 낌새라도 챈 건가 싶어 공연히 가슴이 콩닥거렸다.

"그냥 자라니까 왜 일어나."

예전 같았으면 내 뜻대로 되지 않는 아내를 향해 불퉁가지를 냈겠지만 오늘 내 목소리는 내가 듣기에도 지나치게 상냥하다. 퉁퉁 부은 얼굴에 산발을 한 머리를 긁적이던 아내는 느리게 몸을 비틀며 팔을 치켜 올리고는 있는 대로 입을 벌려 하품을 한다. 그리고는 습관대로 한쪽 엉덩이를 슬쩍 들더니 푸웅, 하고 힘없는 방귀를 쏘아댔다. 연애를 하던 때의 다소곳한 모습은 돈을 주고 찾아보려고 해도 없다. 처녀 때보다 두 배로 불어난 몸은 영락없이 우리의 결혼을 반대하던 심술궂은 장모였다.

"당신 오늘 늦을 거야?"

가슴이 또 뜨끔해진다.

"그야 애들 만나 봐야 알지. 왜?"

남이야 늦든 말든 당신이 무슨 상관이야 라던가, 지레 놀라서 왜, 저녁 같이 먹자구? 하려던 문장을 여기에서 끝맺은 건 정말 잘한 것 같다. 야, 너희들. 여자 만난다고 괜히 티내지 마라. 특히, 쑥맥 너 태환이. 마누라한테 쪼매 미안한 마음이 생겨서 살짝 자상해지면 우리의 살쾡이 같은 마누라들 대번에 눈치 챈다. 평소대로. 알았지? 더도 말고 덜도 말고, 딱 평소 하던 대로. 광춘이 하던 말이 생각났을 땐 이미 내 말투가 평소와 달리 공손하다는 걸 깨달은 후였다. 하지만 아내는 아직 눈치채지 못한 것 같다. 이 나긋한 음성으로 저녁 먹자고? 까지 했더라면 아내는 분명 눈을 야릇하게 치켜

뜨며 너구리 같은 눈빛을 보냈을 것이다. 그리고는 이 무슨 해괴한 소리래? 당신 지금 뭔가 죄 짓는 거 있지? 당신이 언제 나랑 밖에서 저녁 같이 먹는 사람이었어? 별별 소리를 다 내뱉으며 달려들었을 것이다.

"아니, 당신 늦을 거 같으면 나도 진경이네서 저녁 먹고 오려고."

아내는 또 딸네 집엘 갈 모양이다.

"그래? 나 신경 쓰지 말고 다녀와."

감정 조절을 잘 못하겠으면 대답을 짧게 하는 것도 좋은 방법이야, 광춘의 강습은 역시 효과가 있었다. 이것도 평소와는 다른 반응이었다. 시집 간 딸애 집은 뭐 하러 그렇게 뻔질나게 드나들어? 장모 좋아하는 사위 있는 줄 알아? 이렇게 시작했더라면 아내의 대꾸는 총알이 장전되어 있는 자동소총처럼 드르르륵 쏟아져 나왔을 것이다. 당신 같이 쥐뿔도 없는 주제에 자존심만 세우니까, 우리 엄마가 반대를 한 거지. 사위를 아무나 다 싫어해? 멋대가리가 없으려면 주변머리라도 있던가, 속은 밴댕이 콧구멍처럼 좁아터져가지고, 우리 엄마 말 틀린 거 하나 없더구만. 옛말 그른 거 없어. 자고로 어른 말을 들으면 자다가도 떡을 얻어먹는다는데, 괜히 눈에 헛게 씌워가지고 내가 내 눈깔을 찔러서 평생 이 고생을 하고 있다니까.

친정 얘기만 나오면 입에 오토바이 모터를 달고 달려드는

아내였다. 그런데 오늘 내 선선한 대답 때문인가. 아내 역시
대답이 순하다.

"알았어요. 그럼 저녁은 당신이 알아서 해."

한시바삐 아내의 눈을 피하고 싶은 나는 엉덩이를 긁적이
며 화장실로 들어가는 아내의 뒤에다 대고 소리쳤다.

"나 다녀오리다."

현관 앞에 세워두었던 피켈과 배낭을 집어 들고 부리나케
집에서 빠져나오는 내 모습은 특공대원 못지않게 빨랐다. 더
디 올라오는 엘리베이터와 아파트 현관문 사이에서 조바심
을 쳤다. 행여 문이 열리면서 아내가 나타나 예의 그 속을 모
를 것 같은 눈빛으로 당신 요즘 뭔가 수상해, 잠깐 들어와
봐, 이런 소리를 할 것만 같았다. 엘리베이터 안에 들어서고
나서야 사내 녀석이 왜 이리 쪼잔하냐 싶으며 한숨이 나왔
다. 내가 바람을 피우는 것도 아니고 그저 등산하러 가는 것
이라고 생각하면 그만인 것이었다. 그런데 광춘의 문자를 받
고 난 후부터 아내만 보면 고양이 앞에 선 쥐마냥 가슴이 벌
렁거리니, 이 소심증을 어찌할 것인가. 이게 다 아내 탓이었
다. 자기가 정한 궤도를 벗어나면 가차 없이 채찍을 휘두르
는 마부처럼 아내는 평생 내 삶을 지배해왔다. 30년을 넘게
그렇게 길들어지다보니 딱히 길 아닌 길로 나가는 불편을 감
수하기도 귀찮았다. 오로지 회사와 집, 그 길만을 오가며 살
았다. 그런데 요즘 들어 아내는 그런 내 꼴을 못 견뎌했다.

동창들이 등산모임을 한다고 문자가 왔을 때 망설이는 나를 보며 그렇게 집구석에만 처박혀 있지 말고 거기라도 나가라고 등을 떠민 것도 아내였다.

새 등산화에 자꾸 눈이 간다. 잿빛 바탕에 주황색 형광 줄무늬. 주황색이 아무래도 너무 튄다. 나이에 걸맞지 않은 색이 눈치가 보여 은근히 주변을 두리번거린다. 하지만 버스 정류장 앞에 서 있는 사람들은 모두 한 방향만 바라보고 있다. 저렇게 한 방향을 바라보고 있는 사람들을 보면 들판에 서 있는 백로들 같다. 바람을 통해 정보를 얻는 백로들처럼 자신이 타야 할 버스를 살피기 위해 모두 왼쪽으로 고개를 돌리고 있는 사람들. 그러고 보면 사람이나 새나 살기 위해선 그렇게 한 방향만 보게 되어 있는 모양이다.

나는 왼쪽으로 향했던 고개를 숙여 다시 발밑을 내려다본다. 각양각색의 신들이 보인다. 같은 신은 하나도 없다. 생각해 보니 철이 든 후로는 누군가의 신발을 눈여겨본 적이 없다. 누군가의 신뿐 아니라 내 발에 신었던 신도 제대로 살핀 적이 없다. 굳이 그 신발의 주인공을 기억하거나 다시 바라본 적도 없는 것 같다. 그런데 이깟 새 신발 하나에 주변의 시선이나 의식하는 몰골이라니. 이 모든 게 아무래도 혜숙 씨 때문이리라. 끊었던 담배 생각이 간절해진다. 지난번 등산 때 만난 혜숙 씨는 사실 얼굴도 잘 기억나지 않는다.

저렇게 다른 사람 시선은 아랑곳 않고 둘이 마주 붙어 서서 입을 쪽쪽 거리는 건 상상도 안 한다. 그런데 무엇이 이리 설레게 하는 걸까. 의자에 앉아 버스를 기다리는 학생은 귀에 이어폰을 꽂은 채 발을 까딱거리고 있다. 학교에 가는 것 같은데 슬리퍼 차림이다. 슬리퍼를 신고 학교에 가다니. 이 역시 내 삶에서는 있을 수 없는 일이었다. 간혹 슬리퍼를 신고 학교에 가는 꿈을 꾸고 나면 얼마나 황당하고 끔찍하던지 깨어나서도 진저리가 쳐졌다. 회사를 다닐 때에도 그런 꿈을 꾼 걸 보면 나에게는 신에 대한 강박관념도 꽤 있는 모양이다.

초로의 아주머니는 예전 회사에서 빌딩 청소를 하던 김 여사를 닮았다. 이런 새벽 출근이라도 좋으니 저렇게 출근할 수 있는 곳이 있으면 좋겠다. 현역에서 밀려나 잉여인간으로 남은 처지가 새삼 부끄럽다. 너무 서둘러 나선 걸까. 출근하려는 사람들 사이에 서 있는 내 모습이 아무래도 민망하다.

"참 나, 세상 많이 변했더라. 오랜만에 등산이랍시고 갔다가 친구들에게 망신만 당하고 왔네. 산에 올라가는데 무슨 옷과 신발이 따로 있다고들 난리야."

처음 등산모임에 참석했다가 푸념삼아 한 말에 아내가 토를 달았다.

"거 봐. 당신 나갈 때부터 내가 흥잡힐 줄 알았다니까. 세상에 맞춰서 살아야지. 자기가 무슨 독불장군이라고. 하긴, 그렇다고 해도 돈이 아까워서 당신이 그 비싼 등산복을 펴이

나 샀겠수."

아내의 말에는 늘 불만이 매달려 있었다. 퇴직을 하고 난 후부터는 아예 사람 취급을 하지 않는 것 같다. 하긴, 돈을 벌 때도 별반 다르지는 않았다.

"얘, 네 형부는 돈이 아까워서 여자도 못 만날 거다. 저 사람한테 여자가 생기면 내가 손에 장을 지진다."

처제 앞에서도 이렇게 남편 코를 죽이던 여자였다. 평생 제 뜻에 거슬리지 않게 살아준 대가가 이건가 싶어 허탈해질 때가 한두 번이 아니었다.

"그렇게 세상물정 잘 알면 한 벌 사다 주던가? 돈줄은 다 쥐고 한 푼도 안 내놓으면서 무슨 큰소리야?"

예전 같으면 딸이 옆에 있으니 참았을 테지만 술도 한 잔 했던 터, 모처럼 크게 되받아쳤다. 다툼이 커지려는 조짐이 보이자 딸아이가 둘 사이로 들어섰다.

"기분이다. 내가 아빠 등산 세트 책임질게요. 아빠 생신 선물이에요. 다음에 입고 가셔서 폼 잡으세요. 아빠, 기죽지 말고."

딸아이가 없었다면 어찌 되었을까. 세상 구조가 참 오묘했다. 곧 헤어질 듯하다가도 그 사이의 자식들 생각해서 이렇게 얽혀 살 수 있는 것이리라. 며칠 뒤에 딸이 사 온 등산용품들은 대체로 알록달록 울긋불긋했다. 내가 생각한 것보다 열 배는 비싼 가격표가 붙어 있었다. 가격도 색도 마음에 들지 않았다.

"요즘 이 메이커가 대세야, 애들 사이에선 이 메이커 없으면 간첩이래요. 이 딸만 믿고 다음 등산 갈 때 입고 가 보세요."

눈에 익은 상표였다. TV에서 유난히 우리나라에서만 대여섯 배의 폭리를 취한다고 고발하는 장면을 본 것 같았다. 나는 대뜸 얼마나 주었느냐고 물었다. 옆에서 또 아내가 깐죽거렸다.

"왜? 비싸면 가서 바꿔 오라 하려고? 요즘 메이커가 얼마나 비싼지 알면 당신 기절할 걸."

딸이 아내를 쿡 찌르는 게 보였다.

"아울렛에서 사서 제값 다 준 건 아니에요. 선물이니까 그냥 받으세요. 나이 들수록 제대로 갖추고 다니셔야 해요."

딸의 말에 욱하고 올라오는 성질을 눌렀다. 명품이라는 소리가 새삼 소프트아이스크림처럼 부드럽게 감긴 건 혜숙 씨때문일 것이다. 자세히 보니 얄궂게 생긴 바지가 혜숙이 입었던 것과 비슷했다. 보라색 티셔츠가 내 얼굴에 어울릴지 은근히 걱정이 되었다. 자줏빛 배낭 역시 그날, 혜숙 씨가 메고 있던 색과 비슷했다. 커플, 이라는 단어가 떠오르자 슬그머니 뒤가 켕겼다. 나는 속이 들킬세라 입을 다물었다.

딸아이가 사온 것들은 다음날 아내가 집을 비운 틈을 타슬그머니 입어보았다. 아무래도 튀긴 튀는 색들이었다. 장롱

에 곱게 걸어놓으며 그래, 다들 이렇게 입더구만, 뭐. 하며
중얼거렸다. 이렇게 차려 입으면 혜숙이 좋아할 것 같았다.
간헐적 단식이라나 뭐라나. 16시간 단식이 몸에 좋다고 떠들
어 대던 아내는 언제부턴가 우리집 아침을 없애버렸다. 밤중
까지 컴퓨터 고스톱을 치다가 해가 솟는지 지는 지도 모르고
곯아떨어지던 아내가 하필 오늘따라 새벽부터 일어나 앉으
니 내가 얼마나 놀랐을 것인가.

  소위 메이커 제품이라는 것을 입고, 신고 나니 왠지 당당
해지는 것 같기도 했다. 등에 짝 달라붙는 배낭도 명품이라
그런가, 착용감이 좋다. 버스에서 내려 산 입구에서 막걸리
한 병을 사 넣을 때는 행여 술이 새서 가방을 버릴까봐 비닐
봉지를 두 겹이나 싸서 감았다. 종이컵 한 줄, 족발 한 팩을
샀고 초콜릿 두 개는 혹시나 둘이 남을 경우 혜숙을 위해 배
낭 깊숙한 곳에 감추었다.

  보행신호등이 들어오자 사람들이 길을 건너기 시작한다.
아무리 그렇더라도 등산화는 새로 산 티가 너무 나는 것 같
다. 길을 건너자 마자 인도 브럭 옆, 잡풀이 무성한 곳에 새
신을 한 번 슬쩍 문질러준다. 이슬이 묻은 신에 얼룩이 생긴
다. 조금 새티가 가시는 것 같아 마음이 놓인다.

  이른 아침임에도 산을 오르는 사람들이 많다. 사람들의 복
장 또한 화려했다. 빨강 파랑 노랑 온통 꽃밭이다. 지난번 올
라갈 땐 보이지 않던 색들이다. 용기가 생긴 나도 배낭에서

주황색 모자를 꺼내서 쓴다.

"야, 너 신발이 그게 뭐냐? 이 새끼가 지금이 쌍칠 년돈 줄 아네."

지난번에 이렇게 지청구를 주었던 성일이 이번에는 뭐라고 할까. 짜아식, 그래도 아직 쓸 돈이 있다 이거지. 메이커로 좍 뺐는데? 샅샅이 살피며 그럴 지도 모르겠다.

고등학교 동기들에게서 등산모임 공지를 받기 시작한 건 몇 해 전부터였다. 그때는 아직 현직에 있었기 때문에 별 관심을 두지 않았다. 아니, 솔직히 말하면 몸을 사렸다고 하는 편이 옳았다. 이 모임에 나오는 동기들 수준이 뻔해 보였다. 능력 있고 잘 나가는 친구들은 골프모임에 나갈 터였다.

"소득 수준 만 불이면 등산, 이만 불이면 골프, 삼만 불이면 경마, 사만 불이면 요트래."

언젠가 딸아이가 소득별로 취미 생활이 다르다며 주절거리던 말이었다. 그 얘기를 들은 후 공연한 열등감에 휩싸였다. 골프도 못하고 등산도 못하는 어중간이, 그게 바로 평생 내가 걸어온 길이었다. 돈을 잘 벌지는 못 하지만 성실이라는 덕목 하나로 버티며 남보다 좀 더 오래 중소기업의 부장이라는 직함을 갖고 있었다. 가정에 충실하다는 것과 친구가 없다는 등식이 성립될 수는 없을 것이다. 그러나 나는 그랬다. 밖으로 나도는 걸 싫어하는 아내도 그렇지만 나 역시 피곤한 몸으로 굳이 친구들을 만나러 가는 일이 번거로웠다.

나이가 들면서 친구가 필요하다는 얘기를 들었던 터라 더 늦기 전에 얼굴이라도 내밀어야지 생각은 했었다. 하지만 실직한 친구들이 대부분인 그곳에 가면 식사 한 끼는 사야 할 것이었다. 어느 수준으로 어디까지 사야 하나, 그러다 주제넘는다는 소리를 듣는 건 아닐까. 문자를 받을 때마다 갈등이 생겼다. 어정쩡한 상태는 퇴직 후에도 마찬가지였다. 돈벌이를 못하자 몸과 마음은 더욱 오그라들었다. 직장에 다닐 때는 그저 회사 내에서 버티면 크게 돈 쓸 일이 없었다. 하지만 직장을 그만 두고 나니 움직이면 돈이었다. 손자 녀석들을 데리고 나가도 돈, 아내와 나가도 돈. 웃기는 건 모든 돈은 움켜쥐고 있으면서 밖에 나갔다 하면 당연히 내가 돈을 쓰는 거로 알고 있는 아내였다. 되도록 움직이지 않으려는 내 속내를 아는지 모르는지 아내는 집구석에 있는 것도 보기 싫다고 등을 밀어냈다. 아내 등쌀에 생전 안 가본 도서관에 가서 신문도 들여다보았고 앞산에도 올라 보았지만 갈 곳 없는 나의 초라한 처지만 더욱 두드러질 뿐이었다. 차라리 아내를 내보내는 것이 나았다.

"당신, 나 신경 쓰지 말고 마음대로 돌아다녀."

그러던 차에 마침 등산모임 공지가 왔다. 이번에도 망설이고 있는데 중고등학교 때 단짝이었던 관호가 전화를 걸어왔다.

"난 이번 모임에 참석하려고 하는데 너도 함께 가지 않을

래? 더 늦기 전에 얼굴 내밀자. 우리 처지 거기서 거긴 거 다
아는데, 오라고 할 때 가야 덜 민망해."

　관호 말대로 이렇게 집구석에 처박혀 있어도 현실이 달라
지진 않을 것이다. 뭔가 해보려고 나름 애를 썼다. 아파트 관
리를 모집한다기에 이력서를 냈지만 경력이 넘고처진다고,
나이가 많다고 모두 거절당했다. 어디에도 갈 곳이 없었다.
동창들의 사정도 별반 다르지 않을 것이었다. 퇴직한 동창들
이나 몇 년 더 다닌 친구들이나 거기서 거기라는 걸 깨달은
건 그 등산모임에 처음 참석하고 나서였다.

　그 첫 모임에 통가죽 등산화를 신고 나갔다. 학교 다닐 땐
깨꾸라고 부르던 통가죽 구두였다. 언젠가 퇴근길에 이만 원
을 주고 길에서 산 신발이었다. 둥글고 넙죽한 앞코가 예전
에 성일이 신고 다니던 군화보다 폼 나 보였다. 열일곱 살 때
그토록 갖고 싶던 신발이 눈앞에 있는 걸 보고 덥석 집어 들
었다. 이만 원인 가격도 마음에 들었다. 물론 사다놓기만 했
지 신을 일은 별로 없었다. 추석 무렵 고향 벌초 길에 신은
게 고작이었다. 오랜만에 동창들 앞에 나타나려니까 떠오른
패션이 그 신발과 청바지였다.

　청바지는 불량한 아이들이 입는 거라는 고정관념을 가지
고 있던 아버지는 청바지 하나 사 달라고 조르는 나를 혁대
로 때렸다. 그 때문은 아니겠지만 암튼, 성인이 돼서 내가 가
장 즐겨 입는 것은 청바지였다. 그 깨꾸와 청바지는 내 열일

곱 살을 대표하는 물건이었다. 요즘 그렇게 등산 가는 사람
이 어디 있느냐고 아내가 중얼거렸지만 속 모르면 가만히 있
으라고, 내가 언제 세상 눈치 보며 살았느냐고 오히려 면박
을 주었다. 그런데 만나자마자 성일이 퉁사리 먹인 거였다.

"야, 임마. 이제 지나간 한은 좀 풀어라. 너 아직도 그 깨꾸
에 매달려 있냐?"

그 시절의 기억이 아직 녀석에게도 남아 있었던 모양이다.
영등포 시장 안, 구제 물건을 파는 상점이었다. 나와 관호는
가게 안으로 들어갔다. 우리가 주인을 불러 이것저것 묻는
사이 성일은 그동안 눈여겨보았던 군화를 훔치기로 했다. 재
바른 성일인 우리와 상관없는 애처럼 가게를 어슬렁거리다
가 신을 훔쳐서 달아났다. 우리의 임무는 끝났건만 관호는
가게 안에서 여전히 이것저것 돌아보며 늑장을 부렸다. 나는
신을 들고 뛴 성일이 부러웠다. 우리가 함께 공모를 했지만
그 신은 성일의 것이지 나의 것이 아니었다. 관호가 주인과
붙어 있으니 나도 한 켤레 집어 들고 뛰면 될 것 같았다. 내
가 마음에 든 군화를 집어 든 찰나였다. 함께 묶여 있던 군화
가 달려 나오며 진열대가 난장판이 되었다. 어느새 다가온
주인이 내 목덜미를 낚아챘다.

"너희가 그런 놈들인 줄 알고 있었어. 너 방금 전 뛴 그놈
이랑도 한패지?"

우리는 교련복에 붙어 있는 명찰을 뜯겼고, 몇 시간 동안

책가방을 든 채 벌을 섰다. 결국 관호 엄마가 가져온 돈으로 성일의 구두값을 물어주고 나서야 그 가게에서 풀려날 수 있었다.

"왜 그래? 나도 한때는 이거 하나 신어보는 게 꿈이었다구."

뭣도 모르고 거드는 영철을 보며 관호가 씩 웃었다. 그러고 보니 주위 사람들은 한결같이 운동화와 비슷한 등산화를 신고 있었다. 땀에 젖어 척척 감기는 청바지를 입고 있는 사람은 나뿐이었다.

사람들은 우리를 베이비부머들이라고 부른다. 베이비부머. 전쟁 끝나고 오랜만에 만난 남녀들이 알 까듯 낳아놓은 인간들의 무리. 나는 그 소리가 천덕꾸러기들이라는 비아냥으로 들렸다. 좋은 말로 억척같이 일해서 나라를 일으킨 세대들이라고도 했다. 값싸고 질 좋은 노동력이 성장의 기반이 되었다고도 했다. 그런데 지금 이 모양이다.

우리 세대에 비해 모든 걸 풍족하게 누린 아이들은 투덜거렸다. 노력만하면 혼자 힘으로도 가장이라는 위치를 세울 수 있던 시기였다고. 저희들은 노력해도 가질 수 있는 게 너무 적다고. 하지만 나는 말하고 싶다. 너희들도 우리들처럼 갖고 싶은 것 다 갖지 않고, 하고 싶은 것 다 하지 않고, 좋은 처지만 요구하지 말고, 살기 위해서 뛰어 보라고. 그래도 안 될 것 같으냐고. 자신의 욕망은 줄이지 않고 주변만 탓하는 요즘 애들이 마땅치 않다.

　그렇게 열심히 일했다는 것이 자부심이 될 줄 알았다. 그러나 요즘 들어 뭔가 잘못 된 것 같다는 생각이 든다. 할 줄 아는 것이라곤 몸에 익은 일뿐이었다. 그 일을 빼앗기고 나니 남는 시간을 어찌 써야 할지 알 수가 없었다. 평생 벌었다고 번 돈은 수중에 없었다. 이게 우리의 현실이었다.

　평일의 산은 온통 베이비부머들이 독차지 하고 있었다. 천지가 다 비슷한 또래들 같았다. 편하기는 했다. 동창들의 지청구도 들어 줄만했다. 얼마나 잘났다고 독불장군처럼 은둔자로 살려고 했던가, 비슷한 처지의 친구들이 있는 이곳이 천국 같았다.

　오래전부터 등산으로 단련된 친구들은 걸음이 가벼웠다. 그러나 내 발은 생각처럼 움직여주지 않았다. 청춘이라고 여긴 것은 마음뿐. 깨꾸가 점점 무겁게 느껴졌다. 초보인 나를 배려해 잡은 쉬운 코스라는데 내 다리는 정상에 오르기 전부터 후들거렸다. 나약한 모습을 보이기 싫었다. 은행에서 조기 퇴직한 영철의 걸음이 느려 그나마 다행이었다. 아내와 통닭집을 한다는 그의 배가 맹꽁이처럼 부풀었다 꺼졌다 하며 오르내렸다. 우리가 정상에 다다랐을 때는 먼저 오른 친구들은 이미 한숨을 돌린 시간이었다.

　"자, 이제 내려가자. 원래 인생살이라는 것이 바로 이 등산과 같은 거다. 어느 놈이고 정상에 오래 머무는 것 봤냐? 올라왔으면 얼른 뒷사람에게 자리를 내주고 떠나야 하는 것이 정상이야. 내려가야 할 때를 아는 것이 지혜란 말이지. 그걸 모르고 천년만년 그 자리에 있을 것처럼 거들먹거리는 인간들을 보면 참으로 불쌍혀. 안 그러냐."

딱히 나에게 하는 소리는 아닐 텐데 성일의 소리가 고깝게 들렸다. 예전 같으면 싫은 낯이라도 했을 테지만 헐떡거리느라 대꾸할 틈도 없었다. 대신 녀석을 이해하기로 했다. 부족한 것 없이 보낸 젊은 날과 달리 그동안 고비를 많이 넘겼다는 얘기를 들었다. 쓴맛을 본 자의 달관이려니 여겼다. 칡즙을 건네주며 관호가 걱정을 했다.

"너무 무리하는 거 아니야? 얼굴이 창백한데."

쉬었다 가도 된다는 그보다 먼저 일어섰다. 민폐를 끼칠수는 없는 일. 후둘거리는 다리에 힘을 실어 일행들을 따라 내려갔다. 한 굽이를 돌아 내려가자 물가에 자리를 잡은 성일 일행이 보였다. 준비해 온 것들을 가방에서 주섬주섬 꺼냈다. 배낭조차 가져가지 않았던 나는 빈손이었다.

"걱정 마. 너에게 오늘 저녁 맥주 살 기회를 줄 테니까."

막걸리를 따라 건네는 영철의 말이 고마웠다. 일곱 명이 둘러앉아 만든 자리는 딱 학창시절 그 모습이었다. 둘이 속닥거리는 애들이 있는가 하면 한 편에서는 음담패설이 오고 갔다. 쓸만한 파트너를 구해보겠다며 주변을 두리번거리는 것은 여전히 분홍 셔츠에 흰 바지를 입은 광춘이었다. 학교 다닐 때나 별로 달라지지 않은 차림에 역할도 같았다. 술이 한 잔 들어가자 입에서 나오는 대화도 까까머리 무렵으로 돌아가 거칠어졌다. 뒤통수를 갈기며 잔을 내민 건 기형이었다.

"태환이 이 새긴 여전히 샌님 그대로네. 야, 새끼야. 여기에 얼굴 내밀기가 그렇게 힘들더냐?"

뒤통수를 갈기는 버릇은 여전했다. 발끈 올라갔던 눈썹이 제 풀에 무너지는 걸 느꼈다. 주는 대로 마셨다. 같이 취해버렸다. 망나니처럼 옷을 입은 채 물에 들어간 기형이는 앉아 있는 우리를 향해 물을 끼얹었다. 광춘이 여섯 명의 여자와 합석을 하기로 했다는 쾌거를 알려온 건 기형이를 제압하기 위해 몇 명이 일어서던 순간이었다. 우리는 누가 먼저랄 것도 없이 여인들을 맞이하기 위해 좁은 자리를 정돈하고 먹던 음식을 다독이고 휴지를 풀어 바닥을 훔치고 있었다. 언젠가도 이랬던 것 같은 기시감이 밀려왔다.

언뜻 연배가 비슷해 보이는 여자들이 쫄로리 합석을 했다. 동네에서 조직된 산악회라고 맏언니라는 여자가 소개를 했다. 술이 몇 순배 돌고 나자 광춘의 주재로 설렁설렁 짝이 지어졌다. 성일은 제일 못생기고 나이 많은 맏언니를 맡아 열심히 공을 들였다. 제일 젊어 보인다고, 실제 나이보다 열 살은 어려보인다고 말하는 녀석의 속내가 의심스러웠다. 어리버리하다가 남은 것은 언제나 그렇듯 나와 관호였다. 여자들 중에는 어디선가 본 듯한 인상의 곱상한 여자가 남아 있었다. 이런 분위기가 낯설어 나는 얼른 관호를 밀었다.

"어서 네 파트너 모셔 와, 인마."

그러자 여자가 일어서더니 당돌하게 내 옆으로 와 앉으며 말했다.

"난 아까부터 오라버니를 찍었는데, 왜 내가 맘에 안 들어요? 나, 이래봬도 우리 팀에서 가장 잘 나가는 막내란 말이에요."

공연히 미안해져서 얼굴이 벌겋게 달아올랐다.

저 새끼 원래 저렇게 내숭을 떨어요. 막내 씨, 잘 골랐어. 역시 전문가의 눈은 다르다니까. 저놈 신삥이니까 잘 해봐요. 재수 좋은 놈은 뒤로 자빠져도 여자 위라더니.

이쪽저쪽에서 농담이 마구 날아왔다. 선택받았다는 것은 기분 좋은 일이었다. 예상 외로 자신감이 생겼다. 지금까지와는 달리 제법 말이 많아졌다. 무슨 말을 했는지는 기억에 없지만 혜숙과 무척이나 가까워진 건 사실이었다. 나는 그녀에게 가감 없이 내 처지를 설명했다. 그 모습이 다른 어느 커플보다 다정하게 보였을 것이다. 그녀는 퇴직하고 집에서나 사회에서 천덕꾸러기가 된 우리들의 처지를 이해한다고 했다.

"그러니까 지금, 이 순간을 잘 살아야 하는 거라고요. 자식도 남편도, 잘해줄 때뿐이라니까요."

한숨을 폭 내쉬며 술잔을 부딪쳐오는 혜숙이 편안해졌다.

"야, 태환아, 너 너무 한꺼번에 푹 빠지는 것 같다. 페이스 조절해. 임마."

"저런 숙맥이 한번 빠지면 못 헤어나와요. 어이, 막내 씨. 이놈 고자예요. 지금까지 마누라 품에서 벗어난 적이 없는 배냇병신이라고요. 저런 놈 잘못 건드리면 큰일 나는 거 알죠?"

친구들의 시선이 자꾸 우리를 향했다.

"이 대목에서 우리의 기형이가 금족령을 당한 사건을 한번 털어놓아 볼까?"

짓궂은 동창들은 기형이가 한때 등산하다가 만난 여자와 바람이 났던 얘기까지 털어놓았다.

"야, 태환아. 나 산토끼 잡으려다 집토끼 놓칠 뻔했다. 너도 조심해라."

노여움도 안 타고 내뱉는 기형의 말에 내가 공연히 혜숙 보기가 민망해졌다.

"여기 계신 분들은 보아하니 선수들인 것 같은데. 이 대목에서 우리 커플 산악회를 만드는 건 어떨까요?"

광춘의 제안에 동창 녀석들이 박수를 쳤다.

"괜히 여기저기 기웃거려 봤자 산속에 오는 인간들, 그 나물에 그 밥이야. 회장님. 어때요, 짝도 꼭 맞으면 일 나기 쉽고. 하나 모자라야 긴장이 있는 거 아닙니까. 아주 좋은 조건 같은데, 결심하시지요."

성일의 눈치를 보며 영철이 여자 대표에게 말했다. 맏언니가 파트너인 성일을 보며 의견을 묻는 동작을 취하자 성일이 고개를 끄덕였다. 체구가 작은 성일의 어디에서 카리스마가 나오는지 좌중은 어느새 성일을 좌장으로 놓고 있었다. 일사천리로 모임이 구성됐다. 주거니 받거니 하는 사이에 가져온 술도 바닥을 보였다. 막잔을 들자고 누군가 외치자 혜숙이 잔을 부딪치며 소리쳤다.

"산토끼를 위하여!"

합창 소리가 산을 쩌렁 울렸다. 모처럼 유쾌했다. 나뭇가지 새로 스러지는 빛이 잠깐 빛을 내는 우리를 닮아 있었다. 활활 장작불처럼 타오르지는 못하겠지만 얼마든지 황홀해질 수 있는 빛이었다.

"술이 동이 나는 시간이 산을 내려가는 시간인 건 아시죠? 오늘의 2차는 저 막내의 파트너인 우리 태환 군이 준비하신답니다. 한 분도 빠짐없이 참석해주시면 감사하겠습니다."

광춘의 마무리 발언으로 우리는 산 아래의 술집으로 몰려갔다. 아직 정상적인 손님이 들기에는 이른 시간. 어두컴컴한 맥주집에는 우리 외에 다른 손님은 없었다.

곱상해서 깍쟁이 같은 인상과는 달리 혜숙은 싹싹했다. 혜숙은 우리가 앉아서 기다리는 동안에도 컵을 내 오고, 마른 안주를 가져오며 바쁜 주인의 일손을 거들었다. 여자는 자고로 저런 싹싹함이 있어야 한다며 기형이 내 귀에 속삭였다.

게슴츠레한 눈길로 혜숙을 바라보는 녀석을 한 대 갈겨주고
싶었다. 어느 새 혜숙이 내 여자처럼 여겨지는 건 술기운 때
문만은 아닌 것 같았다. 처음 만난 자리에서 이렇게 되면 안
되는데. 정신을 가다듬었다. 산토끼 잡으려다 집토끼 놓친다
는 기형의 말이 불쑥 떠올랐다. 웃음을 비틀어 문 아내의 얼
굴도 덩달아 따라 올라왔다. 술이 번쩍 깼다. 이 나이에 무
슨? 더 이상 머물다가는 실수를 할 것 같았다. 냄새가 고소
하게 풍기는 닭튀김 안주도 나오기 전에 맥주 한 잔을 마신
나는 비상금을 털어 계산을 했다. 남은 만큼은 술을 더 주라
고 말하며 문을 나서는데 마침 화장실을 가던 광춘이 따라
나왔다.

"야, 다음 모임에 꼭 나와라. 내가 어떻게든 혜숙 씨 나오
게 할 테니까. 꼭 나와야 돼."

나는 광춘의 말을 무시하려고 했다. 돌아보니 하루가 참으
로 유치했다. 나이가 몇인데. 다음부터는 모임에 나오지 않
을 작정이었다. 그러나 집에 들어서자마자 푸념을 하고 일주
일 만에 등산용품을 마련한 나의 진정한 속내는 무엇일까.
보름 만에 다시 등산을 한다는 광춘의 공지사항을 보며 나는
아내 앞에서 볼멘소리를 했다.

"아니 이 더운데, 이 녀석들은 무슨 등산을 이렇게 자주 하
재?"

은근히 아내의 반응을 살피며 문자를 삭제해버리고도 그

내용을 달달 외우고 있는 저의는 또 무언가. 광춘이 보낸 등산모임 공지에는 이렇게 적혀 있었다. 9월 9일 9시. 관악산 시계탑 앞. 산토끼 모두 참석. 혜숙이 나온다는 소리에 가슴이 퉁퉁 뛰었다. 나에게는 두 번째 산행. 첫 번째는 뭣 모르고 참석했다. 원래 설렘은 두 번째 만남이 가장 크지 않을까. 내 마음은 광춘의 공지를 받은 날부터 오늘을 향해 달린 셈이다. 울퉁불퉁한 아내가 하는 짓이 사사건건 못마땅했지만 오늘을 생각하며 견딜 수 있었다. 참으로 가련하고 소심한 복수라는 건 안다. 그래도 지금 이렇게 긴장하는 내 모습이 나쁘지만은 않다.

수많은 등산 인파들 속에서 행여 나의 산토끼, 혜숙을 발견할 수 있을까. 앞만 보는 척하며 걷는 나는 이미 사주경계 태세에 들어가 있다. 눈알 구르는 소리가 들릴 지경이다.

연

창문 밖, 덧댄 비닐에 칼이 꽂힌다. 비닐을 가르는 소리가 마치 내 살을 베듯 섬뜩하다. 온몸의 신경이 곤두선다. 이런 날이 올 줄 알았다. 그래도 몸은 벌떡 일어서지지가 않는다. 나는 소파에 누운 채 언니가 들어오는 걸 보았다.

"미쳤어, 미쳤어."

문을 열고 들어오는 언니의 목소리에 힘이 오르고 있었다. 어린 시절 가끔 집안을 뒤집던 엄마의 목소리와 비슷했다. 엄마도 주기적으로 온 집안을 들쑤시며 화를 돋았다. 늘 어질어진 집안이었건만 더는 못 참을 것 같은 순간이 있는 모양이다. 조금 전까지도 멀쩡히 자고 일어나 밥 먹던 장소가 마치 재래식 화장실이라도 되는 양 못견뎌했다. 엄마가 수선을 피우기 시작하면 언니는 얼른 방으로 들어가 방바닥에 널려 있는 장난감이며 흐트러진 책들을 정리했다. 엄마의 화는 언제 어디로 불똥이 튈지 몰랐다. 그때도 끝까지 미련을 떨던 나는 엄마한테 등짝을 얻어맞고서야 울음을 터트리곤 했다. 늘 게으름을 피우며 늘어놓는데 일조를 하던 아빠도 그때만큼은 후다닥 일어나 덮고 있던 이불을 내다 널거나 엄마 뒤를 따라다니며 무거운 물건 치우는 것을 거들었다. 이 소동을 빨리 잠재우는 방법은 그 수밖에 없다는 것을 알고 있었기 때문이다.

언니의 목소리와 함께 집안의 문들이 열리기 시작했다. 그리고 그 문들을 통해 물건들이 날아갔다. 이건 엄마 때보다 더 과격했다. 부엌 창문 밑, 쌀통 위에 쌓아두었던 엄마의 투석 도구가 마당으로 날아갔다. 그 아래 쌓여있던 내 옷가지며 엄마 옷들도 뛰쳐나갔다. 쌀통 옆에 대충 뭉뚱그려 놓았던 쓰레기봉지가 날아가고 식탁 밑에 쌓아놓은 만화책이 날아갔다. 바닥에 뒹굴던 비닐봉지들이 언니의 뾰족한 구두 굽에 찍힌 채 끌려 다녔다. 그 아래서 갑자기 공격을 받은 벌레들이 정신없이 집안을 맴돌았다.

식탁 위에 놓였던 물통이며 빈 우유 곽, 아직 쓸만한 양념통까지 날려버린 언니는 삐걱거리는 식탁 의자까지 날려버릴 기세였다. 다행히 창을 스치는 바람 소리가 앙칼진 언니의 목소리를 막았다. 방구석에 쌓인 묵은 먼지를 말아 올린 바람이 바닥에 뒹굴던 책들을 후루룩 넘기며 지나갔다. 몇

달 전 도서관에 빌려온 책이 식탁 위에 쌓아둔 잡동사니 밑
에서 나왔다.

식탁 위의 물건을 날려버린 언니는 그 책이 눈에 띄자 있
는 그게 마치 나라도 되는 듯 힘껏 창밖으로 내던졌다.

"이 상황에서도 책이 읽어지디?"

엄마를 데리러 왔을 때 집안을 둘러보며 혀를 차던 언니였
다. 언니는 소파에 누운 채 그 광경을 지켜보던 내게 다가오
더니 덮고 있던 담요를 휙 낚아채 던져버렸다. 언니에게 베
개까지 빼앗긴 나는 그제야 몸을 일으켜 휑해진 식탁 의자로
옮겨 앉았다. 물건들이 날아간 마당이 폭격을 맞은 것처럼
어수선했다.

치워야지 하는 마음은 있었다. 하지만 어디서부터 손을 대
야 할지 엄두가 나질 않았다. 엄마가 묵던 안방은 침대 위에
까지 엄마 옷이며 이부자리가 쌓여 있었다. 처음엔 엄마가
오줌을 지린 이불 빨래를 한 적도 있었다. 그러나 그 빈도가
너무 잦았다. 적당히 말려서 덮으려고 침대 위에 펼쳐놓고
장롱 속 새 이불을 꺼내 사용했다. 이제 장롱 속에 있던 이불
은 죄다 침대 위로 나와 있었다. 내 방 역시 진작 창고가 되
었다.

엄마가 앓기 시작하면서 방치된 집은 언니 말대로 사람 사
는 집이 아니었다. 바퀴벌레는 눈치도 보지 않고 돌아다녔고
노래기며 쥐며느리는 물론 가끔 쥐까지 나타나 나를 빤히 보

다 가곤 했다. 화장실을 가던 엄마도, 나도 바닥에 깔린 광고 책자며 옷가지에 걸려 뒤뚱거렸다. 발로 쓱쓱 밀어내 만든 길은 금방 지워졌다. 하지만 치울 엄두가 나지 않았다. 쓰레기통은 오래전에 제구실을 멈췄다. 한때는 쓰레기 봉지를 집 밖 전봇대 아래 가져다 놓기도 했지만 쓰레기를 무단으로 버리면 처벌하겠다는 글귀를 보고 난 후 그만두었다. 언제부턴가 엄마와 나는 우리가 누워 있던 전기담요 위에서 코 푼 휴지도 그냥 던졌다. 묘하게 통쾌했다.

엄마 방의 이불을 끌어안고 나오던 언니가 또 악다구니를 썼다.

"이런 데서 밥이 넘어 가디? 숨이 쉬어져?"

낑낑거리며 마당까지 이불을 끌어다 버린 언니가 식탁 앞에 앉아 있는 내 등짝을 후려갈겼다. 언니의 가느다란 손끝이 살을 파고드는 것처럼 매웠다. 엄마에게 맞던 것보다 억울하지 않았다. 빚을 갚은 느낌이랄까, 뭔가 후련해지는 기분이었다. 네가 사람이니, 이게 사람이 할 짓이야? 언니는 같은 동작을 반복하는 자동인형처럼 비슷한 말을 반복하며 물건을 내던졌다. 엄마 방 물건이 대충 치워진 걸 보며 나는 언니의 손목을 그러잡았다.

"이제 그만 해. 내가 할게."

톡 부러질 것처럼 가냘픈 손목을 언니는 휙 뿌리쳤다.

"너, 오늘 안에 저거 다 태워버려. 네 방 물건들 다 정리하고 집안 청소 깨끗이 해놓고. 이따 왔을 때 그대로 있으면 가만 안 둘 거야."

뿌리치는 팔이 야무지기는 했다. 하지만 한바탕 소동을 피우고 나가는 언니의 뒷모습은 뭔가 어설펐다. 겁이 나면 더 크게 짖는 애완견처럼.

언니가 씩씩대며 나간 문 밖에서 무언가 어른거렸다. 연이었다. 태극무늬가 있는 방패연 하나가 우리집 마당을 기웃거렸다. 연이어 올라온 연들도 난장판인 마당을 흘깃거리며 꼬리를 날름거렸다. 그 와중에 바들바들 꼬리를 차며 올라온 꼬리 연이 우리집 마당 위를 돌고 있다. 애처로운 모습이 언니 같았다. 그 색동 꼬리연이 바람을 탈 때까지 나는 공연히 마음을 졸이며 바라보았다.

겨울이 끝나갈 즈음이면 저 아래 도서관에서 연날리기 대회가 열리곤 했다. 도서관 앞마당에서 날려진 연들은 주로 산꼭대기에 있는 우리집 앞 허공에서 놀았다. 챙챙, 날선 실들이 칼날 부딪는 소리를 내며 싸우는 것도 이곳에서 보면 훨씬 더 실감이 났다. 마치 영화를 찍는 카메라를 의식하듯 대부분의 연들은 이 창문 앞에서 묘기를 부리곤 했다.

날이 풀리며 날아오르기 시작하는 연들은 늦은 봄까지 심심찮게 나타났다. 그런 연날리는 장면을 본 후론 성철도 가끔 연을 들고 나타났다. 몸 움직이는 걸 나보다 더 싫어하던 그로서는 참으로 대단한 야외활동인 셈이었다. 때 이른 더위

와 봄 가뭄으로 대기가 건조하다는 일기예보가 있던 날이었
다. 성철은 언덕길을 올라오며 헐떡거리는 숨 사이로 말했
다. 거칠 게 없어서 연날리기 참 좋은 동네라고.

"눈 좀 감아 봐."

이렇게 말하는 성철의 옆구리엔 연이 들려 있었다. 다른
날과 달랐던 건 한 손에 검은 비닐봉지를 들고 있었다는 거
다. 소주병과 새우깡이 보일만큼 작은 봉지였다. 우리는 언
덕 위에 있는 공원 의자에 앉았다. 식목일쯤 심은 것일까. 옮
겨 심은 꽃나무들이 사지를 묶인 채 지지목 안에서 흔들리고
있었다. 엉성하게 덮어 놓은 흙은 붉은 속살을 드러낸 채였
다. 동네를 내려다보며 숨을 고른 그가 봉지 속을 더듬거리
며 말했다. 눈 좀 감아 보라고.

혹시 선물이라도 가져온 걸까. 아님 어울리지 않게 키스라
도 하려는 걸까. 설마, 하면서도 전혀 기대를 안 한 건 아니
었다. 하지만 예상과 달리 나를 덮친 건 그의 두툼한 손바닥
이었다. 성철은 담배 냄새가 나는 손으로 꼭 감고 있던 내 눈
과 코를 덮더니 비닐봉지에서 뭔가를 꺼내 입에 넣어 주었
다.

"씹어 봐."

얼결에 입에 들어 온 것을 밀어내지 못한 채 나는 또 그가
시키는 대로 그것을 조심스럽게 씹었다.

"뭐 같니?"

성철의 손끝에서 나는 담배 냄새가 구수했다. 사내들의 냄새는 이렇겠구나 생각했었다. 하지만 입 안의 물체에 대해선 아무런 정보도 얻을 수 없었다. 사과를 씹는 것처럼 아삭거리는 식감뿐이었다.

"이게 뭐야? 사과야? 설마 생감자는 아니지?"

성철은 맞네, 신기하게 맞아, 하며 소리 내어 웃었다. 그가 내 놓은 것은 양파였다. TV에서 후각을 가린 채 식재료를 알아맞히는 오락 프로그램을 보았다고 했다. 성철은 그날 내가 속은 것을 몹시 통쾌해했다. 우리는 소주를 나누어 마시고 새우깡을 안주로 씹었다. 그리고 그는 한동안 연을 날리다 누런 먼지가 피어오르는 언덕을 내려갔다.

"심심하면 또 올게."

허청허청, 무료함이 묻어나는 걸음걸이였다.

성철을 생각하니 배가 고프다. 그제 엄마를 보낸 이후로 끊임없이 무언가를 먹고 있다. 언니가 보면 또 잔소릴 할 것이다. 이 상황에서도 밥이 넘어 가느냐고. 자장면이 먹고 싶지만 돈이 없다. 나는 냉장고에서 주섬주섬 밑반찬을 꺼내며 혼자 대꾸한다.

"어. 밥이 넘어가. 이렇게 몇 년을 살았는데 새삼 왜 그래."

밥통에는 밥이 없다. 나는 언니가 사다놓은 햇반을 데운다. 그 사이 깻잎 한 장을 집어 먹는다. 젓갈에 절여진 깻잎이 짭조름하다. 양념 멸치젓갈도 꺼낸다. 언니가 질색하는 냄새다. 간이 밴 음식들이 맛있다. 뜨거운 밥을 찬물에 만다. 언제 먹어도 맛있는 밥이다. 밥알이 오들오들 살아있다. 한동안 엄마의 병을 고치기 위해 애썼던 시기가 있었다. 녹말을 빼기 위해 물에 한 번 끓여 낸 쌀로 밥을 지었다. 반찬들 역시 물에 담가 간을 뺐다. 엄마가 먹고 싶을까봐 간이 든 반찬은 식탁에 올리지 않았다. 링거액처럼 밍밍한 밥상이었다. 하지만 언제부턴가 나는 간 것이 먹고 싶었다. 젓갈이나 장아찌를 사서 몰래 먹었다. 그리고 어느 날부턴가 엄마 앞에서도 그냥 그것들을 먹고 있는 나를 보았다. 칼칼하고 짠맛, 매운맛. 나를 살게 하는 맛이었다. 나도 좀 살자. 나는 허겁지겁 밥을 떠 넣으며 보이지 않는 언니를 향해 중얼거린다.

하늘이 어두워지는 것 같아 창을 보니 뒤늦게 날아오른 독수리연이 둔중한 몸짓으로 허공을 휘젓는다. 연들이 뒤섞인 마당 위 하늘이 어지럽다. 처음 올라왔던 방패연은 당당한 기세로 하늘 한 귀퉁이를 차지하고 있다. 여전히 색동 꼬리를 튕기며 날고 있는 연이 다행스럽다. 행사가 끝날 때까지 저 연들은 허공을 노닐 것이다.

그동안 엄마의 연줄을 쥐고 있는 사람이 나라고 생각했다. 엄마 때문에 빈털터리가 됐고 엄마 때문에 마음대로 먹지도 못했다. 엄마 때문에 취직도 할 수 없었고 엄마 때문에 이렇게 거지 같은 소굴에서 살았다. 나는 내가 망가진 원인을 엄마한테서 찾았다. 언니도 나를 제대로 살게 하기 위해 엄마를 보낸다고 했다. 그러나 엄마가 가고 나서도 나는 여전히 무기력하고 의욕이 없다. 이젠 탓할 엄마마저 없어졌으니 언니에게 이렇게 당해도 싸다. 연이 날아가고 빈 얼레를 들고 있는 것처럼 팔이 허전하다.

　엄마는 지금쯤 손목애 바늘을 찌른 채 창 너머를 바라보고 있을 것이다. 그 눈에 맺히는 상이 있기는 할까. 이미 색을 잃은 엄마지만 그래도 늘 창쪽을 바라보던 엄마였다. 신장투석을 시작하면서 엄마는 이 세상과 연결되어 있던 문을 모두 닫아 버렸다. 오로지 먹고 싸는 통로만 남긴 채 엄마의 의식은 자신이 머물고 싶은 세상에서 나오지 않았다. 어쩌면 지금도 멍하게 뜬눈은 '솔향'에 마주 앉아 소곤대던 최 사장의 모습을 보고 있을지 모른다. 꾹 다물고 있는 입 속에선 평소보다 반 옥타브쯤 높은 콧소리가 연신 방울처럼 터지고 있을지도 알 수 없다.

　처음 엄마가 어지럼증과 구토를 호소했을 때 바로 병원을 찾지 않았던 건 엄마에 대한 배려였다. 언니의 결혼 준비를 하면서 엄마는 달라지기 시작했다. 조심스럽고 은밀하던 엄마의 외출은 언니의 결혼 후 대담해졌다. 엄마가 그의 전화를 받을 때면 목소리가 달라졌다. 사랑이란 게 이런 거구나. 나는 엄마도 감지하지 못한 사랑을 먼저 알아보았다.

　"너도 이젠 시집을 가야지, 언제까지 엄마 곁에 붙어 있을래? 엄마도 한 살이라도 젊을 때 노후 준비를 해야겠다."

아빠가 남긴 아파트를 처분하겠다는 엄마의 말은 갓 구운 붕어빵처럼 바삭했다. 스물아홉 해 동안 엄마의 둥지 속에서 버티고 있었으니 이젠 그만 내 갈 길을 가라는 거였다. 하지만 그건 엄마가 나를 벗어나기 위한 구실이었다. 나는 그때까지는 그걸 눈치채지 못했다. 엄마의 말을 들으며 내가 떠올린 건 고작 같은 처지에 있는 성철이었다. 초등학교 동창인 성철인 나와 닮은 게 많았다. 군대엘 다녀오고 나서도 여전히 이불 속에서 뒹굴며 만화책 읽는 걸 좋아했고, 심심하면 인터넷 고스톱에서 한 편이 되어 상대를 뭉개버렸다. 야, 니 나이가 몇인데 이렇게 사니? 돈을 벌어야 장가를 가지. 나의 말에 성철은 아무렇지도 않게 대꾸했다.

"아무래도 한국에는 내가 다닐 직장이 없는 모양이다. 시시한 덴 가기 싫고, 괜찮은 데선 오라고 하질 않고. 그냥 이렇게 개기다가 날 먹여 살리겠다는 여자가 나타나면 장가나 가야지. 너랑은 도저히 안 되겠지? 넌 날 먹여 살릴 생각이 없잖아."

그런 성철이 괘씸하지도 않았다. 재미있는 만화책도 그 어떤 놀잇감도 없을 때면 우리는 문자를 날렸다. 뭐해? 아무것도. 나올래? 심심하구나, 좋아? 이렇게 시부적 문자를 주고받다가 맨얼굴로 나가 만날 수 있는 친구가 성철이었다. 그런데 엄마가 너도 시집을 가야지 하고 말하는 순간 그 애가 떠오른 것이다. 하긴 떠올릴 수 있는 남자가 없긴 했다.

"뭐, 좋은 생각 있어요? 무턱대고 아파트만 팔면 어떻게?"

아파트 상가가 하나 나왔는데 엄마가 늘 해보고 싶던 찻집 자리로선 딱, 이라고 했다.

"이름도 벌써 생각해 두었어. '솔향'이라고. 어떠니, 내 이미지랑 딱 맞지 않니?"

'솔향'이라고 말하는 엄마의 목소리에 기름이 돌았다.

"너 시집가고 나 혼자 남으면 굳이 집을 지니고 있을 필요가 없잖아."

앞으로 부동산 추세는 아파트보다 상가가 우세하다고 나를 설득하는 엄마는 그동안 아빠가 남긴 보험금으로 맛있는 거나 해 먹으며 가늘고 길게 살자던 그 엄마가 아니었다. 나는 곧 시집을 가야 할 여자가 되어 버렸다.

"있지, 전에 언니네 신혼집 구해 준 그분. 그분이 권한 장소야."

그분, 그분 해가며 말끝을 올리는 엄마의 말투는 아주 기분 좋을 때 나오는 톤이었다. 엄마는 그간 진행시켜 온 계획을 구체적으로 털어놓았다.

"우리가 살 집도 알아 봤지. 마을버스 종점 위에 있는 단독주택이야. 아주 싼 값에 전세가 나왔대. 동네가 다 내려다 보여서 전망도 좋고 공기는 또 얼마나 좋은 줄 아니? 이 아파트를 처분하면 두 가지를 다 해결할 수 있겠더라구. 권리비 없는 가게 찾는 게 쉽지 않거든."

동네애 찻집이 있었으면 했던 건 나였다. 성철을 만나러 나가기 위해 청바지를 갈아입으며 나는 생각했었다. 슬리퍼를 끈 채로 나갈 수 있는 편한 찻집이 이 아파트 단지에도 있었으면 좋겠다고. 손님이 붐비지 않는 찻집, 만화 속 주인공처럼 가끔은 창가에 앉아 하염없이 내리는 비를 바라보고 싶었다. 더 이상 한가할 수 없는 백조였건만 나는 이불 속에서 뒹굴며 또 다른 낭만적인 한가함을 추구하곤 했다. 아빠가 남긴 집과 보험금이지만 그 정도의 호사는 가능할 것 같았다.

엄마의 계획은 모험이었다. 하지만 딱히 그걸 반대할 명분도 없었다. 그러기엔 내가 이 나이를 먹도록 집안을 위해 한 일이 너무 없었다.

뚜레주르 빵집과, 나이 든 여 약사가 돋보기 너머로 손님을 내려다보는 은수약국 사이의 빈 가게가 엄마가 찻집을 차릴 자리였다. 아빠가 살았을 때부터 부었다는 나의 적립식 연금은 '솔향'의 실내장식비로 차용되었다. 높은 이자를 쳐주겠다는 엄마의 약속이 아니더라도 나는 그 돈을 엄마에게 투자했을 것이다. 내가 번 돈은 아니지만 뭔가 엄마의 삶에 일조한다는 느낌에 잠깐 뿌듯하기도 했다.

하지만 언니는 달랐다. 모든 걸 다 털어 넣는 엄마를 걱정했다. 아빠가 가고 나서도 우리를 잘 키워줘서 고맙다던 언니는 찻집을 하겠다는 엄마를 말렸다. 엄마는 언니의 반대를 서운해 했고 결국 둘은 크게 다퉜다. 너는 이제 남의 식구니까 더 이상 참견하지 말라는 엄마의 일갈에 언니도 알았다면서 걸음을 끊었다. 그 단호한 태도를 보며 정말 엄마의 결심이 굳구나, 약간 위안이 되기도 했다.

'솔향'에서는 소나무 향보다는 흐드러지게 핀 함박꽃 향이났다. 금박부동산에서 말끔하게 정장을 한 사내를 엄마가 소개했을 때 난 그가 미심쩍었다. 만화에 등장하는 전형적인 사기꾼 같았다. 또 두 사람 사이에 흐르는 기류도 야릇했다. 매매계약서를 작성하는 그의 표정은 가면을 쓴 것처럼 엄숙했고 그를 바라보는 엄마의 얼굴에선 웃음기가 걷히지 않았다. 연신 그 곁에서 방싯거리는 엄마 때문에 자존심이 상했다. 금박부동산 사장인 그는 그 후 늘 '솔향'에서 만나는 사람 중의 하나였다.

'솔향'엔 생각보다 손님이 적었다. 나는 나름대로 이유를 분석했다. 카운터가 너무 가까운 탓은 아닐까. 나 역시 성철과 마주 앉아 이야기라도 나누고 싶지만 카운터에 앉은 엄마와의 거리가 너무 가까웠다. 시답잖은 얘기를 나누는 사이도 이럴진대, 은밀한 이야기를 나누기엔 공간이 너무 좁았다. 또 개업 며칠 동안 매상을 올려주던, 멋진 이야기 상대가 생겨 즐겁다던 베레모 영감님은 엄마 곁에 늘 붙어 앉아 있는 금박부동산의 최 사장이 걸림돌이었을 것이다. 어쩌다보니 '솔향'의 주요 고객은 최 사장이 부동산을 보여줄 때 데려오는 사람 정도였다.

　그래도 '솔향'에서의 엄마는 오미자차 위에 동동 떠 있는 배꽃처럼 화사했다. 목소리에선 쫀득쫀득 삶의 탄력이 묻어났다. 다이어트를 시작한 엄마는 젊을 때 입던 겨자색 원피스가 맞는다며 아침마다 수선을 피웠다. 원피스 위에 머플러를 늘어뜨린 엄마는 사리를 두르고 있는 인도의 여자처럼 고혹적이긴 했다. 허름한 티셔츠에 청바지 차림으로 따라나서는 나와는 대조적이었다. 엄마는 내가 그런 차림으로 가게에 오는 것을 마땅찮아 했다. '솔향'엔 딱히 내가 해야 할 일도 없었다. 나는 엄마가 맘껏 최 사장과 앉아 속닥거릴 기회를 주기로 했다. 다시 만화책을 싸들고 이불 속을 파고들었다. 내가 제일 좋아하는 거였다.

　그런 엄마가 구토를 호소했을 때 내가 엄마를 의심하는 건 당연했다. 엄마 눈은 나보다 최 사장을 볼 때 훨씬 더 빛났다. 엄마의 향수가 진해지고 옷차림이 과감해졌다. 또 술에 취한 채 늦게 돌아오는 날이 많아졌다. 아빠가 살아 있을 때부터 엄마의 향수로 굳어진 미라클 대신 엄마의 향수는 코코샤넬로 바뀌어 있었다. 마음이 멀어진 연인이라도 그 향기에 한 번쯤 고개를 돌릴 것처럼 코코의 향기는 진했다. 코코의 향내가 더 진해질수록 엄마의 얼굴이 붓는 날이 늘었다. 엄마는 가끔 헛구역질도 했다.

　"병원 가 봐야 하는 거 아니야? 최 사장은 뭐래?"

병원에 함께 갈 사람으로 나는 최 사장을 지목했다.

"그 사람 요즘 못 봐."

엄마는 심드렁하게 말했다. 부동산 감시반이 떠서 요즘 잠시 문을 닫았다고 했다. 금박부동산 간판이 내려진 후에도 엄마는 그 가게를 기웃거렸다. 최 사장에 대한 엄마의 믿음은 집요했다. 뭔가 오해가 있는 거라고 했다. 그 자리에 들어선 한샘인테리어에 들어가 최 사장의 거처를 묻던 엄마에게서는 그때까지만 해도 샤넬 코코의 향기가 묻어있었다.

그때 함께 병원에 가보자고 서둘지 않았던 건 정말 엄마의 프라이버시를 존중했기 때문이다. 바람 난 엄마와 산부인과에 같이 갈 수는 없지 않은가. 그게 예의라고 생각했다. 실신한 엄마가 구급차에 실려 갔을 때는 이미 치료 시기가 지나 있었다. 엄마의 병명은 급성신부전이었다.

투석을 위해 엄마는 손목 안쪽에 동맥과 정맥을 하나로 잇는 수술을 받았다. 동정맥루를 수술한 후 엄마는 불꽃이 이는 것 같다며 자꾸 아물지 않은 손목을 잡아 뜯었다. 침대 난간에 묶어놓은 손목을 보며 부들부들 떠는 엄마는 무병을 앓는 사람처럼 통제가 안 됐다. 불꽃이 꺼졌다고 말한 후에도 자꾸 북소리가 들린다는 말에 엄마가 정말 신이 들린 게 아닐까 의심이 들 정도였다. 병원에서도 마취에서 깨어나자마자 전화를 들여다보며 최 사장의 소식을 기다리는 엄마는 초라해 보였다. 하지만 그때까지만 해도 엄마가 이렇게 망가져

버릴 거라곤 생각하지 못했다.

엄마는 일주일에 세 번씩 노폐물을 걸러냈다. 그래야만 5
년이라도 살 수 있다고 했다. 엄마는 눈에 띄게 망가졌다. 투
석은 혈액 속 노폐물을 거르는 것이 아니라 엄마의 생을 거
르는 것 같았다. 소변을 잘 보지 못하는 엄마는 하루만 지나
도 탱탱하게 부었고, 독이 퍼진 살색은 검게 변했다.

"나, 나갔다 올게."

엄마의 통통 튀던 목소리는 다시 들을 수 없을 것이다. 소
리가 사라진 집안은 금방 괴괴해졌다. 누구보다 먼저 연둣빛
새싹에 반응하던 엄마였다. 미처 붉지 못하고 떨어지는 나뭇
잎을 안타까워했고, 비를 맞고 있는 청개구리에게까지 아는
척을 하는 엄마였다. 세상 모든 것에 감탄사를 남발하던 엄
마는 쉰이 넘어서도 유리창에 맺히는 물방울을 닮아 있었다.
아빠가 급작스런 사고로 돌아가신 후에도 웃음을 잃지 않던
엄마는 늦은 사랑에 모든 걸 다 태워버렸다. 멍한 눈동자로
나를 물끄러미 바라보는 엄마를 보며 덜컥 가슴이 내려앉았
다. 엄마에게서 빛의 사라짐은 나와도 무관하지 않음을 그제
야 깨달았다.

언니는 집에 들를 때마다 나를 다그쳤다. 그렇게 두더지처
럼 살 거냐고. 제발 이젠 앞가림 좀 하라고. 하지만 엄마를
돌봐야 하는 일을 해결해주지는 못했다. 엄마와 나는 이틀에
한 번 투석을 위해 외출했다. 외출은 나도 엄마도 버거웠다.

•

엄마가 버려놓는 세탁물 처리도 어려웠다. 엄마도 나도 점점 지쳐갔다.

엄마는 투석을 시작하면서 모든 걸 포기해버렸다. 먹지 말라는 물을 들이키며 죽어버리겠다고 어깃장을 부리던 행위도 멈추었다. 엄마의 아랫도리는 자주 마비됐고, 조금만 방심하면 배설물을 지렸다.

그 무렵 우리는 가게를 경매에 넘긴다는 통지를 받았다. 등기서류에는 전에 채권자가 그대로 살아 있다. 달려온 언니는 늘그막에 사랑놀음 한 번 제대로 했다며 엄마를 향해 눈을 흘겼다. 최 사장에게 모든 것을 일임했었노라고, 너도 보지 않았느냐고 엄마는 동조를 원하는 눈빛으로 나를 건너다보았다. 돈은 건넸지만 우리가 직접 등기를 한 건 아니었다. 그럼 집은? 언니의 되묻는 말에 엄마는 가게와 집의 소유주가 동일인이라고 말하며 떨기 시작했다. 제 값 치르고 산 가게가 넘어가는 마당에 전세 든 집이 온전할 리 없었다. 그러나 엄마는 염려 말라고, 자기만 믿으라고 했다던 최 사장을 믿고 싶어 했다. 가게가 경매에 넘어가는 사이 엄마는 병이 깊어져 갔다. 이어 최고장을 받았다. 우리가 전세로 살고 있는 이 집도 경매에 들어가니 집을 비우라는 것이었다. 전세금이라도 찾을 수 있을까 싶어 언니는 동분서주 뛰어 다녔다. 형부 몰래 생활비를 보태던 언니도 점점 지쳐갔다.

한동안 소식이 없던 성철에게서 소식이 온 것도 그 무렵이었다. 성철은 엄마가 투석을 시작한 어느 날 느닷없이 나타나 말했다.

"날 먹여 살리겠다는 여자가 나타났어."

나에게 얘기해야 예의일 것 같아서 일부러 찾아왔다고 했다.

"가끔 네 생각이 날 거야. 네 몸에서 나는 냄새에 묘하게 끌렸거든."

성철은 코를 벌름거리며 위론지 뭔지 모를 소리를 했다.

"냄새가 많이 나니?"

나는 의자에서 물러앉으며 물었다.

"약간 농익었다고 할까. 냄새가 더 진해진 거 같아. 너를 생각하면 할머니네 집 젓갈 냄새가 먼저 떠올랐어. 그럼 네게로 오고 싶어졌지. 요즘 좀 변한 것 같긴 하네. 그렇다고 나를 변태로 보지는 마라."

아직 어둠이 가시기 전 아침 여덟 시면 언덕을 올라오는 구급차 아저씨가 이마에 주름을 세우는 것도 보았다. 엄마에게서 나는 냄새 때문이려니 했다. 우리는 거실에 전기장판을 틀어 놓고 그 위에서 뒹굴었다. 나에게도 엄마의 냄새는 배어 있을 것이다. 하긴 나갔다 들어올 때 달려오는 쿰쿰한 냄새는 점점 진해졌다. 집안 구석구석 엄마의 요독 냄새가 배어 있었다.

책을 빌리러 간 도서관 직원이 코를 벌름거릴 때까지도 나

는 내 몸에서 나는 냄새가 그리 심각한 것인 줄 몰랐다. 누군
가 맡는다 해도 그저 성철이 말한 그 정도의 냄새려니 생각
했다.

날이 더워지면서 냄새가 더 독해졌다. 언젠가 장을 보아
온 언니는 무거운 짐을 식탁 위에 내려놓으며 말했다.

"집 좀 치우고 살아라. 집안에서 썩는 냄새가 난다."

볼 때마다 몸이 야위어가는 언니는 최대한 감정을 자제하
며 말했다.

"환자가 있으니까 그렇지. 그리고 곧 비워줘야 할 집인데
치우면 뭘 해. 대충 살지."

내 대꾸가 언니의 부아를 돋우었다.

"아무리 비워줘야 할 집이라지만 이게 뭐니? 네 꼴은 그게
뭐고. 자꾸 엄마 핑계만 대지 말고 너도 살 궁리를 해야지."

언니는 내 직장을 알아보는 중이라고 했다. 조만간 면접을
볼 테니 준비하라는 언니에게 볼멘소리로 대꾸했었다.

"세상 사람들이 나를 필요로 하겠어. 괜한 헛수고 마셔."

언니는 장 본 물건들을 냉장고에 넣고는 앉지도 않고 돌아
나갔다. 하긴 언니가 앉을 장소도 없긴 했다. 언니가 나가자
마자 나는 오렌지 주스를 따라 마셨다. 생활비를 주던 언니
는 시장이나 마트에서 장을 보는 대신 배달음식을 시켜 먹는
나를 못마땅해 했다. 그 후 늘 이렇게 물건을 사다 넣어주었
다. 엄마 간병에 점점 지쳐가는 나는 먹는 것으로 위안을 삼

았다. 점점 살이 쪘다. 언니가 주고 간 용돈은 엄마 병원비와
교통비로도 모자랐다.

끊길만하면 언니가 내주곤 하던 전기요금과 수도요금 고
지서가 또 잔뜩 쌓였다. 언니도 어려울 것이다. 살기 위해서
는 돈을 벌어야 했다. 하지만 아직 한 번도 돈을 벌어본 적이
없는 나는 어떻게 해야 할지 엄두가 나지 않았다. 나는 이미
세상의 문을 닫아 건 엄마에게만 가끔 내 속을 털어놓곤 했
다.

"엄마 내가 없더라도 음식 차려 먹을 수 있겠어? 엄마가
오케이하면 나도 돈 벌러 나갈게."

하지만 엄마는 대답이 없었다. 나는 언니에게 둘러댔다.
엄마가 싫어하는 것 같다고.

"엄마 핑계 대지마. 이건 아니야. 이렇게 살 수는 없잖아."

어릴 땐 똑똑하던 애가 왜 이렇게 됐는지 모르겠다는 언니
의 말을 듣자 공연히 눈물이 나려했다. 언니 말대로 내가 왜
이렇게 되었는지 스스로 한심했다.

"엄마 요양원으로 옮기자. 옮겨야 해."

언니가 단호해질수록 두려워졌다. 정말 세상으로 나가야
하는 걸까.

석 달 전쯤 언니와 면접을 보러 갔었다. 언니가 사준 77사
이즈의 검은색 바지가 조금 끼었다. 언니는 이제부터 바지에
몸을 맞추라고 했다. 긴 겉옷으로 비어지려는 엉덩이를 가렸

다. 면접을 본 곳은 전에 언니와 함께 간 적이 있는 법무사 사무실이었다. 아빠 또래의 법무사는 친절하게 대해주었다. 하지만 사무실로 들어서던 사무장이 코를 그러쥐며 투덜거렸다.

"야, 미쓰 민. 이게 무슨 냄새냐?"

내 딴에는 머리도 감고 샤워도 하고 나선 길이었다. 일부러 냄새가 날까봐 언니가 사준 옷도 밖에다 걸어 두었었다. 그러나 엄마의 오줌 냄새는 이미 내 몸속까지 스몄는지 주변 사람들은 코를 벌름거렸다. 자존심이 상한 나는 거보란 듯이 냄새나는 내 자리로 돌아와 누웠다. 하지만 언니도 물러서지 않았다. 향이 짙은 목욕 비누를 사다 주고 엄마를 보낼 요양원을 알아보았다.

구급차에 실려 가는 동안 엄마는 눈을 뜨지 않았다. 이건 우리가 엄마를 버리려는 게 아니라고 언니가 설명했다. 엄마도 제발 정신을 좀 차리라고 했다. 언제까지 이렇게 살 수는 없지 않느냐. 눈을 감은 엄마에게 끊임없이 이야기를 하는 언니가 안타까웠다. 엄마를 데려다 주고 난 후로 잠이 쏟아졌다. 엄마의 빈자리가 보여서, 앞으로 살 일이 두려워서 눈을 뜨기 싫었다.

"넌 목이 가늘어서 폴라 티를 입는 게 어울릴 거야."

언젠가 성철이 했던 말을 기억한다. 그때보다 20킬로는 늘어난 나를 보면 성철은 뭐라고 할까.

언니가 오기 전에 집을 좀 치워야겠다고 생각했다. 언니의 말이 아니더라도 정신을 차리고 살아봐야지 다짐도 했다. 그러나 몸을 움직이기가 싫다. 등에 소원을 실은 연들이 허공을 난다. 꼬리연과 방패연이 다정하게 날고 있다. 나도 저 연들처럼 움직여야지 마음먹는다. 하지만 가위눌린 꿈속처럼 몸이 움직여주질 않는다. 모든 게 귀찮다. 누구와 맞서기도 싫다.

이제 곧 연날리기 대회도 끝날 것이다. 나는 저 연들이 나는 동안만 쉬기로 한다. 소파에 눕자 몸이 연처럼 날아오른다. 나도 누군가 얼레로 감았다 풀었다 관리를 해주면 좋겠다. 누군가 나를 감아 땅 위로 내려 주었으면 싶다. 나도 소속감을 갖고 살고 싶다. 그나마 언니가 있는데, 그 언니가 오기 전에 치워야 하는데, 언니를 좀 기쁘게 해주고 싶은데. 그러려면 저 마당에 쌓인 쓰레기들을 다 태워야 하는데. 그러나 마음뿐이다.

"괜찮아. 아직 하늘엔 연이 날고 있으니까."

중얼거리며 눈을 감는다.

| 해설 | **남승원** 문학평론가

일상을 뒤돌아보는 눈

1. 욕망과 이야기

　실용적 소통과 달리 허구의 이야기를 주고받는 것은 인간의 근원적인 욕망과 보다 깊은 관계가 있다. 죽음을 두고 피할 수 없는 운명을 마주한 두 남녀가 보낸 천 일 동안의 밤과 낮이 이야기의 근원적 형태로 우리에게 잘 알려진 것도 이와 연관이 있다. 인간의 무의식 세계를 탐구하고자 했던 정신분석학이 찾은 결론을 따라 중심은 텅 비어있는 채 끝없는 미끄러짐 그 자체가 우리의 욕망이라는 사실에 동의한다면, 결국 죽음만이 그 욕망을 충족시킬 수 있는 유일한 대상이기 때문이다. 피할 수 없는 죽음이 유일한 사실로 존재하는 세계에 던져진 인간은 이처럼 스스로의 욕망을 이야기 속에 묻어둘 수밖에 없게 된 셈이다.

여기에서 간과하지 말아야 할 흥미로운 사실 하나는 한계도, 제약도 없어 보이는 욕망이 사실 구체적인 현실과 한 몸이라는 점이다. 기본적으로, 우리의 경험이 가 닿지 못한 곳에는 욕망 역시 미칠 수 없다. 따라서 가장 비현실적인 욕망조차 우리의 가장 현실적인 곳곳에 뿌리내리고 있다. 이야기꾼의 오랜 원형적 형태를 분류하면서 뺸야민이 공통점으로 강조한 경험 역시 같은 차원에서 이해할 수 있다. 자신의 고향을 단 한 번도 벗어나지 않은 농부나, 어느 한 곳에도 정착하지 않은 채 여러 곳을 떠돌아다니는 뱃사람 모두 그들이 겪은 경험의 깊이와 넓이로 인해 자연스럽게 이야기를 만들고 또 전하는 근원이 될 수 있었던 것이다.

독자들에게 무엇보다도 먼저 일상적 공감의 차원으로 다가오는 이목연 소설의 공통점은 바로 이와 같은 이야기의 근원적 특질에서 비롯한다. 요컨대, 여기에 묶여 있는 열 편의 소설들은 하나같이 현실과 꼭 닮아 있는 일들을 다루면서도 평소라면 현실의 논리에 가려 보이지 않던 우리의 내면과 욕망들을 마주할 수 있는 자리로 독자들을 이끌고 있다. 이야기가 가지고 있던 가장 근본적인 역할로 우리가 기대했던 것처럼 말이다.

2. 불안을 껴안은 일상

이목연의 소설들이 반복되는 일상 속에 숨겨진 자신의 내면을 들여다볼 수 있게 만든다면, 그것은 외부의 충격으로 인한 것보다, 당연하게도 일상의 작은 균열에서 비롯한다. 예컨대, 삼십여 년 간이나 정확히 지켜오던 퇴근시간이 지났는데도 돌아오지 않는 남편을 기다리는 단 "오 분"으로 일상의 모든 이면이 드러나게 되는 「그의 검은 가방」에서처럼 말이다.

이 작품 속 주인공은 시부모님을 모시고 오랜 시간 결혼생활을 유지해 온 여성이다. 그간 이 땅에서 살아 온 기혼 여성이라면 그리 새삼스러운 일이 아닐 수도 있겠지만, 주인공의 삶은 그의 일상을 구성하는 조건들의 힘의 영역에서 크게 벗어나지 않는다. 아니, 보다 정확히 말해서 소설 속 '나'의 삶은 다른 가족 구성원들의 삶으로만 지속되어 왔다. 백화점의 문화센터에서 운영하는 "문화예술사" 강의를 듣기 위해 수강을 결정하는 순간, 강의 시간이 "어른들 식사 시간에도 걸리지 않"아야 한다는 조건이 스스로에게도 필요한 것처럼 말이다. 평소의 일상을 벗어나기 위한 예외적인 일들의 선택은 흔히 우리에게 일종의 해방감을 제공한다. 「그의 검은 가방」에서 주인공의 선택 역시 마찬가지라고 할 수 있다.

종일 방바닥만 쓸고 닦고, 개수대 앞에서 콩나물 뿌리를 다듬고 끓이던 단순 노동으로 인해 바보가 된 것 같던 마음이 충일감으로 차올랐다. 겨울잠을 자던 나무에 물이 오르는 기분이 이럴 것 같았다.

그날, 그러니까 봄동국을 끓여놓고 남편을 기다리던 날도 바로 이 수업을 듣고 온 날이었다. 두 달째로 접어든 수업은 여전히 나를 흥분시켰다. 수업 시간에 대충 흘려 적었던 메모들을 가지런하게 노트에 정리했다. 학창시절로 돌아간 기분이었다. 나도 모르게 콧노래가 흘러나왔다. 저녁상을 차리는 손길도 흥겨웠다. 그 즈음에는 그가 투정을 부려도 시어머니가 잔소리를 해도 대충 넘길 수 있었다. (「그의 검은 가방」)

강의 수강 이후의 장면에서 주인공의 모습은 언뜻 행복해 보인다. 실제로도 강의를 처음 수강한 날, '나'는 집으로 돌아오는 길에 자신이 수업 시간에 "노트에 갈겨 쓴 글들을 흐뭇하게 바라보"기까지 한다. 그 노트에 적혀 있는 필기 내용들을 직접 인용하면서 작가는 주인공의 상황을 더욱 확대시켜 보여주고 있다. 하지만, 애초에 평소 오랜 시간 동안 지속해왔던 집안의 일들에 영향을 주지 않기에 수강이 가능했던 것에서 예상할 수 있었던 것처럼, 강의는 주인공의 실제 삶을 변화시키는 데에까지 이르지 못하고 만다. 집안을 유지하기 위한 "단순노동"은 여전히 주인공의 몫으로 남아 있으며,

'그의 투정'이나 '시어머니의 잔소리' 역시 줄어들지 않았다. 주인공의 달라진 모습을 보여주기 위해 강조되고 있는 강의에 대한 반응은 결과적으로 아무것도 달라진 것이 없다는 것을 역설적으로 강조하고 있는 것처럼 여겨진다. 가령, 노트에 적혀 있는 "지성에 대한 확신에 의해 감각 인식은 신에게서 벗어난 감성으로 세계를 볼 수 있게 됨."과 같은 문구 역시 현실과 나란히 놓이게 되면서 오히려 주인공의 삶을 공허하게 보이도록 만든다.

자신의 처지를 전혀 이해해주지 못하는 남편의 존재도 마찬가지이다. 남편 역시 자신에게 굴레처럼 씌워진 가장으로서의 역할을 무거워하며 가족들에게 화를 발산하고 있다. 남편의 처지를 이해하지만 그것을 어쩔 수 없는 당연한 운명이라 여기기에 '나'는 별다른 대꾸를 하지 않는 것으로 대응하면서, 또 그것이 가정을 원래의 모습대로 지켜나갈 수 있는 최선이라고 스스로 여긴다. 그런데도 돌아오는 것은 남편이 겪는 고통의 원인 제공자라는 비난뿐이다. 이때, 남편을 비롯하여 가족들에게 주인공의 유일한 취미인 '독서'는 이번에도 비난의 중심이 된다. 이처럼 「그의 검은 가방」 속 '나'가 마주한 상황을 통해서 우리는 결국 평범한 삶과 그리고 그 삶을 공유하는 가족이라는 이름 뒤에 무수한 오해들이 숨겨져 있다는 사실을 깨닫게 되는 것이다.

우리의 일상은 견고하게만 보이는 듯하지만, 때로는 평소와는 조금 다른 '오 분'의 시간만으로도 모든 것이 달라지는 결과를 불러오게 된다. 앞서 말한 것처럼, 퇴근 시간을 정확히 지키던 남편이 평소보다 늦는 것을 기다리는 그 '오 분'이 주인공에게 자신의 일상을 스스로 돌아보게 만드는 계기가 되어 주는 것처럼 말이다. 시간을 거슬러 올라가면서 주인공의 처지가 조금씩 드러나는 이 작품이, 마침내 주인공의 일상에 변화를 불러일으키는 모티브로서의 '오 분'으로 시작되는 이유도 여기에 있다. 자신의 삶에 일어난 균열을 보기 위해서라면 일상의 순간들을 하나하나 거슬러 올라가는 길 외에는 다른 방법이 없을 것이다. 독자들 역시 '나'의 생각을 따라 더듬어 올라가면서 그리 어렵지 않게 주인공의 시간 위로 자신의 일상을 겹쳐둘 수 있게 된다.

일상을 구성하는 것들에 대한 세밀한 관찰을 통해 균열을 드러내는 것은 이목연의 작품들이 보여주는 특장점이라고 할 수 있다. 「연꽃소리」에서는 이것이 극대화되어 나타나는 장면을 찾아볼 수 있다. 이 작품 속의 주인공 역시 "별일 없는 나날이 이어지길 바"라며 살아간다. 하지만, 그저 같은 시간의 연속이라는, 욕망으로도 여겨지지 않는 '나'의 바람은 오히려 일상 그 자체에 중독되기라도 한 것처럼 불안과 한몸이 된다.

그저 내 주변이 모두 평안하기를 바라는 것이 내 기도 제목이었다. 별일 없는 나날이 이어지길 바랐다. 가족들의 안위 위주였던 기도에 홀로 된 시누이를 위한 기도가 더 붙여졌고, 대기업 명퇴 바람이 불 때 동생이 무사하기를 원하는 기도가 더해졌다. 친정엄마 모시고 사는 막냇동생이 안타까워 능엄주 일독을 더 넣었고 갑자기 형편이 어려워진 친구를 위해 일독을 더했다. 아들이 원하는 대학에 들어갔다고 해서 아들의 기도를 뺄 수는 없었다. 늘여놓은 기도를 줄이는 일은 두려웠다. 덧붙이기는 쉬어도 빼려면 께름칙한 게 기도였다. (「연꽃소리」)

결국 「연꽃소리」의 주인공은 자신의 일상을 유지하기 위해 '기도'에 매진하게 되고, 그 다음에는 자신이 너무 기도에 얽매인 것 같아 스님의 강의를 듣게 된다. 다른 작품 「그물에 들다」나 「꽃신」에서도 드러나 있는 것처럼, 불교적 삶의 가치관을 이야기 속에 자연스럽게 녹여내는 것 역시 이목연의 특징 중 하나인데, 흥미로운 것은 불교가 단순히 만능의 해결책으로 등장하는 것이 아니라는 점이다. 「연꽃소리」에서도 '나'가 듣게 된 스님의 강의는 스스로를 너무 옥죄는 기도 방식에서 벗어나는 데에 도움을 주지만, 정작 결정적인 것은 그 강의를 통해 만난 다른 이의 한마디 말이다. 우연한 계기로 같은 수업을 듣는 '여련화'와 동승하게 된 차 안에서 어색함을 지우기 위해 나누게 된 대화를 통해 주인공은 그간의 고민에서 "갑자기 해방이 되는 느낌"을 받는다. 그리고 이를 통해 어릴 때부터 자신의 운명을 두고 시작된 번뇌와 기도의 연쇄 속에서 벗어나게 된다. 사람과의 만남이라는, 일상에서 흔히 일어나는 사건을 통해 이제야 오롯이 자신의 일상을 편안하게 받아들일 수 있게 되는 것이다.

하지만, 오랜만에 찾은 사찰의 강의에서 '나'는 만나고 싶었던 '여련화'의 죽음이라는 충격적인 소식을 듣게 된다. 어떤 죽음도 비슷하겠지만, 외국으로의 성지순례 여행 중에 벌어진 죽음은 주인공에게 보다 크게 다가온다. 결정적으로, '여련화'를 죽음에 이르게 만든 교통사고는 그야말로 우연과 우연이 겹치며 예정되었던 시간에서 지연된 "10분"에 벌어진 사건이라는 점에서 한층 충격적이다. 결국 「연꽃소리」의 주인공이 받아들이는 일련의 사건들을 통해 불안정한 일상의 맨얼굴이 고통스럽게 드러나게 된다.

이목연이 보여주는, 일상적이면서도 그 이면에 가려져있던 것들을 포착해내는 힘을 통해 우리는 아주 근본적인 차원에서 스스로의 삶을 되돌아보게 된다. 그리고, 「그의 검은 가방」으로 다시 돌아와 보면, 남편이 단지 퇴근이 늦는 것이 아니라 가출이라도 한 듯 사라져 버렸다는 것을 알게 된 주인공처럼 남편이 남기고 간 '검은 가방'을 발견하게 된다. 오래된 낡은 가방에는 그간 들고 다녔던 세월이 무색하게 다이어리 한 권만 있었는데, 일부러 남기고 간 듯 다이어리에는 남편의 심정이 담긴 메모들이 적혀 있었다. 직장과 가정, 자기

삶의 전부인 두 곳에서 느끼는 환멸과 고민이 담겨 있는 그
내용들은 앞서 '나'의 강의 수강 노트에 적혀 있던 것과 의미
상 대비되면서 일상의 균열을 가속화한다. 그 틈으로 사실상
'나' 못지않게 남편 역시 같은 고민을 안고 있었다는 사실이,
또 서로가 서로의 가장 가까운 구성원이면서 동시에 서로를
가장 구속하는 존재였다는 사실이 고통스럽게 떠오르게 된
다. 이제 "거실 구석에 놓인 검고 낡은 가방"처럼 불안은 우
리의 일상과 공존하게 되는 것이다.

3. 일상 그대로의 힘

   현대 사회에서 '막힘없음'은 하나의 미덕이다. 인터넷이
멈춘다는 것은 상상할 수조차 없고, 컴퓨터의 검색창은 잠깐
이라도 돌아가지 않으면 그것만으로도 오류로 여긴다. 당장
집 안의 가전제품들을 둘러보더라도 24시간 막힘없이 작동
되고 있다는 사실 자체가 그 제품들의 필요성을 대변한다.
도로나 비행장을 건설하고 여러 기간 시설들을 개보수하거
나, 법안을 마련하고 선거를 치러 대표자들을 뽑는 등 보다
사회적 차원에서의 일들을 보더라도 역시 사회 전반을 막힘
없이 돌아가게 만들기 위한 일이라고 해도 과언이 아니다.
그 속에서 살아가는 우리 삶의 모습도 역시 다듬어지고 변형

된다. 막힘없이 돌아가는 사회에 맞추는 형태로 말이다. '좋아요'와 '#(해시태그)'로만 표현될 수 있도록 가공되고 전파되는 SNS 속 일상적 삶의 모습이 바로 그것이다. 이모티콘이나 줄임말들로 자신의 감정을 오히려 충분히 표현할 수 있다고 믿는 시대에, 현실 속으로 우리들의 불안이 틈입할 여지는 없다. 아니, 불안 역시 '좋아요'로 동의하는 것이 가능한 형태로만 존재한다. 따라서, 불안과 공존하는 일상이 그려진 이목연의 소설들을 읽는 경험은 경제적 효율성을 지향하는 사회의 구심력에서 벗어나보는 것과 같은 의미가 된다.

「햇빛 더하기」와 「연」의 주인공들을 바라보는 일이 특히 그렇다. 두 작품의 주인공들은 각각 가정 폭력과 엄마의 병수발로 인해 자신의 삶이 엉망이 된 상황이다. 현재 자신의 처지에 대한 반응은 작품들에 조금씩 다르게 나타나고 있지만, 독자들에게 인상적으로 다가오는 공통점은 주인공들에게 나는 "냄새"이다. 이 '냄새'는 주인공을 중심으로 하는 폐쇄적 공간과 외부 사회와의 연결을 단절시키는 원인이며, 그 외부에 속한 사람들에게는 자신들과 다른 공간에 속한 주인공들을 인식시키는 표지이기도 하다. 이 때문에 두 작품을 읽는 독자들에게는 주인공이 살아가고 있는 폭력적 일상이 먼저 특징적 모습으로 다가오지만, 곧이어 그 폭력성을 지속시키는 힘의 근원은 오히려 우리들이 살고 있는 현실에서 비롯되고 있다는 사실을 깨닫게 된다. 주인공의 처지를 동정하는 개인적 정서의 차원에 머물지 않고, 개인의 문제들로 분산시킴으로써 막힘없이 발전하길 원하는 사회의 부조리를 인식하는 데로 나아갈 수 있게 되는 것이다.

그렇다고 해서, 이목연은 사회적 문제를 성큼 끌어들이기보다 또다시 일상 속으로 돌아가는 모습을 통해 깊은 공감의 세계를 펼쳐 보인다. 가령, 「괜찮아, 괜찮아」의 주인공처럼 말이다. 이 작품의 주인공은 앞서 살펴본 「그의 검은 가방」 속 주인공과 꼭 닮아 있다. 무심한 시부모, "꼭 누군가를 걸고넘어지는" 방식으로 책임전가식의 대화를 하는 남편 그리고 이제는 부모까지 무시하는 듯 보이는 대학생 아들. 그럼에도 "맏딸 콤플렉스에 갇혀" 인내가 최선이라는 태도로 살아가고 있는 주인공은 그나마 일주일에 두 번 이주민센터에서 외국인들에게 한국어를 가르치는 것을 낙으로 삼고 살아간다. 하지만, 그마저도 시부모의 눈치가 보일 뿐이다. 맏딸이자 결혼 후 맏며느리의 역할까지 모두 맡아 하면서도 그것을 당연하게 여기는 시부모에게 소설의 마지막에서 주인공은 솔직한 자기 심정을 꺼내 놓는다. 다른 가족에게 자신의 속마음을 그대로 드러내는 일이 그리 쉬운 일은 아닐 것이다. 현실에서 우리는 말을 하지 않아도 자신의 속마음을 알아주는 것이 가족이라고 믿어 왔기 때문이다. 오히려 속마음을 꺼내놓지 않아야 하며, 가족 단위로 부여된 가장, 자식, 아내의 역할만 제대로 한다면 속마음을 꺼내놓을 필요조차 없다고 생각한다. 때문에, 「괜찮아, 괜찮아」의 마지막 장면에 나오는 것처럼, 자신의 솔직한 이야기를 전달하는 것만으로도 변화된 주인공의 모습을 보여주는 방법이라고 할 수 있다.

하지만 여기서 보다 중요한 것은 주인공을 변화시키는 우연적 계기들이다. 그것은 대략 두 가지인데, 하나는 대학 과제 때문에 아들이 가지고 있던 '체 게바라'의 책을 읽게 된 것이고, 한글을 가르치던 베트남 여성 '쑤엔'이 가정폭력을 당한 뒤 도움을 청하게 된 사건이 나머지이다. 이는 모두 우연이 만든 일들이지만, 앞서 「그의 검은 가방」이나 「연꽃소리」의 주인공들이 선택한 '강의'와는 달리 책을 읽는 행위는 보다 능동적이라고 할 수 있다. 또한, 주인공의 의무가 아닌데도 임신 중에 가정 폭력을 당한 이주 여성을 개인적으로나마 돕는 행위 역시 자발적이고 적극적으로 이루어졌다. 혁명을 꿈꾼 '체 게바라'의 의지와, 그리고 고향으로 다시 돌아가 혼자서 아이를 낳고 기르겠다고 결심한 '쑤엔'의 행동은 주인공의 행위 안에 결부되어 고스란히 나타나게 된 것이다.

이처럼 사소한 일상들이 주인공의 개인적 영역을 벗어나 독자들에게까지 깊은 공감의 영역으로 확대되는 것은 「그물에 들다」와 「거기, 다다구미」에 잘 드러나 있다. 먼저, 「그물에 들다」에서 주인공은 '혜운'이라는 법명을 가진 스님이다. 직장에서 명예퇴직을 당한 뒤 안면을 알고 지내던 '진성 스

님'을 따라 바다가 보이는 한 섬의 언덕에 집을 짓고 가끔 오
는 손님을 받아 민박을 치면서 참선을 하고 있는 중이다. 하
지만, 이도 난망한 것이 삼십 년 동안이나 토굴에서 참선을
한 "진짜 스님"에게 받은 화두는 여전히 답보상태이고, '혜
운'을 섬에 오게 만든 '진성 스님'은 결국 스스로 죽음을 선
택했기 때문이다. 말하자면, 주인공은 속세와 참선의 경계에
서 여전히 서성대고 있는 상태인 셈이다. 작품에서 참선을
위한 주인공의 108배가 그대로 그의 번민과 겹쳐져 묘사되
고 있는 것 역시 이를 단적으로 보여주고 있는 셈이다. 현재
는 짐짓 아닌 듯 마음을 잡기 위해 노력 중이지만, 혼자 섬에
들어와 묵고 있는 여자 손님의 사정이 궁금할 뿐이다. 섬 안
에서 알게 된 '월수'의 성화에 못 이겨 '여자'와 합석한 자리
에서 혼자 겨울여행을 온 이유를 알게 되지만, "뭔가 대단한
걸 기대했던" 마음과 달리 여자의 겨울여행은 그저 남편과의
말다툼으로 인해 벌어진 것이었다.

　오늘의 이 작은 사건까지 포함하여 '혜운'이 그간 겪어온
삶의 시간들은 소설의 마지막에 이르러서야 그를 원점으로
돌려놓기 위해서였다는 것이 드러난다. '혜운'이 참선을 통
해 얻고자 했던 것은 속세에서의 실패한 삶을 떨쳐내는 것도
아니고, 새롭게 부여받은 화두를 해결하고자 한 것도 아니
다. 그것은 자신의 삶을 불행하다고 여겼던 근본적 사건, 즉
어머니의 가출과 재가에 대한 무의식적 거부를 되돌아보게

만든 것이다.

　부모 자식으로 맺어진 인연. 이 미진한 그물 속 인연을 다음 생까지 잇고 싶지 않았다. 벗어야 할 그물이라면 지금이라도 벗는 게 나을 것이다. 이번에 만나면 그것이, 어린 자식을 두고 갈 만큼 그리 좋더냐고 농이라도 할 수 있을지 모르겠다. 그리 단단했던 옹이가 이만큼이라도 느슨해진 걸 보면 그만큼 마음 밭에 거름이 생긴 걸까. (「그물에 들다」)

　부정하고 싶기만 했던 가족의 인연을 이런 식으로 해결하는 것이 불가의 참선과 맞닿아 있는 것인지 판단할 수는 없다. 다만, 이를 통해 확인할 수 있는 것은 '혜운'이 번민의 근원을 모르는 상태였기 때문에 이제껏 안정을 찾지 못한 것이라면, 최소한 어머니에 대한 원망을 거부하지 않고 직시하게 된 것은 분명하다. 이처럼 이목연은 일상의 균열을 우리에게 마주하게 만들지만, 섣불리 그것을 뛰어넘는 것이 아니라 우리들을 다시 조용히 일상의 시간에 내려앉게 한다.

　「거기, 다다구미」에서도 마찬가지이다. 폭력을 행사하는 남편과 살던 주인공은 그런 가정 상황이 싫은 딸이 유학을 가서 외국에 정착한 얼마 뒤 교통사고로 남편을 잃고 지금은 외국인들을 대상으로 게스트하우스를 운영하면서 살고 있다. 그러다가 한 교포 노인을 손님으로 맞게 되었는데, 오래

전의 특정 장소를 찾아달라는 조금은 부담스러운 부탁을 어쩔 수 없이 들어주게 되면서 그 손님의 과거를 알게 된다. 예전 미군부대의 가수였던 손님은 당시에 자신이 활동했던 그 미군부대 앞을 찾아가고 싶어 했던 것이다. 고통스럽거나 또는 수치스러운 일들도 있었기에 실제 인연이 닿을지도 모르는 사람을 만나는 것은 끝내 거절하지만, 그래도 이 손님은 한편으로 그 장소를 찾았다는 것에 안도감을 느끼며 돌아와 행복한 표정으로 잠자리에 들고는 다음날 끝내 깨어나지 못한다.

　우리가 이 소설을 조금만 더 눈여겨보아야 하는 이유는, 다소 흔하게도 여겨지는 이 에피소드가 주인공에게 미치는 영향 때문이다. 소설은 손님의 이야기에 좀 더 주목하고 있지만, 그 손님이 두렵고도 피하고 싶었던 자신의 과거와 평생 싸워오다가 결국 그것과 대면하기를 선택한 것은 분명히 주인공의 내면에도 같은 힘으로 작용된다고 보아야 할 것이다. 자식에게도 인정받지 못한 결혼 생활 끝에 혼자 살아가고 있는 주인공의 삶을 이토록 불안하게 만드는 것은 사실 "거의 잊었다고 생각했던" 어린 시절에서 기인하고 있었다. 고아원에서 자란 주인공은 그 시절 알게 된 누구와도 연락을 하지 않음으로써, 오히려 버림받은 기억에서 자유롭지 못한 상태를 드러낸다. 손님이 원하던 장소를 찾고 돌아온 저녁 "왠지 그녀가 좋아할 것 같아 좀체 끓이지 않던 청국장도 끓"이는 주인공의 모습을 통해, 손님과의 이 에피소드는 결국 불행하게만 여겨졌던 주인공의 과거를, 그래서 지금도 행복하지 않는 것이 당연하다고 여기고 있을지 모를 현재의 주인공과 대면시킨다. 「거기, 다다구미」를 읽는 내내 일종의 아름다움에 대한 감정이 유발되는 것은 손님의 이야기에서도 물론이지만, 과거와 마주하는 손님에게 도움을 주면서 스스로의 내면을 발견해가는 주인공의 심리 상태를 추측해나가는 데에서 비롯한다.

　살펴본 것처럼, 이목연의 소설들은 사소하고 일상적인 것들에 대해 세밀한 관심을 통해 주인공의 삶에 드리워진 균열의 지점들을 각인시키고, 그로 인해 자신의 시간을 뒤돌아보게 만들어 결국 일상의 작은 변화를 이끈다. 그것을 읽는 독자들의 삶을 포함해서 말이다. 아마도 이것은 사회 전반에 변혁을 불러일으킬 만큼 거대한 힘은 아닐 것이다. 하지만, 경제적 효율성에 희생되어 가는 우리의 일상과 내면을 돌아보는 일이 중요하지 않다고 말할 수는 없을 것이다. 강물에 작은 돌을 던져 물살을 일으키는 것처럼, 이목연의 작업은 우리 내면에 일종의 불안감을 던져주기도 한다. 하지만, 그것을 제대로 응시하지 않는다면 작은 돌이 만들어내는 동심원의 아름다움을 경험할 수 있는 가능성도 없을 것이다.

아이를 데리고 누워 망태할아버지 이야기를
하던 적이 있었다.
말 안 듣는 아이는 망태할아버지가 잡아간대.
망태할아버지는 무서워요?
겁에 질린 아이가 물었다.
아마 그럴 걸. 망태 할아버지한테 걸리면 아
무도 구해 줄 수가 없다니까.
그런데, 망태할아버지는 어떻게 생겼어요?
잘 모르겠는데. 엄마도 본 적이 없으니까.

요즘 들어 그 망태할아버지를 다시 생각한다.
온 세상은 촘촘한 그물로 엮어 있고 그 그물
코마다 구슬이 달려 있다는 인드라망. 그것이
혹시 망태할아버지가 들고 다니는 망태가 아
닐까. 제석천왕이라고도 불리는 인드라는 그
그물의 울림과 구슬에 비치는 모습으로 세상
에서 일어나는 모든 것을 안다고 하지 않던
가. 오래전 어느 눈 밝은 선인(仙人)이 우는 아
이를 달래기 위해 제석천왕인 망태할아버지

를 들먹인 건 아닐까 싶다.

순진무구한 아이라면 그 그물을 벗어날 수 있을지도 모르겠다. 그러나 나는 이미 세상을 덮고 있는 인드라망 속에 들어 있다는 걸 안다.

오늘도 소설 속 나의 분신들처럼
망태할아버지의 자루 속에서
올 굵은 삶의 밧줄에 매달려 허우적대다가
가끔 미세한 시간의 틈 사이로 허공 청정을
그리워하다가
더 가끔은 기도를 하기도 한다.
그러나
나는 아직도 모르겠다.
어찌하면 망태할아버지의 그물을 벗어나 고요해질 수 있을지.

2017년 11월
이목연